注視

都蘭野書

龍應台

序　一個島

我買種子是一公斤、一公斤買的。譬如每年都要種三季的百日菊。從哪裡開始呢？

先找耕耘機師傅來把一分地翻一遍。機器轟轟響的時候，如果是春天，上百隻的白鷺鷥從老遠就嗅到深層泥土的氣味，立刻歡聚，跟在耕耘機後面，啄食新鮮泥土剛裸露出來的肥美蚯蚓。

三個月後，土地成為一片繽紛的花海。你會看見花海中間一大塊一大塊塌陷，是兩隻狗在花海中狂喜追逐、翻滾壓出來的床。

採花的時候，看著滿眼燦爛，就受不了不知道這百日菊的來歷。

學名叫 Zinnia Elegans，絢麗沁花。Elegans當然指的是花的絢麗，但是為什麼叫 Zinnia，「沁」？

果然，是以人命名的——德國的Johann Gottfried Zinn，約翰·沁。約翰·沁，生於一七二七，死於一七五九，巴哈的同代人。因肺結核而死的時候才三十二歲。他在南德的安斯巴哈長大，那是一個我常常去的小鎮；他在杜賓根大學任教，又是一個我去講學過的大學。三百年前的人，一瞬間栩栩如生如鄰居熟人。就讀醫學院的約翰，二十出頭就寫了一本人眼解剖學的書，貢獻之大，使得今天的人眼結構裡，好幾個部分以他命名——Zonule of Zinn, Zinn's membranes, Zinn's artery，就是「沁」氏小帶、「沁」氏膜、「沁」氏視網膜動脈。

抱著剪下來的花，站立在花海中央，我走神了。

都蘭山下曠野中，此時此刻我看花的眼睛以他命名，我懷裡的花朵，竟然也是他的名字？一個解剖學的早熟天才，怎麼會跟產自墨西哥的百日菊有關呢？

約翰·沁，還真的是個植物學家。醫學院畢業的這個年輕人，也是杜賓根大學植物園主任。德國駐墨西哥大使寄了些百日菊的種子給約翰，他在一七五七年，注視著開花的百日菊，詳細描述了植物的生物特徵，植物分類家林奈就以他為百日菊命名。

三個月前一公斤沉甸甸的種子，三個月後晨曦中剪下的花枝滿懷，從來就不是沒有來處、不知去處的。

人眼看見花開花落，鷺鷥看見新土蚯蚓，萬物自在，有因有緣。

＊

吠聲大作的時候，奔出書房：一隻小動物被幾隻野狗追逐，穿過籬笆，竄進了我的庭院。達爾文和鴻堡已經先我而出，站立在陽台，準備衝向那隻逃亡的動物，被我喝止。

小動物顯然已經受了傷，搖搖晃晃，走沒幾步，就倒在草地上。

一身都是灰褐色的長毛，大小如同一隻吉娃娃，但是毛茸茸的尾巴很長。

不敢用手去抱，於是奔回屋內抓了一條毛毯，小心翼翼走過草坪，用毛毯裹著他，捧回家中，置於竹籃。

是一隻幼小的食蟹獴。

人類擴張進入森林，野生的他，可以生存的棲地越來越小，而在僅有的棲地裡，人類拋棄的狗成為野獸，不得不以他為獵物。這個幼兒今日的逃竄，是先被人類逼進了狹小的森林，又被野狗趕出了森林。

準備開車帶他去二十公里外的動物醫院，穿好鞋，提起竹籃時，發現，幼兒已死。

*

一隻狒狒不知怎麼被抓進了一個讓人觀賞終日的遊樂園裡，又不知怎麼逃了出去。消息一出，人就慌了。媒體每天警告：他很危險，他會傷人，躲開他，追捕他。

納悶的是，為什麼人的第一反應，不是另外一種：豢養久了，失去求生能力，脫離了人的飼養，狒狒怎麼找到食物？城市轟轟的機器聲，會不會嚇著他？巴士、汽車、摩托車，會不會撞到他？沒有樹林的城鎮裡，他在哪裡歇息？風吹雨打，他會不會生病？逃走的時候，他的身上有沒有傷？

人的唯一念頭是：他可怕，他會傷我。沒有人說：他會餓，會渴，會病，會疼痛，會被人傷害，會死……

他果然死了，死在人的槍口下。

*

只有住在山林中，才看得見大自然的細節嗎？

不是的。

颱風「山陀兒」來襲，航班取消、火車停駛、公路坍方，我就滯留台北，回不了家了。城內風雨卻溫吞，於是在烏雲密布、風聲獵獵中，去街上閒走。

風雨欲來，舉城一空，街道寧靜得像一幅畫。人跡杳然，卻處處生機勃發。我看見忠孝東路上監察院前的白千層老樹，正在展示樹身上百層千層的樹皮紋路，以無所不用其極的擘裂、推擠、迸發，彷彿自己生命的搏鬥激發了吶喊。

我看見台北車站旁幾株台灣欒樹，被水泥出風口擋在前面，就以瘋狂的鮮豔黃花炸裂似地迎向天空。比它早開數日的花，已經蛻變成磚紅色，用沉靜收斂的美和黃花的放肆豔麗比賽。

我看見一隻老鼠，全身濕漉漉的，毛髮貼著身體，看起來異常瘦弱，從一間老屋的牆角走出來，前後左右怯怯看了一遍，然後消失在水管後面。

我聽見鳥鳴，在一排小葉欖仁樹下，抬頭，看見一隻白尾八哥，瞪著眼睛也正注視我。

我看見陋巷裡一間老舊木屋，窗前放著一排植物。一小束桔梗花用細繩紮著，雛菊小白花插在可以握住的玻璃瓶裡，低矮的屋簷垂下一株曇花、一株球蘭。旁邊有個小卡片，寫著價錢，說，自己丟錢，隨手拿。

我看見地面上的污水孔蓋，鐵鑄的是十七株松樹和四十三尾魚；城市裡的人們，嚮往的是地面上有樹林，地面下有清水，清水中有魚，魚在游泳。

每一個孔蓋，都刻著夢，只是夢，要實踐才能成真。

每一個人，都有眼，只是眼，得連著心，成為「注視」，才看得見。

*

所有進入我眼、我心的動物，在這本書裡，都不是「它」，而是他和她。

*

「同島一命」，在我的注視中，不是人跟人的關係，而是生物跟生物的關係，生命與生命的連結。

整個地球，也不過是宇宙中的一個島，島上所有的神奇、所有的絢爛和美，其實無處不在，在鬧市裡，在山林中，在我們踏著街道和泥土的腳步上。

但它深沉的力量，是沉默的。不去注視，就看不見。

目次

第一章

有一天，在台北叫車

我的身體啊，既然我們相伴行旅的時光所餘不多，
我開始對你有一種全新的溫柔……

夢見紅狐狸

走在忙碌的忠孝東路上。跟著流動的人潮穿過斑馬線。彎腰在人行道的灰磚上撿起一朵被踩爛了的木棉花。

夜裡，睡在市中心一棟大樓裡一間公寓的一張床上，四周都是大樓，東邊一棟商業大樓的巨幅螢幕把閃動的強光廣告反射在西邊大樓上。西邊大樓有二十層高，每一層樓的每一扇窗都跳躍著巨大的光影。

埋在枕頭上的耳朵，聽見氣密窗擋不住的車聲，轟轟然。

就在這樣的時刻，渴望住到山林裡去的念頭，會翻騰到無法抵擋。

我開始夢見無邊無際的綠色草原，夢見森林，夢見森林裡一束陽光從樹與樹之間射進來，是楓香樹的樹林，萬千葉片剎時一片金黃花灑。花灑下一隻尾巴蓬鬆的紅狐狸，背對著我，剛好回頭，在我正要注視她眼睛的那一刻，汽車喇叭聲把我驚醒。

*

想離開城市，到沒有房子、沒有車聲、甚至沒有人的語言的地方，讓光著的臂膀直接曬到熾熱的太陽，讓頭髮淋到雨、吹到風、讓睫毛被水濡透，讓閃電在海面上打出一株樹狀光被我驚詫的眼睛目睹。

想讓腳板踩在柔軟濕潤、土味瀰漫的爛泥巴上。

想讓耳朵聽見夜鳥的呼叫，分辨領角鴞和黃嘴角鴞的聲音；想讓眼睛注視一片葉子，葉片上的梗、梗上的一隻螳螂，螳螂腿上一根一根的刺，注視一隻毛蟲的蛹，看他用幾條絲線把自己掛在檸檬樹枝上？

*

想追蹤一株七里香，從白色的碎花怒放到它紅色的果實被五色鳥叼走，到赤尾青竹絲爬上它的樹枝睡覺；這樣我就能明白季節是什麼意思。

想睜開眼睛注視：一直和我同居取暖在這個地球上的生物，究竟是誰？

想知道，不以「人」為中心的世界可能長得怎樣？

想發現，自己跟這個世界——不是跟人，而是跟這個世界不懂人語的，譬如氣候、海水、泥土、風和樹葉，蟬和蜜蜂，關係是什麼？

想了解，人，在卸下工作職位和人際網絡的支撐、都市繁華和文化世故的包裝之後，「裸」出來的存在，是什麼狀態？

會不會熱切愛上一生都不曾認識的東西？

能不能勇敢面對一生都恐懼逃避的事情？

如果一個人把「過日子」的「過」，當作一件比戰爭爆發、比瘟疫蔓延、比革命和救災、比知識和責任、比成功和美麗，都來得重大而一心一意去專注的一件事，那麼所謂「日子」，會不會完全是另一種意義和面貌？

如果「生活」本身被當作生命的「主體」來認真對待，會怎麼樣？

*

在思前想後要怎麼安置身心的期間，有一天，在台北市中心搭計程車。關上車門，駕駛問：「去哪裡？」

忙著找安全帶，不經思索回說，「一直走，過了杭州南路口，第十二棵樹。」

駕駛愣了一下，轉過頭來盯著我，「什麼樹？」

「什麼樹？」這人竟然對樹有興趣，而且要求精準？我就開心地給他更仔細的地址：「過了杭州南路口，你看到白千層變成茄苳樹的時候，就停車。」

他露出「台北果真怪人多」的表情，回過身去開車，嘴裡嘟噥著，「好幽默啊。不是問你什麼樹。我是說，樹怎麼當地址呢……」

樹怎不是地址？

樹，怎不是地址呢？

「月上柳梢頭，人約黃昏後」，柳樹就是約會的地址。

杜甫追懷諸葛亮，走到「孔明廟前有古柏」，古柏就是致敬的地址。

朋友做了雞肉飯，詩人孟浩然欣然赴約，給的晚餐地址就是「綠樹村邊合，青山郭外斜」。那個劉長卿又是怎麼找到南溪道士的呢？「一路經行處，莓苔見履痕」，跟著青苔鞋印走，就找到了「春草閉閒門」。道士不在家，但是門前有青草的地址是沒錯的。

王維的漁人尋山逐水愛晃蕩，一直到「遙看一處攢雲樹，近入千家散花竹」那樣明確的樹叢地標，才找到一群避秦的難民後代桃花源。偏偏漁人粗枝大葉沒記住「樹的地址」，才會在後來，「春來遍是桃花水，不辨仙源何處尋」，成為千年的惘然。

今天的人，植物當地址的，多得是。周杰倫用歌曲告訴你，與兒時女友就約在「小學籬笆旁的蒲公英」，還有，他的「藤蔓植物／爬滿了伯爵的墳墓」，不也是一個秘密地址嗎？莫文蔚的〈慢慢喜歡你〉，要帶心儀的人回自己的家鄉，家鄉的地址明明白白就是：「綠瓦紅磚、柳樹和青苔」。

*

被誤譯為「菩提樹」的那首舒伯特作曲的歌，說的其實是歐洲小葉椴樹。

井旁邊大門前面，有一棵菩提樹（小葉椴），
我曾在樹蔭底下，做過美夢無數，
我曾在樹皮上面，刻過寵句無數，
歡樂和痛苦時候，常常走近這樹……

在中歐，每一個村莊中心都種著椴樹，花開時，香氣飄進家家戶戶的臥房裡去。椴樹，在歐洲傳統文化裡，是村法庭開庭的地址，是豐收舞會的地址，是婚禮慶典的地址，是情人約會的地址，是母親等候孩子從戰場歸來的地址，更是浪蕩遊子思鄉時魂牽

夢繞的地址。

韓德爾一七三八年在倫敦首演的歌劇《塞爾斯》是個商業市場的慘敗，卻給世界留下了一首盪氣迴腸的詠嘆曲，流傳三百年。劇中年輕的波斯國王對著一株巨樹無比深情地唱出〈綠樹成蔭〉（*Ombra mai fu*）：

溫柔美麗梧桐樹
願蒼天眷顧，雷電風暴不傷不擾
樹蔭甜美，無以倫比

這株法國梧桐，是波斯王國的藝術地址，更是韓德爾詠嘆曲的地標。

＊

法國梧桐，其實正名是東方梧桐（Platanus orientalis），「東方」指的是巴爾幹半島以東，屬三球懸鈴木，不同於二球懸鈴木英國梧桐。上海法租界濃蔭夾道的所謂法國梧桐，其實是二球懸鈴木的英國梧桐，今天的倫敦滿城都是。

古希臘雅典城大街小巷滿植東方梧桐。在柏拉圖的哲學對話《斐德羅篇》裡，斐德羅帶著蘇格拉底走出城到了郊外，想找一個地方坐下來好好談哲學。斐德羅見蘇格拉底一副迷茫的樣子，說：

「你很怪，蘇格拉底。你一出城就像個陌生人需要嚮導帶著走。你根本就沒走出過城門是吧？」

蘇格拉底答老實地說，「對的，好朋友。你得原諒我，跟你說為什麼。我熱愛的是知識，而擁有知識的人，譬如我的老師們，都是住在城市裡頭的。那有知識的，不會是樹，也不會是鄉下。你現在用個要跟我講知識的藉口把我從城裡騙到這野外來，就好像用樹枝、水果騙一頭很餓的牛一樣。」

斐德羅把蘇格拉底帶到城牆外河邊一株大樹旁，蘇格拉底一看到大樹，卻不禁仰頭讚嘆：「太美了。樹下的河水那麼沁涼，如茵的綠坡上清風徐來，草香撲鼻。夏日的蟬聲響徹，這地方簡直美好如天堂。斐德羅，如果你也真誠熱愛學問，咱們就在這裡開始談吧。」

作者柏拉圖用這株巨大高聳、濃蔭覆地的法國梧桐，做為蘇格拉底和斐德羅對話的地點，提出了他著名的「靈魂馬車」理論：兩匹性格相反的馬，一馬衝動，一馬穩重，並肩拖一輛馬車，這輛馬車會怎樣？馬車夫要如何駕馭兩匹衝向不同方向的馬？

柏拉圖希望讀者思考的是：人對於自己，要怎麼平衡沉靜的理性和衝動的慾望。

貫穿整個雅典城區的伊利索斯河，河畔那一株綠蔭遮天的法國梧桐樹，做為一個「哲學地址」，已經兩千五百年。

*

綠燈一亮，穿過杭州南路口，司機就放慢車速，他歪頭數著樹，然後在第十二棵樹停了下來，語帶驚訝地說，「開車三十年，沒注意過這裡有樹……」

從車裡的駕駛座，他能看見的其實只是一截一截樹幹。他對忠孝東路這綿延幾里正在發生的「案情」，一無所知。

白千層樹幾乎十米高的樹冠上，白花正如火如荼地開放。一簇一簇的花，纖細的花絲從中心的一支梗往外噴射，每一簇花，就像洗牛奶玻璃瓶的一把刷子張開，也像一團小小的白色煙火炸開。一株樹上幾萬支綽約的瓶刷，一條街上百萬支白花花煙火炸開，風吹起，花心蕩漾如浪。

這一年一度的鬧市大典，如果空拍機從空中看下來，那可是全城喜宴，樹樹沸騰，葉葉激動，可是樹下的人，低頭看著手機，腳步匆忙，沒有人抬頭。

滿城花開如革命起事，只有蜜蜂知道，她們埋頭在火藥庫似的蜜粉堆裡嗡嗡穿梭。樹鵲和白頭翁也知情，她們在葉叢裡，因為眼前滿溢出來的戰利品而聒噪得不知如何是好。

白千層的葉子，和油加利樹葉相似，細細長長垂下來，葉香浮動、花氣繚繞，在轟轟車馬震動中，召喚了尋香而來的甲蟲。

白千層滿城花開如革命起事，只有蜜蜂知道。

把身體交給森林

計程車走了，立在樹下，一時無法決定是進入大樓回到家，還是設法穿過這忙碌的雙線大道去對面公園走走。

一隻白頭翁拍著翅膀飛過來，停在腳邊。抬頭看，鳥的主人站在騎樓裡。他穿著夾克，戴著壓低的鴨舌帽，背靠著牆，一隻手插在褲袋裡，另一隻手的手指間夾著半根菸。那模樣，像《北非諜影》裡的間諜。

我們用眼神打了個招呼。

白頭翁叫「蛋蛋」，是他乾兒子。

「從窗子飛進我家啦，就開始養他，他也就不走了。」

別人遛狗，忠孝東路的「間諜」遛白頭翁。蛋蛋跟他住，倒也不缺朋友，白千層樹叢裡白頭翁多，每天有固定的聚會時間，蛋蛋直接從二樓窗口飛出去赴約，很像公園裡定時聚在一起下棋的老人。

回家，就是進入一個方格空間，打開冰箱就有食物，扭開龍頭就有飲水，按一下遙控就有冷氣源源不絕，然後再啪啪啪按下不同的開關，讓音樂串流愉悅自己的聽覺，讓新聞畫面籠罩自己的視覺，讓智慧燈光營造溫暖、明亮、浪漫又美好的氣氛，把這個世界的孤獨和蒼涼排在外面。

但是我也可以穿過大馬路，走到公園；公園有個小小荷花池，這季節，荷花多半謝了，但是還會有粉色的花瓣漂浮水面，荷蒂會撐著削瘦的蓮蓬。距離天黑，還有半個小時，或許還可以看見荷葉下時不時浮出水面露出一點點臉的草魚。

荷塘裡的水會散發出腐葉的氣息，蟋蟀會在草叢裡摩擦自己的腿。

這個站立在人行道上決定何去何從的微小片刻，突然讓我想起在歐洲的生活。

*

德國三分之二的國土是森林，週日時，所有的人都在森林裡走路。來自亞熱帶的我所熟悉的，是熱帶叢林，樹木密集，藤蔓糾纏，野草兇猛，人根本走不進去，真要走進林內是得帶開山刀的。初到溫帶的歐洲，看見滿山高挺的山毛櫸和松樹，一株樹和一株樹之間竟然是開敞的空地，陽光把樹葉和樹幹的影子投在地上，人可以和松鼠一樣在光影和樹的芬芳中穿梭遊蕩，撫摸每一株樹，我深深著迷。

家旁的森林，覆蓋廣闊，從這一頭進入，可能行走五天之後才從另一頭走出。進入森林很簡單：走出家門，沿著小徑先遇到一片草原，夏天時，整個草原上白色的雛菊瘋狂盛開，白花花一路瀰漫蕩漾到天際；草原是個大碗，花滿到好像要溢出來。草原盡頭有一個小丘，丘上長滿了黑莓灌木，灌木叢裡藏著大耳朵野兔和松果大小的刺蝟。小丘後面就有一個森林的入口小徑。

*

那麼大的森林，岔路很多，每到一個岔路口，就得決定：何去何從？

熟識了林區以後，走路就有規律了。冬天落雪的時候，往東。半里外有條小溪，淺淺的溪水結冰，可以清晰看見冰的晶體線條。野鴨子小心翼翼把蹼踏上冰層，「噗」一聲就在冰上滑倒，整個身體溜了出去。

早春雪融，森林地面濕透，穿著長筒雨靴行走，方向直行往北，會遇見一片窪地。這時節，雪花蓮從融雪泥地裡猛地鑽出，迅速開出一整片星星點點小白花，佔領森林地面，霸氣宣告冬日任期已過，春天全面接管。

夏日，往西，那是「鹿丘」所在，常會看見成群的野鹿站在栗子樹下，陽光穿過葉隙，一圈一圈搖晃的光圈，碎金一樣灑在鹿的背上，遠遠望去，可以看見鹿的背脊輪廓上一根一根發亮的毛。

秋天，可以在森林裡不管方向隨興亂走，不必抉擇，因為樹林已經酩酊大醉似地一片酡紅。每一個單片葉子，隨手撿起來細看，都是一個古典色彩展示全圖：棗紅、嫣紅、緋紅、絳紫、杏黃、橘黃、薑黃、枯黃、橙色、茶色、栗色、赭色、棕綠、琥珀、黃櫨、秋香……。走進秋色森林中，就是不小心闖進一罈蜜，蜜色如流油，濃得睫毛裡都是金粉。

這種時候，就要把身體交給森林，讓人也成為一片沒有意識、隨風飄蕩的葉子。

若是走到更遠的、陌生的森林，面臨岔路，就難免忐忑：東西南北，往哪裡去？有些小徑，被人踩出一條確定的足跡來，那是顯然安全的路，因為多人走過。有些小徑，被松針層層覆蓋，幾乎看不出路徑，試著用腳踏一踏，松針地毯柔軟地彈回來。

而每一個小小決定，都把人帶往不同的終點，或者說，出口。

*

和蘇格拉底的時代完全一樣，知識，以及因知識而精彩的人，都集中在繁華的城市裡。

在繁華的城市裡，我又過著什麼樣的日子呢？

如果有人從一個高遠的山頭拿一個望遠鏡，聚焦追蹤我吧，他會覺得他在看一個樂高世界。他會看見我這個樂高人形在一個一個盒子之間移動。大樓大盒子裡裝著許多小盒子，我從公寓小盒子進入一個更小的移動盒子，就是車子，再轉入其他不同大小的盒子譬如餐廳、酒吧、電影院、表演廳、畫廊、會議室、辦公室、演講廳。一個盒子與一個盒子之間，我就不斷地移動在一個運輸帶上，那四通八達的柏油馬路。

當他看見我穿過一個公園，公園裡有十幾株看起來高大蓬勃的黑板樹，似乎跑到格子外去了，他馬上可以看見，我進入地下了。原來黑板樹所附著的土，只是被鋼筋水泥夾起來的薄薄一層。地下面是挖空的，海運集裝箱一樣大大小小盒子一層一層堆疊。第一層可能是百貨公司和酒店的地下樓，第二層也許是停車場，再下去大概就是地鐵甬道，列車在跑，那是長型的格子。

不論在哪裡，不論是走著坐著或躺著，我都在格子裡、盒子裡，其實，腳從不真正地著地。

大疫、大火、大水

就說搭計程車的這一天好了，我這個二十一世紀二〇年代的人，生命的一個小切片，是怎麼過的呢？

上午，和一小群年輕人坐著談論：什麼是這個時代最急迫又重大的課題？

他們說：瘟疫、戰爭、氣候變遷。

那是二〇二〇年，二十一世紀第一次的全球瘟疫爆發不久。在白千層鬧市花開的時候，全球每二十四小時有七十萬人確診、一萬五千人死亡，而疫苗還沒有上市。新聞中盡是悲慘的畫面：

殯儀館滿了，屍體無處焚燒，親人推著裝載屍體的板車在荒野中升起的火堆間絕望地穿梭；得不到病床的患者，躺在擔架上，擔架橫七豎八堆積在走廊裡、在停車場上，而醫院和政府的決策者還在焦慮地辯論究竟救命的氧氣筒應該給那先到的，還是只留給那年輕力壯的，讓反正對社會已經沒多大用處的老人們死掉，淘汰一整代人；年輕的兒女在隔離玻璃外淚眼汪汪，痛心無法握住父母臨終的瘦弱的手，年老的父母奄奄一息，在深沉的孤寂和恐懼中孤零零斷了氣。

對戰爭中的人而言，瘟疫反而沒那麼可怕了，因為瘟疫來襲或許可以僥倖等到明天，而戰爭卻是此時此刻的生死離別。在我踏進計程車、往杭州南路口的白千層樹走的時候，敘利亞的內戰已經打了十年，孩子活在爛泥上、媽媽死在溝壑裡、爸爸在垃圾堆裡翻找食物，數百萬人流離失所。葉門在打仗，衣索比亞在打仗，利比亞在打仗，亞美尼亞和亞塞拜然在打仗。已經塗炭二十年的阿富汗戰爭，在二〇二〇年，塔利班叛軍還每年殺害兩千個平民，美軍則繼續轟炸，每次轟炸也會炸死平民。

那時的人們，還無法想像沒多久以後俄羅斯會入侵烏克蘭，加薩走廊會面臨趕盡殺絕，而台灣，會被冠上一個標籤：「全球最危險的地方」。

和三十歲的人討論這些沉重的議題時，我看著他們的臉龐。年輕人啊，臉上光滑飽滿，可能還有點嬰兒肥，雙頰泛著健康美麗的蘋果紅。他們也許一言不發，或是發言時顯得如此靦腆，但是我不被騙——他們心中有主見，只是禮貌一下，讓你先亮劍，看你懂多少。

我幾乎要掉入「時代悲懷」那種情緒。進入二十一世紀的二〇年代，年輕人的前途如此不確定，經濟的保障如此不安全，戰爭的陰影壓在每一個人的心頭，人生才剛開始飛揚就發現自己身處一個無法預測、不可控制的「亂世」。

*

這時，我那不喜歡感情用事的另一半大腦淡淡說，才不是這樣的。你自己這一代人三十歲笑靨如花的時候，伊拉克入侵伊朗，兩伊戰爭發動了最血腥的戰壕搏殺和化學殺人，八年戰爭死傷百萬。然後蘇聯軍隊進入阿富汗，足足打了十年仗，死傷超過百萬人。然後黎巴嫩的內戰，從你大學畢業時開火，一直打到你這一代人快要四十歲了才結束。還有紅色高棉的殺戮統治從一九七五年你到美國留學時開始，短短四年之間兩百多萬人死亡。還有，你忘了一九七九年中國跟越南打了一仗？你忘了一九八二年英國軍艦遠征阿根廷，為爭奪福克蘭島開戰？

再往前好了。你的父母那一代人的青春，是第二次世界大戰，八千萬人活生生從地球消失。再往前推，你的祖父母那一代人的青春，是第一次世界大戰，兩千萬人死亡。

這人類的世界其實從來沒有平靜過。獅子會吃羚羊、野狼會殺馬鹿、毒蛇會吞青蛙，但是你聽過什麼動物有組織、有計畫地，集體殺害另一個集體嗎？

人類的嗜血殘酷，和這個物種的超級「智力」相關。而現在這種特別動盪徬徨的「亂世」感，也來自於網路科技的大躍進。所有陸地上的肢體破碎，所有海面上的喋血溺殺，所有大國的背叛、小國的愚昧，所有的強強相爭、弱弱相食，都被科技帶到每個人的視聽裡，像晶片植入了腦內，一睜眼湧入感官系統的，就是屠殺滅族的鏡頭、轟炸哀嚎的哭聲、不公不義的權力運作，使得你無法不知道、無法別過臉去。

現在的年輕人，要維持天真，太難了。

所以呢？年輕人問，所以呢？

所以，這個時代的動盪，並不真的比前面的時代動盪。你的「亂世」，沒有比前人更「亂世」。如果動盪其實是歷史的正常律動，那麼結論豈不應該是：亂世不亂世，自己的人生只有一趟，該怎麼活，就怎麼活。

可是，什麼叫做，該怎麼活，就怎麼活呢？

*

我們討論的會議室在四樓，有一個小小的陽台。走到陽台透氣，從四樓的高度看出去，剛好是茄苳樹濃綠茂密的樹冠。枝杈裡看得出有一個鳥巢，淺碟，幾根樹枝粗枝大葉地交錯織成，裡面隱約看得見兩個小小白色的蛋。這一定是珠頸斑鳩的巢，可是生了兩顆蛋之後就應該孵蛋的母鳥到哪裡去了？珠頸斑鳩是一輩子的一夫一妻相伴到老，如果蛋在巢中而父母不在，那麼多半夫妻倆出了什麼事。

四處張望了一會兒，沒有鳥的蹤跡，不得不回到會議桌。年輕人把氣候變遷的分析圖片展示在電腦螢幕上。第一張是一隻澳洲無尾熊，睜著像玩具熊般的萌萌眼睛，四肢整個被白色的繃帶包紮起來。這隻無尾熊，名叫路易斯。

二〇二〇年，澳洲的野地山火已經延續不斷燒了一整年，燒掉了十八萬六千平方公里的草原和林地。整個台灣的面積只有三萬六千平方公里。這一場世紀大火燒掉的，是五個台灣，四分之三個英國。

雪梨大學統計大火毀了大約三十億隻動物。意思是說，可能有三百多種瀕危動物和近七百多種稀有植物，因為一次大火而從地球上消失。

這場從太空都看得見的巨股黑煙大火，不是意外，而是氣候變遷。科學家追蹤發現澳洲從一九七〇年到二〇〇〇的三十年間，野火焚毀的面積增加了八百倍，而且以每一年擴大將近五萬公頃的速度繼續擴大。發生的頻率從原來只有乾燥的春夏季，逐漸擴張到秋冬季。遍地野火，氣候變遷用激烈的速度、恐怖的手段，在改變人的生活領域。[1]

毛髮燒光、全身燙傷的小無尾熊路易斯，在醫院裡幾天後就死了。

*

一個一個數字和圖表出現在螢幕上。氣候變遷，地球越來越熱，雨水越來越少，旱災就越來越多。台灣下雨的天數從一九五一年的一百七十天在二〇二一年降到了一百一十五天，足足少了幾近六十天。[2]

天旱缺水，於是需要水的人類就不斷抽取地下水，加速了地層壓密，造成地層下陷。根本就不在海邊的墨西哥市，因為掏空了地下水，一年平均下沉五十公分。[3]一千五百萬人口的天津市是個都市下陷的教科書負面指標，平均一年下陷超過五公分。而兩百七十萬人口的高雄市，以趨勢估計，二十五年以後就可能泡在海水裡了。屏東地區已經累積下陷了三公尺半。[4]

最驚人的是雲林縣，以二〇二三年的紀錄來看，雲林平均一年下陷五．四公分，

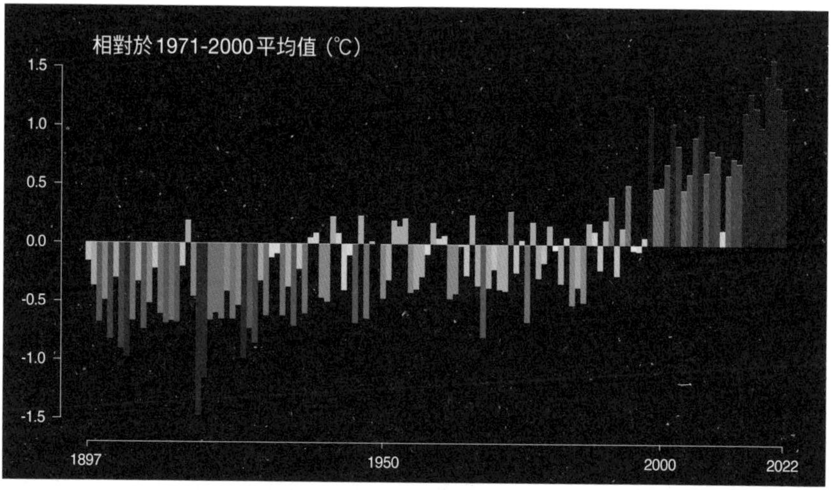

台灣的氣溫變化1897-2022（資料來源：中央氣象局）

但是在土庫台七十八線和高鐵的交界處，也就是高鐵每天行駛的鐵路，已經下陷了一．一四公尺，是台灣地層下陷最嚴重的地方。[5]

聯合國警告了又警告：從一九〇〇年到現在，海水上升的速度超過過去三千年歷史的任何時期，海水變熱的速度則超過人類一萬一千年歷史中的任何階段。估計會有九億人因為家園被海水沉沒而流離遷徙，這種規模的失鄉和流離所可能造成的動盪和戰爭，不堪想像。

*

我半邊的理性大腦彷彿停了下來，不敢再說，「沒有什麼了不起，這世界一向如此」。

這個地球，浩瀚太陽系中唯一已知擁有穩定表面液態水的星球，原來不是永恆的；它會壞掉，會乾掉，也會死掉，它是可以毀於一旦的。

好一會兒沒人說話。突來的安靜，依稀聽見陽台外面斑鳩的叫聲，輕輕的，間歇的，從葉隙傳來，應該是斑鳩爸媽回巢了。茄苳樹旁的馬路正在挖水管，鑽土機突然發出尖銳刺耳的聲音，地面震動。樹上斑鳩的巢，不知安全否。

「問題太龐大的時候，」紮馬尾的女孩邊思索邊說，玩著手上的鉛筆，「當這個世界的問題龐大複雜到一個程度的時候，人就會產生無力感。無力感瀰漫的時候，人就會逃避，尤其是逃避行動，因為他會覺得什麼行動都沒有用。但是不行動，本來嚴重的問題就會更嚴重。這是一種惡性循環。」

「那麼，」我看著清秀斯文的她，「我們可以做什麼呢？」

那個話最少，一開口幾乎聲音小得聽不見的戴眼鏡的高材生說，「應該還是堅持行動吧？每個人身體力行做一件事就好。目標小，容易達成，就不會因為無力感而躺平。」

「而且躺平還振振有詞。」有人加上一句，「太多人覺得，我一個人不會造成任何差別。」

「就說氣候變遷好了，」我問，「你們自己的生活裡有行動嗎？都有選擇做一件小事嗎？那一件小事是什麼呢？」

兩個人舉手：「我吃素。」

一個人說，「我能搭火車就不搭飛機。」

「我騎單車到捷運站。」

「我帶竹編的菜籃子去買菜，不用塑膠袋。」

「我的白紙都用滿雙面。」

「我不買進口的蔬菜水果。」

「我上廁所之後，不用紙擦乾手，也不用熱風機。」

「我家院子有個水缸接雨水，我們用雨水澆花、拖地。」

找光

在騎樓站了一會兒，「蛋蛋」飛到主人的肩膀上，一起離開了，突然想起來，晚上還有一個線上的約會，現在其實沒時間去對面的公園。

如約和遠方的好友做線上「快樂時光」，就是那種各自抱著茶杯、咖啡杯、威士忌杯，把腳擱在書桌上，對著電腦的鏡頭，看著彼此有點「恍如隔世大變形」的頭像聊天的時光。瘟疫蔓延的時候，人們就找出一種既遙遠又親近的方式相濡以沫。

不滿五十歲的他，離開人文薈萃的京城，在大山偏村裡住了五年，埋頭寫書。不寫書的時候，拄杖行走於田間野林，穿著布衣粗褲，長髮已披肩，鬍子也越來越長；曾經傳來一張照片，帶著一頂斗笠，披著蓑衣，雨水打濕了褲子，滿腳泥濘，一派古人範兒。

「你這是黃州的蘇軾嗎？」我調侃。

「那可不一樣，」他認真了，「蘇軾在黃州或儋州，雖然是流放，當地的官吏和人民卻是尊敬他的。老百姓會來求他為出生的孩子命名，文人會找他寫詩，縣官會為他設宴，還不時請他對縣政建設提意見。雖然可能有一些監視，但基本上他是自由的。你說我自由嗎？」

他因言獲罪，當然不自由。「所以你的山居，並不是浪漫文人去擁抱大自然，徜徉山林？」

「當然不是。」

「離群索居，而且作品又不可能發表，也就是說，連讀者都不會有，那寫作的動力究竟來自哪裡？」

他在思索……

「是在一個黑房子裡不得不努力找光，像飛蛾一樣？」我說。

「就是這樣。」

「可是，這麼長期的黑房子，人怎麼自處呢？」

「必須靠自己創造生活，靠自己重新認識生存的意義。」

靠自己創造生活，靠自己重新認識生存的意義……

「這太抽象了。怎麼做?」

「什麼事情都一心一意去對待……」

「譬如說?」

「譬如說,吃飯,就把每天的做飯做菜、擦地洗碗,當作一件大事來做。譬如院子裡掃落葉,就全心全意把掃落葉當作一件重大的事情認真做。譬如看蟲,就把看蟲當作世間一等一的事全神貫注。」

「那你還可以打毛線,」我說,「打毛線和寫書法一樣可以練定力。」

「不行,」他立即駁回,「讀書的時間都不夠。最近在重讀赫爾岑的《往事與隨想》和愛倫堡的《人。歲月。生活》,同時在看馬克思主義的經濟理論,想搞懂一些根本的問題。你在看什麼書?」

「我在讀一本英文書,德國博物學家亞歷山大・鴻堡的傳記,好看極了。三四百頁,我一直期待要讀到英國的達爾文和鴻堡見面的描述。他們兩個相差四十歲,鴻堡是達爾文的偶像。二十二歲的達爾文上小獵犬號的時候,身上就帶著鴻堡的書。結果,一直讀到快三百頁他們才見面……」

「一代天才見一代天才,精彩吧?」

超級無聊,一直期待的那場世紀會面結果是徹底的反高潮。當年上山下海、英姿勃發的探險博物學家鴻堡已老，變成一個只懂得談自己而且一開口就滔滔不絕、無法遏止的人。三個小時的會面就是三個小時的獨白，訪客插不進一句話。這是達爾文唯一也是最後一次和影響了他一生的偶像、導師見面，交流是零。

緣分就是這個意思吧？相差四十歲，各自的人生精華期沒有對上，即便遇見了也不過就是個精準的擦身而過，像一把通向寶庫的鑰匙，偏偏要掉進行駛中列車的隙縫裡。

「我們個人難道不是這樣？」他說，「個人的生命精華期如果剛好碰上亂世，再精華也只能被蹉跎，被糟蹋。所以個人創造自己生命的意義，只能靠自己，不能管時代怎麼樣。」

我就跟他說了全身包紮的路易斯被燒死的故事，然後挑釁他的正能量哲學，「如果你是澳洲森林裡一頭無尾熊，大火燒起來了，你怎麼創造你的生命意義？」

「知道森林會燒，草原會乾，雨不下來，路易斯的後代就會找到出路的。」

我的身體啊

下線，闔上電腦。雖然天已全黑，還是決定下樓，穿過馬路到對面的公園去看荷塘。

荷塘畔有一株巨大的老榕，在粗大的樹根上坐下來。天色幽暗，草叢深處傳來夜鷺的叫聲，低音喇叭似的，聽來寂寥。荷塘氣息清新，帶一點潮濕的草根氣味。風吹著殘葉微微顫動，荷葉下彷彿有魚。

荷塘的水黝黑，四邊高樓的「發光二極體」把強光閃爍爍射擊在水面，幾乎看不清荷葉間的魚。終於看清的時候，吃了一驚；滿池的草魚都浮在水面上。水位太低，太淺，氧氣不足，魚全都把半個頭伸出水面，張著大嘴一開一闔，死命呼吸。有的魚陷入淺灘，一半的身體在爛泥裡，奮力搖擺著尾巴想脫身。

田田荷葉間，滿池掙扎呼吸的魚。

＊

一邊給公園的管理者打電話，一邊回想搭計程車的這一個日子，是怎麼「過」的。和人談瘟疫，談戰爭，談氣候變遷。和人談讀書，談思想，談寫作，談地球的何去何從，談個人的日常道德責任，談讀書人在苦悶中安身立命的尋找。

我生命的「一日切片」，全部在「談」，在都市的小格子裡，在大樓的小盒子裡，從早到晚，談，用大腦，用思想，用我所有抽象的能力。

可是……

我的「身體」在哪裡呢？

如果我的「身體」對這個地球其實沒什麼體驗，我的「感官」對這個地球上的生命沒有什麼真實的接觸，如果我人生全部的知識都來自死人的理論辯證、室內的靜坐閱讀、咖啡館的高談闊論、孤燈下的抽象思索，那麼，在「談論」什麼理論，在「主張」什麼態度的時候，我，能算誠實嗎？

你看，我仍舊在想。

*

荷塘裡竟然浮現了月亮。轉頭看向夜空，油彩般蛋黃色的月亮低懸在兩棟大樓的正中間，像一幅版畫。巨大的滿月，無聲地照著下面河水般的車流，照著我，照著荷塘。風吹起，荷塘水面上的月亮就皺了。

月亮距離我，有多遠？

三十八萬四千四百公里，等於台北飛紐約三十一次、香港飛倫敦四十次。我和月亮同屬太陽系，而整個太陽系，用奧爾特雲來算，直徑是三十萬億公里。而太陽系只是無數個、無數個、無數個星系中微小的一個。

三十萬億是什麼？數字太大，沒法理解。但是我可以理解小的數字，譬如說，宇宙一直在擴大中，月亮離我越來越遠，月球和地球的距離，每年拉開三．八公分。現在的人，一不小心就活個一百歲，那麼一個人初生時到死亡時，月亮離開地球遠了三．八公尺。

恰巧活在二十一世紀的我，看著這晚風荷塘裡微微蕩漾的月亮，草魚黑色的頭和他的大嘴，掙扎出水面時擾碎了月光，我知道月球不是含著情感的夜光杯，也沒有哀戚動人的故事，它只是一個由鋁、鈦、三斜鐵輝石、矽鈦鋯鐵礦組成的冰冷堅硬的球體，球體表層的殼，厚度將近一百公里。

可是地球不一樣啊。如果從月球遠望我們，這地球可不是一個冷冰冰、沒有眼淚的鐵球。事實上，美國太空總署確實拍到一張從月球上看到的地球：一顆圓圓的地球，在「月平線」上升起。

在這無法想像的深邃、無止盡的大宇宙中，我所在的這個含著流動水的星球如此之渺小，然而，這顆斑駁的藍色小球，是浩浩廣袤中唯一含著情感的夜光，唯一抱著溫柔的記憶、心痛的溫度，唯一有沉思和笑聲的星體。

地球那麼小，卻是我們的一切。

一切嗎？所謂「我們」，在這個星球上是什麼？

地球上的生物，大略百分之八十是植物，百分之十五是細菌，百分之二是真菌，百分之二分別是古菌和原生生物各半，剩下的百分之零點四，是動物。

站在月球上看地球。北極在頂端，薑餅色的一塊是撒哈拉沙漠。
美國太空總署的月球勘測軌道器（LRO）於2015年10月12日所拍。（達志影像／提供授權）

人，是這百分之零點四中的百分之二點五，也就是說，人，佔總生物量的百分之零點零一。

這百分之零點零一的生物，已經消滅了百分之八十三的野生哺乳動物和百分之五十的植物。

「我們」？我們誰啊？

我幾乎完全不認識這個被稱為「地球」的地方，或者應該說，屬於百分之零點零一族群的我，對於所謂「一切」中百分之九十九點九九，只有過二手的、理論的、靜態閱讀、抽象思考上的知識，「知識」不等於「認識」；我不曾用我的「身體」，我的「眼睛」，我的腳和手，去認識過它。

好像有點來不及了；還要繼續住在城市裡嗎？

*

露伊絲．葛綠珂（Louise Glück），二〇二〇大疫年中得諾貝爾文學獎，她的那首詩，是不是在問同樣的問題？

岔路

我的身體啊，既然我們相伴行旅的時光所餘不多，
我開始對你有一種全新的溫柔，那感覺既原始又陌生，
彷彿年輕時對愛情……

我會懷念的，不是地球，
而是你。

身體。

離開荷塘的那一晚，夢見無邊無際的綠色草原，夢見森林，夢見森林裡一束陽光從樹與樹之間射進來，陽光變成一圈一圈晃蕩而迷離的葉隙光，日文叫這光Komorebi，木漏れ日。楓香樹林裡，萬千葉片與「木漏」交織，剎時一片碎金。

樹下一隻尾巴蓬鬆的紅狐狸，背對著我。

1 Australian Bureau of Meteorology and CSIRO's "State of the Climate 2020" Report: https://www.csiro.au/en/research/environmental-impacts/climate-change/state-of-the-climate

2 中央氣象局：https://www.cwa.gov.tw/Data/service/notice/download/Publish_20220826110436.pdf

3 墨西哥市下沉 https://edition.cnn.com/2024/02/25/climate/mexico-city-water-crisis-climate-intl/index.html

4 屏東下沉 https://gpi.culture.tw/books/1011201941#:~:text=%EF%BC%88%E5%9B%9B%EF%BC%89%E6%87%89%E7%94%A8%E5%B1%8F%E6%9D%B1%E5%9C%B0%E5%8D%80,%E7%B4%8418%EF%BD%9E21%E5%85%AC%E5%88%86%E3%80%82

5 中央社：https://www.cna.com.tw/news/ahel/202404290125.aspx

第二章

有一天，在林中行走

吠鹿一定不覺得悲愴孤獨，猶如鯨魚一定不覺得自己身軀龐大，
老鷹在山頂盤旋，看見整個遼曠的山谷與河流在自己腳下，
不會問自己為什麼飛得那麼高……

動物流亡

二〇二〇年十二月二十四日早晨，一輛三噸半的小卡車停在家門口。

這是我在台灣南方屏東縣潮州鎮的旅寓，三年前離開台北來照顧年邁的母親的地方。小鎮生活三年，已經使我發現我是一個可以離開都市濃稠而迷人的社交生活、不以鄉間清簡生活為苦的人。

卡車裝滿了不重要的東西：書和生活用品。重要的東西在我自己開的吉普車上：兩隻貓，兩隻小土狗，七隻母雞，分別是芝麻、枇杷、巧克力、布朗妮，加上三隻來亨雞，羽毛雪白、身材高䠷，像三胞胎，分不清誰是誰，因此都叫「白雪」。

載著一個「動物園」上路，從屏東潮州到台東都蘭要經過三段路：沿著台灣海峽往南五十公里，橫穿中央山脈由西往東三十公里，出山後，沿著太平洋岸往北七十公里。

安置動物時，費了一點心思。貓籠放在前面駕駛座旁，因為貓咪對移動會極度不安，需要隨時伸手安撫。狗籠和雞籠在後車廂並置。流浪狗媽媽所生的兩個娃娃，達爾文和鴻堡，才剛斷奶，四腿短短，身體肥肥，走路歪歪斜斜，就是兩個會跌倒的肉球團團。他們四腳朝天也能呼呼大睡，睜開眼睛不知今夕何夕，所以山遠路遙車子晃動都不是問題。雞籠下面鋪了一個塑膠盤，接住糞便，裡面則鋪上一層厚厚的稻草，讓母雞們趴在那裡。羽毛蓬鬆的她們，像極了穿著大圓裙跳華爾滋舞的婦人，剛剛跳完舞，正在托腮慵懶地喝著下午茶。

滿載動物上路，慢慢開，不煞車，不超車。台灣海峽灰藍色的水，閃過一株又一株木麻黃，風景像河水一樣流過去，如同我的生命。

鄉村歌曲輕快的節拍裡有貓咪撒嬌的喵喵聲和母雞自言自語的咕咕聲。等候綠燈時回頭看，狗狗睜開萌萌的、黑鈕扣般的眼睛，看一眼旁邊的雞，又睡了起來。

*

離開台灣海峽轉入大山，天空開始飄雨，灰色的雲迅速聚攏，在山峰與山峰間形成絹布上積水太多的潑墨，往下渲染。名叫「丟丟」的貓突然發出悲戚的叫聲，一聲接一聲。叫「丟丟」是因為，她是一隻被人丟棄在野外的幼貓，像隻老鼠那麼小，我聞聲而覓，從草叢裡撿起來，抱了回家。

伸出右手，把手指伸進貓籠的小洞，撫摸她的耳朵，她用頭來蹭，安撫了好一會兒，漸漸安定下來，這時，母雞突然咯咯咯叫了起來，聽聲音，是芝麻在叫——難道她下蛋了嗎？車行駛中，無法回頭看。

沿著懸崖峭壁行駛，峭壁下是很深的峽谷，腦海突然浮起一個遙遠的、遙遠的聯想。

一九三七年八月，在日軍的砲火轟炸中，南京中央大學開始打包遷校，目的地是重慶。校長羅家倫，那時不到四十歲，有計畫地遷走四千名師生、兩千箱圖書和儀器。打包上船的，包括航空工程系拆解了的三架飛機、醫學院準備上解剖課還泡在福馬林液體裡頭的二十四具人體。農學院許多的珍稀動物，每種選出一對，諾亞方舟模式，「雞犬圖書共一船」大西遷。

但是最後，大學的附屬農場上還有上千頭不那麼「珍稀」的動物，譬如國外引進的牛和豬、雞和鴨——他們都上不了飛機，更沒有輪船可用。怎麼辦？

羅家倫校長告訴大學畜牧場的技師王酉亭說，戰亂啊，可遷則遷，不可遷，沒有人會怪你。

整個大學人去樓空之後，日軍攻破南京首都之前四天，這位技師，把個子小的雞鴨鵝兔分別裝籠，然後把籠子一個一個掛上可以用四條腿走路的牛羊豬馬，像帶著駱駝隊一樣，開始了戰爭中動物的「敦克爾克大撤退」。

從南京到重慶，用筆畫一條直線是一千五百公里，真用腳去走，可能要好幾倍。這上千個帶蹼帶爪兩隻腳的和毛茸茸、吃奶的四條腿的，不僅只是路程問題，他們得過大河，爬高山，穿森林，涉沼澤，而且，在戰爭的交火和轟炸之中穿梭，這用公里怎麼算呢？出發時，牛在頭，豬殿後。雞鴨護於其中，前後綿延四百公尺，上千隻不同的動物，由四個兩隻腳的人類帶領，怎麼走？怎麼上船、怎麼過隧道、怎麼穿過鐵軌？

他們怎麼吃、怎麼拉？怎麼睡？

而且，能想像牛和馬用同樣的速度走路嗎？豬，看到前面一灘爛泥巴而歡喜狂奔時，拉得住嗎？

在漫天烽火中千里運黃金、萬里扛國寶，是因為黃金國寶人人都說價值連城。但是戰爭爆發時，牛羊豬馬雞鴨兔算什麼呢？家禽家畜，跟中央銀行的黃金、故宮博物院的瓷器，能相提並論嗎？

*

流亡動物大隊長途跋涉，歷經嚴寒與酷暑、砲火與檢查哨，十二個月之後，四條腿的和兩條腿的，真的走到了重慶。

這一天，冰天雪地的重慶大街上，擠滿了轟炸中倉皇逃難的人潮。羅家倫在大馬路上遇見這「蘇武牧羊」的隊伍。

……這些牲畜用木船過江，由浦口、浦鎮，過安徽，經河南邊境，轉入湖北，到宜昌再用水運。這一段游牧的生活，經過了大約一年的時間。這些美國牛、荷蘭牛、澳洲牛、英國豬、美國豬和用籠子騎在牠們背上的美國雞、北京鴨，可憐也受日寇的壓迫，和沙漠中的駱駝一樣，踏上了牠們幾千里長征的路線，每天只能走十幾里，而且走一兩天要歇三五天。居然於第二年的十一月中到了重慶。我於一天傍晚的時候，由校進城，在路上遇見牠們到了，彷彿如亂後骨肉重逢一樣，真是有悲喜交集的情緒。[1]

這一位萬里跋涉、趕著牲畜流亡一年的技師，鬚髮盡灰塵，月薪不過八十元。

羅家倫就在那兵荒馬亂、人命如蟻的路上，流著眼淚擁抱那幾個滿面塵埃的人，又低頭親吻了那睜著天真的眼睛的牛羊豬馬們。

*

戰爭爆發時，動物園裡的動物——會怎樣？

一九四三年英美盟軍猛烈轟炸柏林，第一天的轟炸十五分鐘內，動物園裡百分之三十的動物被炸死。第二天，整個水族館被炸爆。

一九四五年蘇聯紅軍攻破柏林時，動物園本身成為巷戰區。管理員先處死了危險的動物，譬如毒蛇、老虎，避免在轟炸的混亂中毒蛇猛獸滿街跑。巷戰結束時，戰前三千七百多隻動物只剩下九十一隻。沒死的動物，逃跑了，不知所終。被打死的，還算新鮮的話，紅軍士兵拿去做了烤肉晚餐。

英國在一九三九年九月三日正式對德宣戰，備戰措施卻早在一年前就已經開始。預估德軍的轟炸和毒氣攻擊會造成大量傷亡，宣戰前就已經準備了三十萬具棺木，並且拆下街道欄杆做了六十萬具鐵擔架。鐵擔架在戰後發現剩下太多，於是又重新裝回去做欄杆，到現在，倫敦還有好幾條街的欄杆是鐵擔架的原型。

戰爭爆發，動物園第一個動作當然就是處死危險的動物。珍稀動物就疏散到郊區動物園。除此之外，政府擔心一旦開戰，糧食開始配給，那麼士兵的糧食優先，平民的糧食會嚴重缺乏，不能夠讓貓狗寵物分掉戰時存糧，於是發「備戰傳單」給全國人民：儘速把你的貓狗送去鄉下，不然就想法處死他們。

傳單上有一把「擊昏槍」的圖片。擊昏槍的使用方法是，把槍口抵住動物的前額，扣扳機，「子彈」射出後其實會重新彈回槍膛內，沒有火藥，但是打擊的強度可以讓動物瞬間腦死。

傳單上還特別註明：「擊昏槍，任何體型大小的狗都可以用，也適用於牛」。

＊

傳單一發布，英國的獸醫診所門前大排長龍，人們帶著自己寵愛的貓狗來「安樂

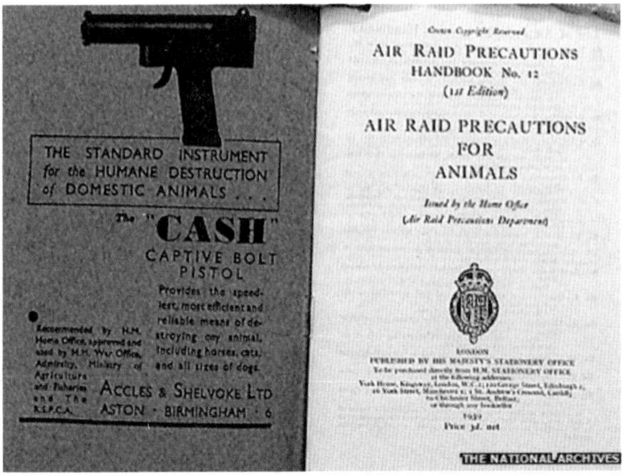

英國內政部空襲手冊「空襲時動物準備」：「人道消滅寵物標準工具：擊昏槍可以極快速、高效率毀滅任何動物，包括馬、貓以及任何大小體型的狗。」

死」，一週之內就有七十五萬隻貓狗被殺。九月三日宣戰後，更大量的貓狗被「處理」掉。[2]

抱著貓、牽著狗來「處死」的人，或許流著眼淚，心如刀割，可是，戰爭本身是個一旦啟動你無法輕易叫停的機器。

而且戰爭，從來沒有停止過。烏克蘭本來是歐洲大陸的野生動物大本營。俄烏戰爭的兩年中，國際的動物保護組織不間歇地想方設法拯救動物園裡頭的老虎、獅子、黑豹、熊。但是烏克蘭百分之二十的生態保護區已經成為戰區，估計有六百多種珍貴動物和七百多種植物直接受戰火威脅。二〇二二開戰以來，烏克蘭森林大火已經超過一千次，地雷和砲火直接點燃了森林之外，森林的地面布滿了黑色的火藥殘餘和砲彈碎片。

沙灘下面埋進了無數的地雷，加上海裡的戰艦聲納不斷發出音波，已經使得大海也變成戰地，不久前，上千隻海豚被發現死在黑海的海灘上。3

*

我的動物專車搖搖晃晃進入了深山。新開出的公路打通了一座山，隧道完成，從西岸到東岸節省了半個小時。開車的人，在山的肚子裡行駛，出了隧道就看見從前只有野獸和猛禽看得見的新鮮風景。山如此之綠，樹如此之密，嶄新的、乾淨的路，如此的齊整，像一把新鑄的劍。

這段山路貼著懸崖而走。路上突然出現兩隻動物，跟狗差不多大。緊急煞車使得輪胎發出刺耳的摩擦聲，車內的貓籠、狗籠、雞籠猛地往前衝，一陣雞飛狗跳，受驚的母雞嘎嘎大叫，在籠子裡猛拍翅膀。

以為是白鼻心，細看之下，原來是兩隻長尾穿山甲，一大一小，就在山路中間。小心停下車，走出車外看仔細些。這對穿山甲，相互依靠著，似乎是母子。穿山甲通常夜間行動，現在接近中午，怎麼會出來覓食？難道是因為，公路鑿山開洞、砍伐森林，打通了山脈，也將他們原來的棲地切割，阻斷了他們自由覓食的通道？或是穿山甲的森林

抱著貓、牽著狗來「處死」的人，或許流著眼淚，心如刀割，可是，戰爭本身是個一旦啟動你無法輕易叫停的機器。

腹地不夠了，不得不離開森林來找吃的？

更奇怪的是，穿山甲是最容易受驚嚇的動物，他們尤其躲著人類，登山的人想看到他們都不容易，怎麼會在光天化日之下的路上停下來？

山風徐徐，滿山的樹木搖晃，細雨已止。在朵朵雲團飛行的節奏裡，陽光在雲間閃爍，天空時不時露出一小塊晴朗的藍。穿山甲顯然是從我左手邊的森林裡鑽出來的，正在往路右邊的懸崖峭壁前進。走到懸崖邊往下看，嚇一跳，山崩的裂石碎礫如瀑布一樣傾入山谷，鋼筋做成的網，把上半段的土石固定。這顯然是一個常常坍方的地點。

山谷很寬，一條溪蜿蜒於中，正是冬天枯水期，河床乾涸，裸露的鵝卵石閃閃發光。

兩個一身盔甲的動物朝向我觀望了一下，開始移動。小的穿山甲把兩隻前腳搭在媽媽的背上，緊緊貼著母親，幾乎是讓媽媽拖著前行，完全像個拉著媽媽裙角撒嬌的小孩，但是小穿山甲一瘸一瘸的——是不是受了傷？

母子相偕走到懸崖邊，消失的那一刻，我才發現，小穿山甲的尾巴斷了半截。

他們的鱗片在陽光的照射下，閃著金黃色的光。

後來獸醫告訴我，穿山甲尾巴多半是被咬斷的。過去可能是被獵人放進森林裡的金屬捕獸夾把尾巴夾斷，現在大多數卻是被遊蕩犬撕咬斷裂的。

人，把捕獸夾埋置在森林裡，讓野生動物斷腿斷腳。人，把狗帶到山林裡丟棄，讓狗飢寒交迫，然後變成山裡飢不擇食的遊蕩犬猛獸。森林裡小型的野生動物突然發現自己處在隨時可能被野狗包圍撕裂的環境裡。

繼續前行，經過一個又一個的原住民部落。這條人以為傲的穿山公路，把人帶到夢想的遠方。開路之前，山裡的原住民背著竹簍，負著沉重的產品，下山去交易，是一趟無比艱辛的行旅，幾天幾夜的攀登和跋涉之外，還包含一路毒蛇猛獸的威脅。現在，山中生活的人輕鬆了，外面世界的人，如我，也進來了。開山開路，通暢便捷，改變了原住民的生活，擴大了我的視野和世界，同時也毀了「非人類動物」的生存環境。

而這一切，都是回不去的了。

*

貓不停地喵喵叫，車子的行駛對他們真是不可理解的天搖地動。小狗則天真酣睡，把車當搖籃。上車時在台灣海峽，一覺醒來已是太平洋。

抵達新家，第一個先快快抱下貓籠，把飽受驚嚇的他們帶進屋內，貓需要室內的安全感。

然後抱下狗籠，放在草地上，打開門。兩團肉球伸展一下身軀，跳上綠油油的草坪，開始打滾。

雞籠一打開，所有的雞歡快地拍著翅膀，像放學的小孩，迫不及待連飛帶跳地衝出。對她們而言，眼前是無邊無際的青草，青草裡必定是有肥美的蚯蚓。

唯有芝麻，趴在那兒不動，圓圓的黑眼睛盯著我看。她想說什麼？

伸手把芝麻抱起來，看見她趴著的草墊，被她的體重壓得淺淺凹下，有一顆雪白渾圓的蛋。摸一下，溫溫熱熱的。

抱起暖呼呼的芝麻，我低頭親吻她粉紅色的雞冠。

吠鹿

院子裡一株高大的中東海棗樹。黃昏時，來到樹下，背對大海，面山獨坐。

即便是冬天，還是有偶爾的、稀疏的鳥鳴。大冠鷲一整天在天上盤旋，身為兇悍猛禽，聲音卻細嫩如嬰兒。紅嘴黑鵯一身黑羽，配一張口紅擦了太多的嘴。初到山中時，總以為哪隻貓不小心爬上了樹下不來，一直喵喵叫個不停。找到源頭，才知道，那是紅嘴黑鵯的叫聲。

獨坐，需要收心。閉上眼睛，面對那四散紛亂遊蕩的念頭，想像每一個念頭綁著一條絲帶，把絲帶一條、一條收回來，放下，然後讓全身的感官打開到極大，從頭頂到肩膀到膝蓋到腳趾頭，去感覺夜的滲透、夜的氣息、夜的濕度。夜，浸潤了眼瞼睫毛、手臂汗毛。

院子裡一株高大的中東海棗樹。黃昏時，來到樹下。

暮色漸漸聚攏，承載著我的身體的地球轉了大半圈，讓最後一道陽光沉入山稜線。當我發現這漸層的光已經真的暗下來的時候，大冠鷲、白頭翁、斑鳩、大卷尾們就已經歸巢了，雪白的來亨雞已經飛上了黃連木，腳爪抓穩樹枝，拉下了眼簾睡了，而蝴蝶，這時分收起斑斕的翅膀，把自己疲憊的身體掛在澤蘭花的細枝上，也靜了。

龐大凝重、黑沉沉的山體，像遠古傳說中巨大的神殿聳立。稜線上的樹，一株一株，黑色剪影那麼清晰地投射在天幕上。

一靜下來，遠處海浪撲岸的濤聲從耳後傳來，竟是如此分明。低低的，一波一波的，雖然背對著海，我也能用內在的眼睛看見白色翻起的浪花，花紋彷彿精密雕刻，瀰瀰漫漫淹上長了海苔的黑色岩石，又捲著細沙汩汩退回。

*

這時，森林裡突然傳來一聲吼叫，顯然來自某一種動物，是那種用整個肺腑逼出來的暴喝聲，在人的耳朵裡聽來，十分淒厲，甚至有一種慘痛的況味。

我遽然坐直，聆聽。這是什麼動物？

她暴喝一聲，停一下，暴喝一聲，停一下。整個山谷、整片森林，那淒涼、孤獨的呼喊聲，響徹了蒼茫的空曠，傳到一株中東海棗樹下獨坐的人耳裡。

為什麼聲音如此悲愴？她在找什麼？她在呼喚誰？是巨鳥？是野獸？發生了什麼事情，使得她的叫聲如此荒涼寂寞，如此嘔心瀝血？

爾後每天的清晨和黃昏，都會聽見她的聲音。無論手中正在做什麼，翻土、種花、讀書、抱著小狗，我都會立刻停下來，靜止，側耳傾聽她粗獷悽惶的聲聲慢。

*

她是山羌，一種鹿。

身體小小的，眼睛大大的，耳朵長長的，羞怯、害怕，可是叫聲大到完全超出她身體的比例，難怪被稱為「吠鹿」。是的，福爾摩沙吠鹿，她用全身的力氣在「吠」，聲聲吠。

吠鹿是個孤獨的鹿。她選擇在大多數動物還在洞穴裡沉靜的時刻出來行走。清晨的露珠還沒從葉尖滑落、鳥還沒醒過來、陽光只透露一絲絲緋意的時分，或者，黃昏的顏色在山頭，從粉紅轉暗紫而藍黑、星星初上、夜霧正起而萬籟俱寂的時候，吠鹿開始在森林裡走路，從溪谷到溪谷，從山頭到山頭。

面對都蘭山，獨坐院落裡，在一株葉叢濃密的海棗樹下，低眉聆聽這孤獨的吠鹿，在她的聲音引領之下想像她的蹄，從西北邊的竹林，一步一步，走到了東南邊的桃花心木群樹間。她的身體掠過橫豎交錯的黃藤，她的腳，踩在乾燥的落葉上發出颯颯的聲響。獼猴從樟樹的高處看著她有時遲疑的身影。

一直進進出出我思維那散漫、飄忽、不斷冒出、不受控制的念頭，慢慢、慢慢地沉澱。閉上眼睛，吠鹿迴盪於大山與大海之間的聲音，竟然像一個深沉無言的導師親身帶著我上課，我終於能夠把念頭鬆開、放走，讓身體和感官跟著她一聲一聲的喊叫融入山林的呼吸。

吠鹿一定不覺得悲愴孤獨，猶如鯨魚一定不覺得自己身軀龐大，田鼠也不會覺得自己的家裡泥土太多。老鷹在山頂盤旋，看見整個遼曠的山谷與河流在自己腳下，不會問自己為什麼飛得那麼高。只有我這靈長類動物，總是追問生命的意義，卻用思想把自己和生命分開。

吠鹿之吠，讓我停在一個凝固的剎那，海棗樹下，什麼都不做，只是聽。

跟馬拉道說

從台北來探視的朋友，多半情深義重。他得搭一個小時飛機或者四個小時火車。到了機場或車站，只能乘特別預訂的計程車，因為，山居太偏僻。不在導航地圖上。有一次一個訪客在機場叫車，司機不識路，被導航帶到深山中一個芒草覆蓋的廢棄大坑去了。

有些人是都市捧在手心長大的嬌兒，腳上的鞋從來不讓沾到泥土；蚊子比病毒還可怕；看到螞蟻要尖叫；太陽眼鏡防曬油二十四小時帶在身邊。一個特別豪邁的，進了門就大聲嚷：「哎呦喂呀你怎麼來到這鬼都找不到的地方。」

自行開車來訪的人，離開主幹道，一入山徑，地勢迴旋，山峰忽左忽右，感覺是直直駛入大山的懷裡。高聳的山壁從平地九十度拔高，路越走越野，車速極慢，因為有獼猴成群過路，有的從樹林裡突然跳出來，蹲在路心張望；有的走懸空電線，馬戲團表演似地平衡在高空，用粉紅色的屁股對著人；有的盤踞樹上，從葉叢裡用那又是天真無邪又是老謀深算的眼睛打量著人和車，然後抓抓頭，跳上一株更高的樹。

路兩邊的天竺草比人高出很多，極其濃密，草葉彎下來，把路面覆蓋掉一大半。銀合歡夾在草叢中，橫七豎八的樹枝突出路面，刮著車身。這時，城市訪客發現自己身處一片荒煙蔓草中，看不到路有盡頭，開始信心盡失，覺得自己一定走錯了路。有些人，就在這裡決心回頭。

若是天黑了，山居四周沒有鄰居，沒有路燈，一片漆黑，只有車燈的一小道光，照亮前面鬼魅的森林和幽寂的路面。看不清身形的動物突然竄出草叢，從車前無聲穿越。橫在路面上突起的東西，可能只是風吹下來的一截樹枝，也可能是一條蛇盤在那裡。不管是什麼，四顧無人的曠野，深不見底的黑暗，人，害怕聽見自己的呼吸。

*

我也怕黑。初來時，一到晚上就不敢出門，害怕在無月無星無燈火的黑山裡行走。可是，黑是什麼？為什麼怕？在漆黑裡，山不動，樹不移，溪水在同樣的地方淙淙而流，動物在同樣的洞穴裡或臥或走，萬物各自所在，唯一的差別是，身為哺乳類靈長動物的我，眼睛結構使我在黑裡頭看不見。

那麼我恐懼的，究竟是什麼呢？

最讓人害怕的「動物」，其實是人吧？

於是有一天，就去了都蘭派出所，帶了水果，和警察坐下來喝茶。我是鄉村警察的女兒，對鄉村派出所感覺特別親切。

「一個人住荒郊野外，擔心安全，」馬上問最關鍵的問題，「所以想知道，你們過去一整個月，部落裡最大的『案件』是什麼？」

年輕的警察們你看我、我看你，想了好一陣子，說不出什麼，最後想起來了，高興地說，「有有有，上個月最大的事，就是部落裡有羊走失了，我們幫村民找了回來。」

找羊？

沒有謀殺案，沒有搶劫案，沒有強暴案，沒有竊盜案，沒有酒醉打架，沒有尋釁鬧事，只有大家合力把一頭羊給找了回來。

所以我不需要怕人類可能在夜黑風高時做出的事。

那麼，害怕的是什麼呢？

害怕「不知」的東西吧？黑暗，使我的眼睛看不見陽光下看得見的東西：樹枝上纏著的、草叢裡趴著的、森林裡盯著我的車燈默不出聲的、溪水裡正要爬游上岸的、泥土裡聽見我的腳步震動馬上要鑽出來的……

凡看不見的，就是不知，就是不確定。害怕不知，恐懼不確定，不是很自然嗎？

那麼如果，我在白天就熟悉了這兒的每一座山、每一株樹、每一條溪、每一個叉路和轉彎，如果我在陽光下認識了這片森林裡每一種野草的名字和出沒於深林草叢的每一種動物，我還會怕黑嗎？

*

三公里外一個藝術家在家裡開營火晚會。夜色濃濃，小米酒飄香，有人在歡快的韻律中搖擺，有人在草地上彈吉他，是個西班牙人在唱地中海的民謠。

火光隱約閃耀中，一雙長靴走向我。長靴上是蓬鬆的花長裙，貼身上衣，頭上一頂墨西哥帽，遮住了半個臉孔，這女子渾身散發著成熟的魅力。

「有沒有注意到，你家附近沒有鄰居？」她單刀直入。

喔，顯然她知道我住哪裡……

「你想過為什麼嗎？」

這問題令人不安。我沉默。

「跟你說吧。你家後面的山，是我們族人的神山；那一帶沒有人住，是因為，對族人來說，能量不夠的人，是不會住到那邊去的，那邊靠神太近……」

遠處一群跳舞的人突然爆出一陣笑聲。

四周都是森林，森林是漆黑的，但是冬夜裡一堆熊熊的火，讓人覺得，籠罩在頭上的黑雖然無邊無際，卻是寬厚的、溫柔的，像一條柔軟的毛毯。火光近處，有人在草地上翻跟斗。海風微微，音樂斷續，笑聲飄蕩。

「我想說的是，」她的聲音很輕，很真誠，「不要覺得是你選了那個地方；是那個地方選了你。」

＊

開始回想獲得這塊地的過程。

我沒有尋找。

動念第一天，發簡訊給一個不必多言就了解的好友。簡[illegible]帖：「渴親土。盼留意。」

朋友回：「悉。」

第二天，他來訊：「某山中農地正覓新主。一切合法，可勘。」

第三天，我到了。高高瘦瘦的賣主被介紹是個「賣菜的」。

所謂「看地」的半個小時中，賣主跟我像國慶閱兵一樣，巡視這一小塊地上的每一株樹：穗花棋盤腳、黃連木、中東海棗、狐尾椰子、樹葡萄、茄苳、青剛櫟、竹柏、毛柿、流蘇、棒花蒲桃……

顯然是樹迷碰到了樹迷，我們從頭到尾都在談樹。

「你知不知道，」他說，「毛柿就是黑檀木。」

啊，不知道。趕快仔細看看毛柿灰黑色的樹幹和淡淡的紋路。

「黑檀木是珍貴木材，台灣原生，以前部落裡只有頭目才能用黑檀木做權杖跟禮刀。」

走到了一排黃連木下。是早春，黃連木樹梢的嫩

色的樹。

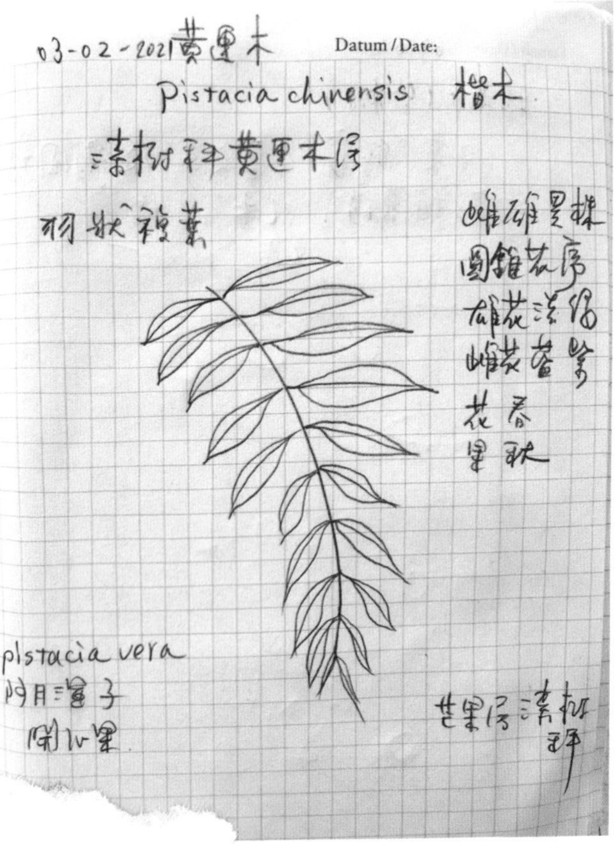

楷木，也就是黃連木，說是學生子貢種的。

「種了那麼多黃連木，」我說，「你知道黃連木就是楷木嗎？」

他搖頭。

「種在孔子墳前的樹，就是楷木，也就是黃連木，說是學生子貢種的。周公墳前當時種下的樹，是模木。所以『楷模』來自兩種樹的名字。」

他很興奮，「那模木是什麼樹？」

「不可考了。只知道『模樹』春天葉子青綠，夏天變紅，秋天變白，冬天變黑。現在的人不知道這是什麼樹。」

他看著黃連木思考，「模樹會不會是烏桕？」

「應該不是，」我說，「烏桕是《山海經》裡面說的『三珠樹』。三珠樹在『厭火國』的北邊，長在『赤水』岸邊，樹形像柏樹，葉子都是珍珠……」

除了樹，什麼都沒談，但是我心裡已經知道，這裡，大概就是我要「讓腳板踩在柔軟濕潤、土味瀰漫的爛泥巴上」的地方了，只是不知和這賣主有沒有緣分。

轉身離開，已經走出了漆色斑駁的大鐵門，賣菜的突然說，「等一等。」

他衝進屋，快步出來時，手裡抱著一疊書，還有一支簽名筆，靦腆地說，「沒想到會遇見作者本人，這些都是你的書……」

「賣菜的」，是個愛種樹、愛讀書的人。

從動念到簽約，前後三天。

現在這位火光中看不清面孔的窈窕女子告訴我，是地選了我，不是我選了地。

「那座神山，」她繼續平淡而溫柔地說，「神的名字叫馬拉道。以後遇到任何事情，你都可以在心裡跟他說，他會聽，他會保護你。」

一直到離開，都沒看清這女子的臉。

那樣一個山中夜晚，黑暗的涵義，是海面吹來的酥酥的風，是火焰飄忽的黃金線條，是草地上跳舞的瘦瘦的光腳，是隨著風一會兒聚、一會兒散的人世間的語音，是因黑暗而沉澱、而斂靜、而甘願的一種甜美的靜謐。

黑暗的意思是，如果你認識我、信任我，你就不會懼怕我。

那是我第一次聽到馬拉道的名字。

*

第二次聽到，大概是好幾個月以後。

穿著粗布長褲，戴著手套，跪在草地上，正在用力拔石縫裡扎根的含羞草。部落裡的農人告訴我：「只有你們城裡人才會說含羞草漂亮。含羞草最討厭，會刺人，而且根很深，很難拔，長得又快。幾天不拔，你整塊地都是刺了，很可怕……」

含羞草的花，小小圓圓一朵朵，燦亮的粉紅色，像一個個童話版的迷你粉撲，確實可愛，可是含羞草其實是荊棘，草坪一旦有含羞草，擴張迅速，轉眼間就變成滿地蒺藜，光腳不能再踏上草地了。

拿著鐮刀正在用力，「叮」一聲，簡訊進來。是一公里外的緊鄰。

「昨天我家籬笆上發現一條龜殼花，死了。你要小心一點，春天，草地裡都可能有蛇。」

驚得從跪著的地方跳起來。

「蛇尤其喜歡躲在石縫裡……」

慌忙伸手把插在石縫裡的鐮刀用力抽出，倒退一步。

乾脆打電話，問清楚。「蛇，為什麼會死在你家籬笆上？」

她說，為了防蛇，在籬笆上布了漁網；晚上，蛇肚子餓出來找東西吃，想穿過漁網

不要覺得是你選了那個地方；是那個地方選了你⋯⋯

柔韌的洞，無法使力，進退不得，就卡在漁網上，掙脫不了。第二天早晨太陽出來，就被曬死。

「我們也覺得很不忍，可是，又真的很怕毒蛇進到屋裡來……」

「蛇若是真的進到家裡來了，你們怎麼辦？」我問。

鄰居娓娓道來。有一天晚上，他們在臥房裡發現一條蛇，應該是很毒的鎖鏈蛇，趕忙打電話到派出所。雖然抓蛇的權責已經換到農業單位，人們還是習慣地找派出所。接到電話的執勤警員一聽說是抓蛇，不囉嗦，直接把話筒交給一個原住民警員。一般的說法是，原住民很懂得抓蛇，有些人抓到蛇就歡歡喜喜拿去泡酒。

這位原住民警員用專業的語調說，「馬上過去，給我你的地址。」

鄰居一報上地址，警員停頓了片刻，然後模糊地說個理由，就不去了。

「什麼理由呢？」

鄰居說，「我也不太懂，但是他提到馬拉道，意思好像是說，神山，不方便去。」

既然警察不來，她只好放下電話，去把大門打開。不一會兒，就看見那蛇，好整以暇地從大門游了出去，不疾不徐。

蛇鵰

每天一個人到森林裡遊蕩，沒有目的地。

吉普車駛過乾涸的小溪，出現一條破落荒徑，顯然人跡久不至，落葉腐木覆蓋，路面中央裂成深溝。目視判斷，車身勉強可以進入，但是不能迴轉。如果是條死路，前面又沒有空地，就會無法回頭。

但是，說不定這條路的盡頭是一條大路，大路說不定又通往公路呢？真是死路回不了頭，就練習一路倒車吧？

停在路口遲疑了一會兒，還是決定冒個險，進入。

緩緩行駛，按下車窗，周遭寂靜，腐葉潮濕的氣味瀰漫，是森林最原始的氣息。路面殘破，青草從裂縫怒長。大樹上纏繞的手臂粗的老藤從空中垂掛，鞦韆一樣橫過小徑，把車子直接駛入樹叢避過，再回到小徑，輾過一地的石塊和斷枝殘根，汽車震動得厲害。

慢行中，突然啪啦啪啦，一隻巨大的鳥從右邊草叢振翅竄起，越過車窗。嚇一跳，煞車。

是一隻猛禽，雙翅展開簡直比我的車頭還大，腳爪抓著一條長長的帶子，也可能是一條人的褲子；是不是褲子太重了，猛禽在我驚嚇的眼前突然放鬆了腳爪，飛進左前方的樹林，停在一根高高的樹枝上不動，俯瞰我。

她又圓又大的鷹眼注視我。

我上半身伸出車窗，仰頭注視她。

猛禽全身黑褐色，頭上黑色的羽冠很像用髮油往後腦梳過去的《花樣年華》電影裡的髮型，尾端綴著白點，一派出席正式宴會的架勢。整個臉卻是鮮豔的黃色，包括「眼白」都是強烈的鮮黃，而眼睛中心的眼瞳深黑，凸顯出她圓睜睜的注視有子彈發射似的銳利。

在車窗前丟下東西的那一瞬間，清晰看見她巨大有力的腳爪，是和她的臉同樣鮮豔的黃色，腳爪頂端有黑色的尖銳「鐵鉤」。展翅時，兩片翅膀的末端如花瓣綻開，雙翼和尾巴還以幾道白色做為燕尾服黑羽毛的「滾邊」。

在無聲的片刻對望中，我簡直無法動彈。

這隻猛禽的美——色彩的對比與層次、線條的精密和複雜，我哪裡需要美術館呢？她此刻站立在一株苦楝樹上凝視我，那眼神的認真專注、那姿態的自信霸氣，那一瞬之間把大地所有的恢弘和深奧都展示了的無言，我的眼眶濕了。

從前只是隨意瀏覽不去細讀的瑣碎新聞，突然之間彷彿「醒」了過來：大冠鷲被捕獸夾夾死、大冠鷲被高速車撞殘、大冠鷲被人剪斷腳爪、大冠鷲撞到無人機斷翅斷腳……

是的，她就是大冠鷲，蛇鵰。

定下神來，回頭看那丟在地上的褲子。

哪裡是褲子啊。

一條蛇，一公尺長，身體比我的手臂粗。這麼粗、這麼長，通體黑，割草的工人告訴我，應該是無毒的南蛇。

不敢動。等候片刻，確定那蛇真的完全靜止，才下車。

對蛇的恐懼使我渾身不適，勉強一小步、一小步靠近，止步在一公尺外，不敢再進。

每天一個人到森林裡遊蕩，沒有目的地……

無法知道這蛇究竟有多長，因為，蛇的整個頭都被吃掉了，一團的血肉模糊；或者不只是頭，而是包括頭的半個上半身。

大冠鷲停在高枝上，盯著我的一舉一動。

她顯然在等我離開，好飛下來打包食物，帶回去給她的孩子吃。

*

恐懼。我恐懼蛇。恐懼到小學課本裡凡是有蛇類圖片的全都會被我撕掉；恐懼到不敢聽人說到「蛇」這個字，因為當晚就會做惡夢；恐懼到看見蚯蚓或者一條繩子心裡就發慌、不舒服。

但是此刻站在這條死蛇旁，我名為「恐懼」的那個情緒，突然變得無所適從起來。

這條蛇，應該是在草叢裡覓食，被蛇鵰發現，俯衝下來攻擊慘死。這是大自然裡弱肉強食的規則，我此刻恐懼的對象，是一個食物鏈裡的弱者。蛇會吃青蛙，但是此時此刻我的目睹，她是那喪了命的弱者。

對一個被殘害的「弱者」恐懼，我的恐懼，究竟是什麼呢？大冠鷲叼蛇，把蛇丟在我眼前，在告訴我什麼呢？

回到車內，小心地避過蛇屍，繼續駛入荒野。

野徑的盡頭果然出現一條稍微寬敞的小路，兩邊仍是雜木交錯，杳無人跡。長蛇血肉模糊的景象仍在我腦裡盤旋，心中卻充滿一種沉重的、感恩的情緒。沉重，因為知道這個地球已經不堪負荷，洪水滅村、大火焚山、瘟疫蔓延，末日的實境觸目驚心之外，人類的步步擴張、節節逼近，使得野生動物已經無處可退，而我自己，就屬於那節節逼近、壓迫的一方。

感恩，則是因為此時此刻，我的周遭竟然還有叢林野澤，還有荒溪亂石，還有猛禽大蛇，讓我知道，我這個大腦發達、肢體軟弱但征服慾望無限的靈長類動物，和大自然最初始的臍帶，似乎並沒有完全斷裂。

突然聽見激烈犬吠。七八隻餓得眼睛發射綠光的遊蕩狗，有的已經瘦到露出一排一排突出的肋骨，正包圍著一隻落單的、瘦小的、驚恐無比的白鼻心。

---

1 羅家倫，《逝者如斯集》，商務印書館，北京，二〇一五，頁二三—二四。
2 https://www.dailymail.co.uk/news/article-2460094/Panic-drove-Britain-slaughter-750-000-family-pets-week.html
3 https://www.ifaw.org/news/emergency-aid-ukraine

第三章

有一天，在部落喝酒

不想說話，只想在這濤聲隱隱的沉默中舉杯，
向荒村酒肆此時此刻的一切微小事物致敬……

蝸牛炒辣椒

回家的路上，山路轉彎的地方，有一株桑樹，桑樹垂蔭掩映著一扇門——一扇用樹枝橫七豎八綁在一起的柴扉。柴扉後面是一個鐵皮屋搭起來的工寮，鋤頭、鐵耙、割草機放在門板邊，鐮刀鋸子掛在鐵釘上，沾滿污泥的手套掛在一支竹掃把上。

工寮前面燒著一爐火，枯枝為柴，鐵鍋盛水，白花花的蒸汽正往上冒。一個女人蹲在火邊。她戴著一頂運動帽，帽簷繡著某某候選人的名字。大紅花布包著她整個脖子和臉，只露出眼睛。她正要掀起鍋蓋。

柴扉工寮距離我家生鏽的大鐵門大約五十米，所以這個看不見臉孔的女人，雖然不住在這工寮裡，仍然可以算是一個鄰居了。

下車，走近柴扉，撥開桑葉，大聲問：「在煮什麼？」

女人沒抬頭，大聲回答：「蝸牛啦。」

我們隔著一點距離，而且她在溪邊工作，溪水發出嘩啦嘩啦的聲音，海風翻起樹葉，樹葉發出咻咻被風撞到的聲音。更遠處，如果側耳聽，太平洋的水懶懶拍岸更是不停歇地發出一種低音大提琴合奏的背景音響。桑樹裡顯然藏著兩隻五色鳥正在玩命似地情歌對唱，怕錯過春天。在這樣充滿大自然聒噪的天空下，我跟婦人的對話有點隔空互「吼」的意思。

原來，所謂「鄉下人講話大聲」，是因為天大地大，人的聲音必須像鳥一樣穿越溪流、風葉、大地的空曠和海浪的音波。

草地上蝸牛到處都是，種下的萵苣和豇豆才冒芽，就被他們一夜之間吃個精光。不怪他們，上天造物，讓蝸牛的牙齒長在舌頭上，每隻蝸牛嘴裡有一兩萬顆牙齒。長這麼多牙齒，不吃做什麼？

「地上爬的那一種嗎？」

「是啊，」她用勺子撈起一勺帶殼的蝸牛，看熟了沒有，「我們原住民什麼都吃……」

「我也什麼都吃啊，」我喊回去。

最愛吃熱騰騰的法國蝸牛，加奶油。

「進來坐啊。」

推開柴門，踏進園子，聽見公雞叫，雞舍在不遠的小丘上。放眼望去，幾畦田，只種了蔥。

「你們不種東西？」

「以前有種釋迦，後來猴子太多太多，一大群，每天來，釋迦還沒熟就被吃光光，沒辦法，氣得不種了……」

她站起來，走到溪水邊一個大盆蹲下，大盆裡滿滿泡著帶殼的蝸牛。我們並肩蹲下。她開始把蝸牛肉從殼裡挖出來，用一根削尖了的竹籤。

「怎麼吃呢？」我問。

「炒辣椒啊、蔥啊……」

告別時，她無論如何要我把一袋子她剛剛挖出的蝸牛肉帶走。

晚上立刻下廚實驗。把蝸牛肉用清水涮一涮，辣椒、生薑、蔥，大把放進鍋裡，炒蝸牛肉。反正都是蝸牛，和法國蝸牛應該不會太不一樣吧。不管怎麼樣，跟威士忌或小米酒，應該是絕配美食。

香噴噴一盤「都蘭蝸牛」上桌，太誘人了。吃了一口，嚇了一跳，滿口濃濃黏液，兼以極重的泥土味，簡直像吃了一口吐在泥巴裡的濃痰，無法下嚥。

晚上剛好歐洲的朋友來電聊天，我問，「你們是怎麼清洗法國蝸牛的？」

美食家可得意了，細細說來，「第一，把蝸牛放在一個空氣流通的盒子裡，讓蝸牛斷食兩週，清腸胃。這段期間只給他們喝水，而且那個盒子得每天洗刷。第二，用水徹底清洗蝸牛身上的黏液跟泥巴。第三，把洗過的蝸牛放在水裡泡上幾個小時，水裡要加點鹽或醋，把他們體內的髒東西排泄出來。浸泡以後，再用水清洗，一次一次清，一直清到水變得乾淨。第四，把蝸牛放在沸騰的鹽水裡面煮十分鐘。十分鐘之後，才把他們從殼裡挑出來。第五，挑出來的蝸牛肉，用流動水清洗，一直洗到徹底乾淨。這時才能開始料理。」

第二天，經過工寮，婦人正在餵雞。聽我敘述實驗經過，她嘆一口氣，看我一眼，說，怎麼會有人不懂得洗蝸牛？蝸牛整天在地上爬，一身黏答答，當然要洗很乾淨。哎，我哪知道要洗多少次啊。

不過呢，她開始說起她的小時候。「我們小的時候，到處都是蝸牛，稻田裡滿滿是泥鰍，水溝裡滿滿是蝌蚪。我爸最愛吃蝌蚪煮湯。你知道蝌蚪肚子裡其實都是泥巴。有一次，他吃蝌蚪，說蝌蚪的泥巴味不夠重，不好吃，他還加了一小匙泥巴摻著蝌蚪吃，就好像加辣椒油一樣。」

是的，我也記起了野望彌彌盡是稻田、挽起褲腳一腳泥鰍的年代。隔壁大嬸把泥鰍放在水盆中，下鍋之前，只是稍稍過一下水，不刮鱗，不除內臟，泥鰍身上一層黏膜，摸起來滑溜溜的，連黏膜都不去除，就放進大鍋涼水裡。是的，那時是用涼水煮泥鰍的，水溫漸漸升高，泥鰍在密蓋的大鍋裡被活活煮死。泥鰍因熱而撞鍋子發出蹦蹦蹦的聲音。

那時愛吃泥鰍，應該也是吃了滿肚子泥巴的吧。

深夜有犬吠

兩隻狗本來是趴著熟睡的姿勢。達爾文一身短黃毛，一條一條黑紋交錯，頭又小，看起來很像那種專吃動物屍體、外表猥瑣陰險的土狼。可是千萬不能以貌取狗，達爾文可愛隨和而且聰慧過人——在廚房門上加了一個門扣以防止她進入偷吃貓食，她就在十分鐘內研究清楚如何用鼻子精準撬開門扣，堂堂入室，把貓碗一掃而空。

鴻堡一身光亮的黑毛，在關鍵處，譬如從下巴一條直線貫穿下腹到尾巴，卻是一道帥氣的雪白。全身黑，顯目的鼻尖和高聳的尾尖，綴上一點白，就是一隻玉樹臨風的類邊疆牧羊犬。他不知怎麼長了一對情深如海的雙瞳，深深凝視我的時候，那眼神總讓我想起電影《色戒》裡深情憂鬱的梁朝偉。

他們能聽見人類聽不見的聲音，看得見人類看不見的動靜。從看似睡著了的姿勢到一躍而起、子彈一樣飛射出去，是一個閃電的速度。

兩隻狗已經衝到了老遠的大鐵門，我才聽見，是的，有車子來到門口。車子停在鐵門外，穿著白衣長裙的鄰居下車，手裡拎著一袋酪梨。隔著鐵門，我一手接過來酪梨，一手遞過去一個肥大的南瓜。

在這偏鄉，家家有庭院泥土，泥土上種著瓜果，季節到了，就會互傳訊息：

「香蕉太多了，求求你幫我吃？」

「今年絲瓜吃不完，都要變絲瓜絡了。送你幾個。」

如果兩狗突然暴衝，衝向鐵門，而摩托車聲漸遠，這代表，馬上會有簡訊進來：

「兒子早上到海裡抓了龍蝦，掛兩隻在你的欒樹上。」

疫情三年，鄉下人以物易物。

*

在這天涯海角，「距離」這件事，有了新的定義。都市裡，有大樓社區卻沒有街坊鄰居。一棟大樓裡幾十戶、上百戶人家，共用水電管線、垃圾處理、公共庭園、游泳池健身房、停車設施等等，是一個實體距離緊密的社區，但是如何保護自己的隱私、如何維護獨自的空間，如何不被打擾窺視，也就是說如何與他人拉開距離，變成重要的生活規則。

人都是刺蝟；渴望依偎的同時需要一箭之距。

在偏僻荒野中生活，人跟人的距離衡量方法變了。叫做「鄰居」的，是那住在十公里開外的。

「英國人今天做了酸種麵包，我去買了兩個，現在送一個過去給你好嗎？」

十五分鐘之後，他出現在你家門口，手裡拿著麵包。

叫做「近鄰」的，是那距離你五公里左右的。

「下鍋了嗎？那麼我現在上車。」

跳進車，邊行駛邊聽歌，第三首歌尚未開始，你已經到了他家門口。

三公里左右的，叫做「緊鄰」。約好你要去，他開始手沖咖啡，抵達他家時，一屋子咖啡香。

當我介紹這人是「我隔壁的」，她家距離我家大概一公里。接到電話說，「姑娘在嗎？來喝酒。」只有一公里，我就會選擇電動機車，把一瓶高粱酒塞進紙袋，掛在車身鉤子上，趁著風、趁著月色，聽著一路的蛙鳴就到了她家。這個「隔壁」的愛喝高粱。

回程時，她把一包自家種的杭菊塞進我的機車口袋，說，「這麼黑騎車，不怕鬼？」

我跨上車：「有馬拉道，怎麼會有鬼？」

*

我們交換蔬果食物，也交換種子和樹苗。五里外的近鄰載來十二株自己培育的木瓜幼苗，讓我種在書房前。寫作時，常常抬頭，天天盼望，看木瓜樹從膝蓋的高度抽長到屋頂，開出白瓣黃心的花朵，幻化為果實，就在你眼前一天一天肥大起來。

獲得木瓜樹，以庭園裡的狐尾椰子幼苗回贈。三個月後，近鄰興奮回報：「狐尾椰子成功了！」

必須出國時，三里外的緊鄰來幫忙餵貓餵狗。需要有人在家中陪伴年邁的母親兩三個小時，緊鄰就自己帶著飯盒來坐鎮。

當地震把家中所有的酒瓶杯盤震碎在地，一室狼藉，是一里外的「隔壁」帶著掃把趕來跟我一起清理那滿地玻璃。

香蕉太多了，求求你幫我吃？

最特別的「隔壁」，是小村醫生。

他的診所在大街上，租來的空間，非常狹小，一個人站在櫃檯前取藥，另一個人就必須側身而過。早上，候診的人很多，大多是部落的長輩，帶著職業塑成的農人外貌：皮膚黝黑，因為長年在熾熱的太陽下曝曬；滿臉深刻的皺紋，因為生活從來不曾容易過；不論是男人或女人，都很沉默，帶著疲累而安分的眼神，坐在長凳上，花白的頭靠著後面的牆。

牽掛的下一代，在遠方都市角落裡打拼生活；孤獨的老一代，在家鄉幽暗的舊屋裡默默老去。

照顧他們的，是小村醫生。他身體力行「在宅醫療」照顧，帶著護理師，奔走於途，進入深山部落，一家一家探視。於是我這個在山林間陪伴母親走她最後一里路的村民，就在二十一世紀體驗了人類社會最古老的一幕：斯文的、醫學院畢業的「白面郎中」提著醫療箱，踏入家門，從箱子裡拿出各種器具，問病況、聽心跳、看喉嚨、量血壓、測血氧、換藥、打針、開處方，甚至打抗生素……

斯文「郎中」離去時，被照顧者的家屬，我，從廚房拿來兩盒雞蛋，他和護理師一人一盒，「今天早上才下的蛋。」

他接過雞蛋，問，「昨天晚上有聽見狗叫嗎？」

「有，」我說，「達爾文和鴻堡也一直叫。我起床特別去看，什麼也沒看到。」

他沒說什麼，上了車，匆匆趕往下一家，去看一位長年糖尿病的獨居老人。

*

在後來一個週末的晚上，一起吃飯聊天，才知道，他為什麼問起深夜犬吠。深夜，如果一隻狗開始悲泣，夜空裡飄來嗚咽斷續，他聽得出悲泣來自部落哪一個方位，也就知道，應該是部落裡哪一個長輩，在這個時刻，走了。

一隻狗開始在夜裡嗚咽的時候，村子裡一隻一隻的狗，也會開始悲泣。悲泣之音從一家傳到另一家，然後整個村子的狗，都在哭，此起彼落，綿密傳遞。

他相信，是靈魂在默默告別……

第二天一早，不必等人通知，小村醫師就去那家探視，遠遠從門口就看見親人在拭淚。那家人的狗，默默地趴在門口一株龍眼樹下。

在山的國度，萬籟俱寂的時候，貓頭鷹的幽幽呼聲、猴子的咳咳傳訊、野豬踩過枯葉的腳步，都是叢林的原始聲音，疏冷孤寒，只有那深巷犬吠，是人間煙火，有情歲月。

＊

鄰里餐敘，約的時間很早，通常是傍晚五點半或六點天色還未黑的時候，因為，每個人都住在荒山僻地，往往是導航找不到的地方，天色一暗，容易迷路。尤其因為荒野中，季節特別鮮明。冬季，樹葉稀疏，樹林裡露出來的一角屋簷或是一個灌溉水池，都是認路的地標。沒想到夏天一來，濃密的樹葉整個改變了林相，以為是地標的東西，全部被蔥蘢草木給遮住了。冬天裡還算寬敞的山路，現在雜草蓋掉了一半路面，似乎無路。有一次，找一個人家，跟著導航走，被帶到一個高地，沒有路了，只好下車探勘。一下車，才發現，車子的半個前輪已經懸空在一個峭壁邊緣。

早開始就可以早結束。晚上八點，城市裡正要開始酒酣耳熱的時候，山中歡聚卻已經可以興盡席散。耳邊仍繚繞著酒香笑語，行駛在黑漆漆的山路上回家，聽見的是草叢裡的蟲聲唧唧。緩緩行，因為你不想輾過剛好過路的青蛙或是正在找東西吃的被丟棄的貓咪。更何況，沒有路燈的山路，你也不想開到溝渠裡去。

＊

山居，門外沒有車輪聲，窗外沒有人語聲，遠處沒有救護車的警笛，近處沒有遊行示威的喇叭聲。夜晚，萬物寂然，黑夜是一種溫柔的氣息，悄悄瀰漫，覆蓋了、撫慰了躁動的靈魂。人的肉體鬆弛，心靈釋放，這時，每一根汗毛、每一個脈搏，都在傳達一個訊息給身體：跟著地球的轉動，跟著節氣的韻律，跟著月光的移動和潮汐的起伏，靜下來，靜下來吧。

總在應對外在世界的心漸漸沉靜，總是繃緊的神經漸漸放鬆，一種沉澱到內在深處的寧靜，在只有蟲鳴的夜晚，讓身體開始認識了「慵懶」的意義，覺得，這，應該已經凌晨兩點了吧？睡吧，去睡吧。

看看錶，發覺，只是晚上九點。城市裡，酒杯還沒放下，續攤還沒開始。

這個滲透到身體裡面的循環節奏，在次晨微曦中第一道曙光射出時，就告知身體：曉已破，草尖上露水初溶，起來，起來，起來慶祝這新鮮的時刻。

＊

山中居讓我前所未有地體認到，是的，我是動物。

以前以為古時所謂「日出而作，日入而息」，是文化，文化用道德來說服人要勤奮工作。現在我明白，不是的。

我是動物，是晝行動物。在大自然中與其他動物——獼猴、松鼠、斑鳩、石虎、黑熊、水鹿，同節奏、同覺知。月光引著他們也引著我的身體入眠，晨曦喚醒他們也喚醒我的身體勞作，只是身為人類我的感官能力比很多其他動物來得弱，不能跟鳥一樣辨別星座而行走千里，也無能跟鯨魚一樣用聲音去萬里尋伴，但是我的身體和他們的身體一樣會呼應太陽的光、月亮的影、潮汐的起落、季節的迴旋。

原來，我的身體和森林裡的野生動物一樣，跟著陽光和月光走。

晚上九點，鄰居、近鄰、緊鄰、隔壁、吠鹿、南蛇、蝸牛、蛇鵰，我，都靜了。

日出東方姐妹們

這個村，有三千個居民、一千多戶人家，擁有一個小學、一個中學、一個郵局、兩家超市、兩個診所、兩間農藥行、一個墳場、五個教堂。

主要的大馬路上有個傳統「柑仔店」，其實是個生鮮市場兼五金百貨，從嬰兒食品到老人尿褲、陰間紙錢，簡直想不出它什麼東西沒有。新鮮豬肉嗎？有，肉攤一大早就在門口開張，如果你的狗想吃豬大骨裡頭的骨髓，那切肉的大漢就把一根骨頭劈成兩半，露出骨髓。蔬菜鹹魚有嗎？有，不但有，還有原住民自己醃的鹹肉、辣椒、小魚。冷凍的嗎？有，冷凍水餃、牛羊豬火鍋肉片、鮭魚、披薩，除了沒有西式乳酪也不賣棺材之外，應有盡有。

從柑仔店的內容可以推理出當地人的生活型態。所謂當地人，包括四種人：最多數的阿美族、一個世紀以來陸續從西部移民過來的閩南人和客家人、最近二十年「東漂」來的新移民，還有從歐美「尋找靈性自我」飄洋過海而來的男男女女嬉皮衝浪族。柑仔店透露很多訊息：雨衣膠鞋漁網尼龍繩，表示很多人常去釣魚捕蝦；鐮刀銼刀香蕉刀、鋸子錘子鏟子釘子、鋤頭鐵鍬三齒耙，表示很多人在土地上工作；電刨電鑽鑿刀刨刀、油漆黏膠矽膠噴劑、細繩粗繩麻繩尼龍繩，表示很多人在家裡自己動手做木工、修補、創造……

來到山中海濱的人，大多是願意自己動手的人。

到這柑仔店買了一把鐮刀。原因是，聘用的工人用背負的割草機在除草完事之後，圍繞著大石頭的一圈草，機器往往割不乾淨，於是買了鐮刀自己來。跪在石頭邊，左手抓住一把草，右手拿鐮刀去割。不知怎麼，一出手竟然變成右手割左手，把一小塊手指給切下來了。丟下鐮刀、捧著滿掌的鮮血，一路滴血奔進屋內，血像噴出來一樣，我一邊疼痛一邊想：手指那麼小，怎麼血這麼多？還有，鐮刀怎麼這麼利？

部落的姐妹搖頭，對我的無知表達包容：你買的根本不是鐮刀，是香蕉刀。你看，鐮刀的刀刃是一齒一齒的，香蕉刀是平滑的，比鐮刀鋒利很多，我們都知道拿香蕉刀不能開玩笑，你怎麼可能不戴手套……

然後說，柑仔店有賣繃帶。

＊

十一號公路是貫穿部落的主要幹線，商店、餐廳羅列在幹線兩旁。平日的衝浪客、假日的觀光客，蜂擁而至時，多半集中在這些顯眼的店鋪裡。我這個初來乍到的新移民很快就察覺，這些生意興隆的商店和餐廳的店主人，都是漢人。但是都蘭大多數居民是阿美族。族人開的餐廳在哪裡呢？

去找。

離開大道，駛進部落，在裡面寧靜的小街小巷緩緩穿梭；想找到部落人經營、給部落人吃的餐廳，卻不那麼簡單。家家戶戶的門前空地上，都擺著一張矮矮的小圓桌，都圍著一圈人，都坐在有靠背的、矮矮的塑膠椅子上。桌子上堆滿了菜餚和酒瓶，圍著坐的人們伸長了筷子、高舉著酒杯，快意吃飯，紅臉飲酒，大聲說話，有時候放開喉嚨唱歌，看起來就像台北最歡樂的熱炒店。

所以，這究竟是自家門前的親友聚會，還是餐廳門前的顧客吃飯呢？我無法分辨。

終於看到這一家，門口有一張矮矮的圓桌，幾張塑膠椅子，暫時空著。門上有個小招牌，宣稱自己是個餐廳。

停車。走到門前往裡邊探頭，裡邊還真的有幾張長桌，是個真正的小吃店。於是很高興地跟站在櫃檯邊的人說，「可以坐門口這張桌子嗎？」

繫著圍兜的中年女人走出來，直率地說，「不行啦。那是給朋友坐的。」

原來如此。所以我直覺的觀察沒錯，不管是自家或餐廳，戶外門口那些團團坐著熱鬧吃飯、豪氣飲酒、開懷唱歌的人，是親友，不是顧客。即便是餐廳，門外那一張桌子，也是給部落自己人的，不是生意。我還沒資格去坐那親友桌呢。

*

「給你取個阿美族名字吧？」七嘴八舌，部落姐妹們開始討論起我的「氣質特徵」。命名，必須符合一個人的「氣質特徵」。然後為首的，很阿莎力地當場命名：「我們本來就叫你『姑娘』，你的氣質就是個姑娘，那你就叫Kay^ing吧，Kay^ing就是姑娘。」

給我命名的姐妹，就是在這部落小吃店認識的。有一天，我給自己帶了一個迷你瓶威士忌，準備獨酌。她從廚房出來，把一盤「情人的眼淚」——一種採集來的地上的藍綠藻，擱在我桌上，很江湖氣概地說出自己的名字。

「這麼爽直大氣的女人，」我心想，「反正客人不多，坐下來跟我喝杯威士忌吧？」

她搖搖頭，「你們的酒我才不喝。我有我的。」

「你們」？這個「你們」，指的是漢人？西部人？台北人？

她竟然從沾了油污的圍裙兜兜裡掏出一個小酒杯，然後轉身從櫃檯伸手抓來一瓶半滿的高粱，回到我桌邊，用命令句說，「你，喝我的。」

兩個初次相逢的陌生人，兩個女人，就在一個部落裡燈光迷離的小吃店，喝著烈酒。突然靜下來的時候，海浪的聲音就流了進來。

廚房裡做菜的、廚房外端菜的、坐在外面路邊塑膠矮椅、駝著背正在剝筍的，還有小吃店不在場的女老闆，還有這貼身帶著高粱酒杯的中年女人——「我們都是寡婦，哈哈，」她仰頭一飲而盡。

很久沒聽到「寡婦」這個詞了，一恍惚，自己彷彿身在一個江湖酒肆，周圍的每個人，身上都揣著一把劍，懷裡幾兩銀子、手裡一杯酒、心裡一把滄桑。

「年紀都不大，怎麼都是寡婦？男人怎麼了？」

她笑笑，拿起高粱酒瓶往我的小杯裡斟酒。

年輕的男人女人都到城市裡打工去了。中年回鄉的女人，很多是離了婚的，死了丈夫的，或者，不得不回來照顧老病的父母的。

「男人呢？男人不回村嗎？」

她把我的威士忌瓶推到旁邊，舉杯邀我乾杯，笑著說，「男人啊，抬著回來啦。」抬著回來……

她說得極其平淡。她乾杯又乾杯，我微酌又微酌。小店的燈光昏黃，我們並肩坐在一張長凳上，望向門外沉沉黑夜。街道寥落，車聲稀微，屋簷懸著一盞孤寒的燈，裸露的燈泡，黑色的電線，在海風吹拂中微微、微微晃動。

＊

「我的男人，」她輕聲說，「寵我寵到不行，然後不到六十歲就死了，那樣咳哦，實在不忍心。可是生命要走的時候，怎麼留都留不住……」

花生米下酒可以，用「往事」下酒，可是危險的耽溺吧。她開始敘說自己那早逝的男人年輕時是怎樣的體魄，開闊的胸膛、大大的眼睛、一頭粗獷的黑髮，下海抓魚不帶氧氣筒，直接縱入深海，手裡拿著漁槍。從海裡出來，穿越礁石，走上沙灘，一手漁槍，一手射中的魚。

「太平洋的水可不是你們西部人的台灣海峽——」

我看著她的臉，個性鮮明的線條，深沉帶點嚴肅的眼神，可是整個人那樣天真自然，那樣毫無防備的溫暖，彷彿一認識就是「閨蜜」。

當她說「你們」的時候，把我列為「他者」，可是又毫無不敬或排斥之意，我開始有一種奇異的「換位」的感覺。當我和一般西方人在一起時，我是那個「你無知可愛，可是我懂你的語言、你的文化、你的價值、你的邏輯」的人，在這偏村小店裡，我變成那個「無知可愛」者了。

「你們的海峽水深不到一百公尺，我們這裡從海岸一下去就是一千公尺呢。」

是的，我可以想像，當大海就是生活主體的時候，那與浪相搏的青年男子露出強壯的胸膛是怎樣的迷人氣魄。

「昨天晚上我一個人坐在院子裡，看月亮，喝酒，一個人看月亮，一個人喝酒。我跟他，小學同班，國中畢業就都到外地流浪，在北部、在西部打工，一個城市一個城市流浪，又重逢……」

她始終拒絕喝我的威士忌，而且不斷地給我斟酒。七里香的花香不知從哪裡飄來，濃郁撲鼻，然而此刻使我開始恍惚迷走的，是七里香的濃烈，還是她五十八度的高粱酒？是夜越深、濤聲越分明的太平洋，還是這個中年女子驕傲、逞強，卻又惆悵、滄桑的語音？

客人都走光了。坐在門口那張桌子剝筍的女人，在打盹了。不知何時，女人身旁坐著一個男人，雖然背對著我，仍然能夠認出他是那個開卡車賣釋迦的農人。

「你醉了嗎？」見我久久沉默，她轉過臉來問我，自己又乾一杯。

只是小酌，怎麼會醉。

不想說話，只想在這濤聲隱隱的沉默中舉杯，向荒村酒肆此時此刻的一切微小事物致敬，向門外那操勞又靦腆的鄉人致敬，向廚房裡男人早逝、渾身油煙、一頭亂髮的女人致敬，向桌下趴著睡覺、發出鼾聲、三條腿的老黃狗致敬，向都蘭山上靜靜守著山嵐與霞光流動、看著吠鹿與南蛇生滅的山神致敬……

＊

跟我約的是午餐，她倆踏進餐廳時，已經雙頰酡紅，因為跟其他幾個姐妹吃早餐時已經喝了好幾瓶。現在是中午，坐下來再叫兩瓶。

「你們的祖母那一代女人，就已經會聚在一起喝酒了嗎？」

「印象中，我阿嬤她們就很會，」紮辮子的姐妹點頭，「不過那時候，都是自己家釀酒。或是拿瓶子去打酒。就跟打油一樣。」

姐妹們都是阿美族。深目隆鼻、身材高眺，皮膚是好看的淡淡焦糖色，隨便誰，一站出來就是一副顧盼自如美姿態。從她們的眼睛看出去，我應該就是「那個矮矮的白浪女人」。「白浪」是原住民早年給漢人的稱呼，來自閩南語「壞人」。

約的若是晚上，我們往往在酒吧裡。部落這個小酒吧只有四張桌子，這時都坐了客人。每個人都認識每個人，每個人和每個人都有點親戚關係。飲酒次數多了，誰和誰曾經愛上了誰、拋棄了誰、後來拋棄了別人的那個人自己如何被拋棄了、誰又得了報應最後死了，我也逐漸、逐漸知道了一點點。

夜越深，空酒瓶越多。

一個姐妹說，「昨天晚上在院子裡喝啤酒，一個人唱歌喝醉了。」

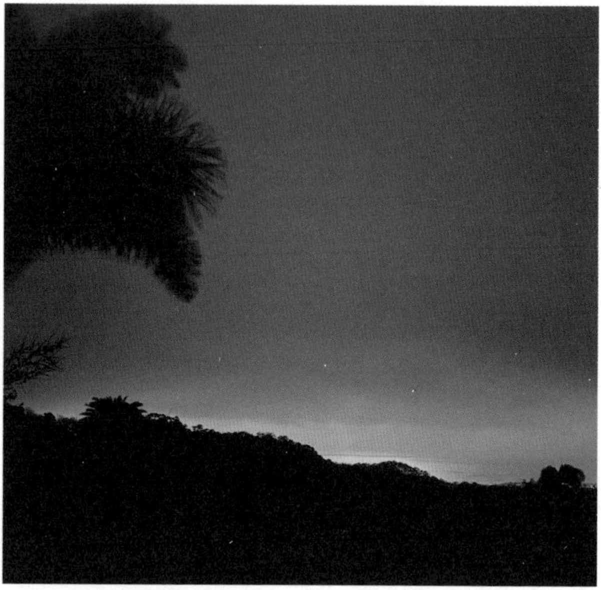
月光……有如流蕩的水光藻影。

有你們自由……」

一陣哄笑，乾杯。她顯然是個大姐大。

「你們碰到毒蛇，」我問，「怎麼辦？」

另一個笑說，「我醒來的時候，躺在浴室裡。」

晚到的一個，跟大家躬身說對不起對不起遲到了，「被家裡的老公給拖住了。」

其他的女人搶著說話，一個說做寡婦有多麼好，一個說離了婚多麼自由，總之不需要伺候男人，為自己活。遲到的那個，豪氣地仰頭灌了一大口啤酒，擦擦嘴角，大聲說，「對啦對啦，結婚的人好累啊，回家還有義務要脫褲子哩，哪大姐大毫不猶豫，「打死啊。」

有一次在採收釋迦的時候，兩隻手臂在葉叢裡，忽然感覺手腕一陣痛，仔細一看，是一條赤尾青竹絲咬著她的手腕，身體長長掛下來。她當下伸手拿過來剛剛喝到一半的啤酒罐，整罐倒在青竹絲身上，然後一把扯下蛇身。

談毒蛇咬手腕，她談笑風生。

人少的時候，那豪邁笑鬧的外表就露出含蓄、沉靜的裡子。

那個常喊被男人「拖住」的姐妹說她那沉默寡言的丈夫多麼照顧她。那個說離婚多麼自由的姐妹沉默時，旁邊的姐妹低聲在我耳邊說，你知道她多辛苦嗎？一個人照顧十歲的兒子跟臥床失智的老母親，到處打工掙錢，不到五十歲，頭髮都全白了。

*

突然有人指著天空興奮地喊，「看，滿月！」

說「結婚的人好累」的大姐大一手拿著啤酒瓶，一手敲著桌子，搖著晃著開始大聲唱歌，其他的人，紛紛合音加入，小酒吧頓時迴盪起歌聲。

每一個人都會唱，唱歌的姐妹，每一個人都在自己的歌聲裡注滿情感，閉著眼睛、打著拍子、搖著身體，陶醉在歌聲的記憶裡；她們唱的不是流行音樂市場上的歌，是她們小時候自己的祖母就唱的歌。每一次喝酒，姐妹們一定爆出歌聲，我一定驚詫著迷地目瞪口呆。

「什麼歌？這首是什麼歌？」

「思念，看著月亮就開始思念一個人的歌……」

一開唱，就停不住。「思念」唱完緊接著又是一首歌。那美麗又帶著淡淡憂傷的旋律把我瞬間震住。

歌聲不止，坐我旁邊的姐妹附在我耳邊說，「日出東方，阿美族古調。」

「這一首是什麼？」

「唱的是什麼呢？跟思念有關嗎？」

她邊唱邊說，「有關，就是看到太陽從東邊起來，開始思念……」

世界文學通常都是月亮引人相思，用太陽升起表達思念，這很少吧？

一首歌唱完了。大姐大灌下一口啤酒，擦擦嘴角泡沫，跟我解釋，不是情人相思，是部落的孩子在太陽升起的時候，要離家去城市打工了，看著馬上要分離的家人，心裡非常捨不得：

看著東邊太陽
將露出一絲曙光
也請媽媽將我輕聲叫起
當我起身離開時
媽媽爸爸兄弟姐妹們
你們要好好保重自己
不要再為我牽掛了

「再唱一次『日出東方』，」我請求，「再唱一次。」

唱歌的人隨著韻律搖擺著肩膀，擊掌節拍，幾個人站起來開始跳舞。月光把小酒吧的水泥地板照得晶晶亮亮，抱著啤酒瓶跳舞的人的影子，重重疊疊在發亮的地板上晃動，有如流蕩的水光藻影。

一首令我濕了眼眶的古調。

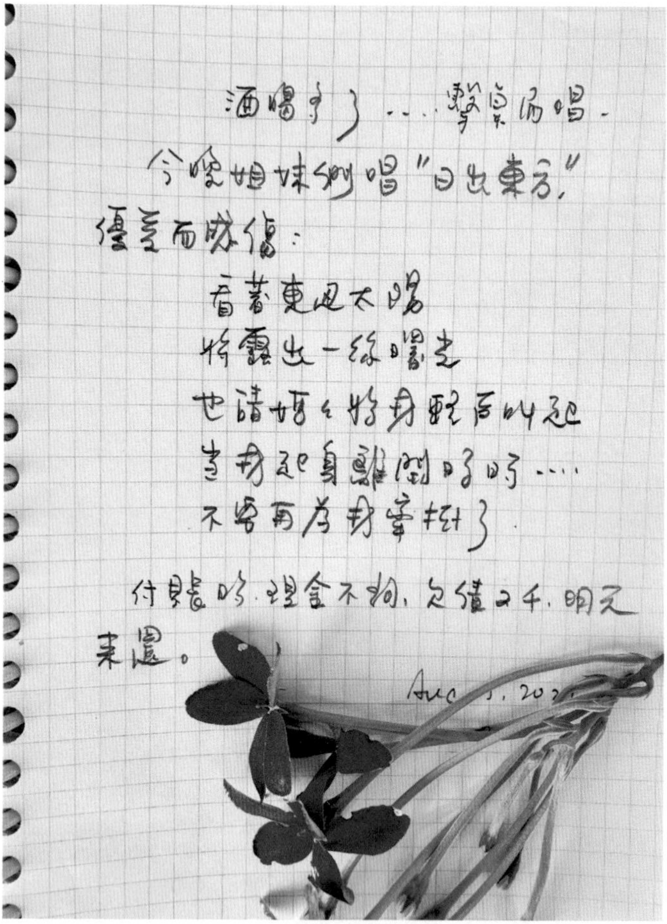

「再唱一次『日出東方』，」我請求，「再唱一次。」（龍應台手稿）

＊

部落朋友曾經帶著他的長輩們來到我家。第一次見面，坐下來還沒說完場合應有的客套問候，兩個白髮姨媽已經開始唱歌，幾乎是用唱的在介紹自己，你一句我一句，此起彼落地唱。

我瞠目結舌地看著兩個部落老姐妹，那樣放鬆自如，那樣落拓不羈，那樣自在地與自己的身體融為一體，那樣奔放地讓聲音流動，那樣不在乎制式化了的應酬語言，那樣瞧不起規範化了的社交舉止。

我這「無知可愛」的他者，漸漸明白，原來，唱歌就是她們的握手，歌聲就是她們的名片。

「你們的酒我不喝」的那個「你們」，我也逐漸意識到是指什麼了。在這群正在歌詠月光和日出、用歌聲而不是文字在傳達思念和牽掛，同時懂得大口喝酒、放聲說笑、隨樂起舞的姐妹眼中，我們這些只會站著握手、坐著吃飯、自認為無限認真、天天努力、嚮往悲壯和偉大、創造各種勵志格言的漢人，是多麼無聊無趣又自以為是、多麼努力奮發而其實與自己的身體作對的一個異族啊。

「對，」這個卑南族的好友說，「你們的格言是，在哪裡跌倒，就在哪裡站好，抱歉，我們的格言是，在哪裡跌倒，就在哪裡躺好。所以，你們偉大，因為你們擁抱偉大。」

*

有一次，到大姐大家裡吃飯。

家，在茄苳樹下，餐桌，在家門前空地上，一張矮矮的圓桌，擺滿了食物。我到的時候，圍成一圈的女人已經在邊吃邊喝邊笑鬧。距離這團熱鬧兩公尺的後面門邊，一個男人坐在一張矮凳上，低頭看手機。聚光處與高采烈聒噪的女人，和偏遠昏暗處一個孤孤單單的男人，對比強烈。

禮貌地問女主人，先生怎麼稱呼。姐妹們笑成一團，「你就叫他『沒良心的人』啦——」

男人遠遠地、禮貌地跟我點點頭，算是打了招呼。

整條茄苳樹街，都是姐妹們放懷的笑聲。

*

每一盤菜，都是自己燒的。蛤蜊，是昨天傍晚退潮時到海邊撿的。絲瓜，是屋後的菜園裡種的。

「絲瓜怎麼這麼甜！」我說。

「你去，」女主人轉頭喊，「到院子裡摘兩個絲瓜過來。」

「不要不要啦，」我趕忙說。周圍是漆黑的夜，摸黑去菜園，搞不好地上有蛇。

男人已經站起來，沒入黑暗。回來，手裡捧著兩個青翠欲滴大絲瓜，瓜蒂還滴著水。

「包起來，」大姐大乾脆俐落，「找一個乾淨的袋子裝起來。」

這一代阿美族女人，和她們祖母輩已經很不一樣。阿嬤那一代女人當家，男人往往從妻居。母氏繼嗣是社會組織的構成基礎，也就是說，親屬的成員怎麼界定，以女性身分為基準。男人婚後以妻家為家，經濟權在女人手裡，孩子出生住在母親家，教育權由母親負責，財產繼承權以女兒為主。

但是跟我一起喝酒的姐妹們，卻全都是嫁出去的女兒，以夫家為家。

「為什麼呢？」我問，「又是漢人的『壞』影響嗎？」

「才不是——」她們異口同聲，「看阿公在家族裡的地位那麼低，我們才不要我們自己的丈夫也那麼可憐，那麼委屈。」

「我要我的男人有尊嚴啦，」會跳夏威夷呼拉舞的姐妹說。

其他的人紛紛點頭。

她們不知道的是，她們一舉一動不自覺流露出的自主、自信、獨立，一種以「我」為中心的女性豪邁，一種天生自然的「大女人」氣概，在我這個漢人眼中，非常新鮮，非常獨特，非常迷人。

印象最深刻的，是漢斯出現的那一次。

漢斯是個中文說得非常道地的德國記者。為了讓他對阿美族文化有一點認識，我把他帶來姐妹們的聚會。

漢斯坐下來。姐妹們放下筷子，眼光立刻聚焦在客人身上。

一個說，「嗯，長得不錯。」

另一個說，「鼻子很挺。」

「腿很長。」

「蠻帥的。」

我趕忙提醒：「嘿，他是懂中文的。」

「體魄很好，胸膛好闊啊，」姐妹們不理會我，盯著他上下欣賞，「你應該能力不錯……」

漢斯笑，「被『米兔』了……」

*

「來，吃龍葵，」家裡有一畝芒果園的姐妹從雞湯裡撈出一匙深綠色的菜葉，「這是昨天到山裡採的，就在你家後面的山。」

「龍葵不是市場買的？」我問，「是山裡採的？」

「當然呀，」姐妹們同聲說，很驚訝我會問這樣的問題，「什麼叫野菜，當然是到山裡找的啊。」

女主人夾起一塊魚肉放進我碗裡，「馬口以賽，兒子早上下海抓的……」

馬口以賽，什麼魚？

「Maco'isay 就是倒吊，尾巴有倒鉤，刺到會受傷的，所以叫倒吊。」

是一種刺尾鯛魚。

不囉嗦，我跟著姐妹們仰頭喝酒，大口吃魚。

抬回來的男人

這個坐在輪椅裡的男人，頭一直垂著，頭顱幾乎要碰到胸口，脖子像折斷了一樣。

護理師和志工七手八腳好不容易才把他，連同輪椅，推進廂型車，送他回家。

我也在車裡。一大早，志工先把他從山溝裡的住處帶到部落裡的護理站，讓醫師做例行檢查。現在，我們要送他回家，包括護送他的便當。

走過崎嶇不平、雜草覆蓋的山坡路，到了他的家。家，就是荒涼的雜樹林裡搭起來的鐵皮屋，門大大地打開，一群貓，大概七八隻，守在門口，用那種虎視眈眈準備一躍而上的戰備姿態。

房間看起來很空，沒有什麼家具。

男人幾乎全身癱瘓，唯一能做的動作，就是，當你把一個便當盒放在他面前的桌上，他能夠勉強伸出單手，把飯盒裡的飯，顫抖著用湯匙送到自己的口。飯盒如果放得稍微遠一點點，他就會吃不到飯。

志工把門口的貓群趕走，關上門，然後把飯盒端端正正放在他面前。明白了。

如果不關上門，餓極了的流浪貓竄進來，會在他顫巍巍伸手之前，跳上桌把飯盒攫走。

男人看起來是個老人，但其實才五十歲出頭，在都市的建築工地裡做模板工人，高空中東西砸下來，受了重傷，回到部落。妻子早就分離，兒子在遙遠的城市裡求生存，不可能照顧他。於是一個半癱瘓的人，與野貓搶食。

「抬回來」的男人……我見到了。

*

拉開門離開時，大家都很留意防著野貓從腳下闖入。我們一走，他那盒飯就很不保險。一日三餐，每一餐、每一天，這樣的日子，可以熬多久？

回程，車子顛簸於山路，那群饑餓的貓守在門口等候的景象，揮之不去。

我和這個抬回來的男人之間，我和我那些一起開心飲酒、唱歌說笑的部落姐妹們之間，是不平等的。

譬如說，我們的命，不等值。

身為台北的女性市民，我比原住民姐妹們可能要多活個八到十年。台北市的男性市民，要比這位和貓搶食的男人多活個十三、四年。隨便在台北市街頭攔下一個人給他一個捲筒冰淇淋，隨便在台東山地鄉譬如海端鄉，抓一個人給他一罐啤酒，首都那個拿著冰淇淋的人的平均壽命，比海端鄉那個手握啤酒罐的人，要多活幾乎十二年。更不可思議的是，身為首都女性的我，會比山地原住民的男性多活十九年。

同一國的國民，我們的平均餘命差十九年。

*

原住民的嬰兒死亡率是台灣全體國民嬰兒死亡率的兩倍，若是山地原住民，嬰兒死亡率更接近三倍。原住民兒童一至五歲的死亡率是全國平均的一點六倍；六至十一歲

	全體國民	台北市	原住民全體	山地原住民
全體	79.84	83.75	73.65	72.02
男	76.63	81.05	69.21	67.41
女	83.28	86.39	78.05	76.40

2022年平均餘命比較（資料來源：內政部）

死亡率是全國平均的二點一倍；十二至十七歲死亡率是一點九倍。[1]

最驚人的是原住民的死因。

全體台灣人一歲到二十四歲的最大死因都是「事故傷害」，原住民和一般國民沒有差別。但是一旦攤開資料，細節令人震驚。二〇二二年，原住民因「事故傷害」而死、因「運輸事故」而死、因「跌倒」而死的比例比一般國民高出百分之五十；死於「溺死」或「淹沒」的，是全體國民的兩倍半。

二十五歲到四十四歲之間職場上的青壯年，「事故傷害」致死在原住民族裡，高居死因第二名。[2]

死於「事故傷害」，在政府的死亡紀錄裡是這樣分類的：事故傷害、運輸事故、因暴露與接觸有毒物質所致的意外中毒、跌倒（落）、暴露於煙霧、火災與火焰、意外溺死或淹沒。

原住民因「事故傷害」而死的比率是全體國民的兩倍多。

翻譯過來就像恐怖小說的情節了：原住民的青壯年人，

「死於非命」者多。

為什麼呢？

與貓爭食的那個男人，還活著。如果在建築工地上水泥塊從高空砸下來時他當場死亡，那麼他就是那死於「事故傷害」的一個數字了。

這些離開部落到都市打工的青年們，出門時不安的心唱著「日出東方」，後來「被抬回」家鄉，只能被看作是無法避免的命運嗎？

*

從前零星散落、不甚明白的記憶，一瞬之間突然連結了起來。幫我除草的阿美族女人有一天臨時請假，原因是「哥哥的屍體找到了，在溪谷裡。」幫我修過木頭椅子的男人說他弟弟「早上下海到現在還沒浮上來。」

卑南族歌手巴奈的回憶，突然之間讀懂了。

巴奈的哥哥，國中畢業就跟著父親開大卡車東奔西走謀生。十九歲那年，在一個礦區的產業道路上，出事了。巴奈說：

發生事情後，大人什麼都沒說。我到現在仍無法理解，為什麼大人沒有好好照顧小孩？為什麼沒有讓哥哥好好的長大，就讓十九歲的他去做這麼危險的工作，獨自開著十六噸的卡車，載著二十五噸的大理石，死在懸崖邊上。

我知道哥哥這麼拼命是為了賺錢。為什麼我們會這麼窮？這是命運嗎？

我記得哥哥的遺體被清理過，換上了乾淨的衣服。我注意到他的指甲內都是土。我可以想像他在翻車的那一瞬間，應該很痛苦的抓著地上的土，掙扎著要活下去。[3]

為什麼在一個特定社會結構裡，「大人沒有好好照顧小孩」？為什麼原住民的孩子和少年特別容易受傷、被撞、跌倒、溺死、淹沒？為什麼一個社會容許某一個族群的人容易「橫死」？

數字是不帶感情的，可是為什麼這些數字讓我看得不寒而慄且悲傷不已？

為什麼在一個特定社會結構裡，「大人沒有好好照顧小孩」？（攝影：陳建鄂）

*

來到部落生活，我明白了。

生命的細節裡藏著好多沒人注意的微小陷阱。春天，阿勳開著他巨無霸的耕耘機轟隆轟隆到我家，把一塊地翻了一遍土。翻地的時候，黃土上一片雪白——數百隻白鷺鷥在剛剛剝開的土地上啄蟲，飽食一頓。翻土機轟轟離開以後，我就在鬆動了的泥土上撒種。一公斤上萬顆的百日菊種子灑下，三個月以後，這地上會是一片繽紛花海，讓我在風中雨中陽光下看飽兩個月。花殘之後，再來翻一次土，輪到夏天的波斯菊。

一公斤的波斯菊種子到了，可是阿勳不能來了。長年操作機器，他的脊椎已經彎曲，這一回，手指被機器夾到，斷了一截，送去急診，順便為疼痛不堪的脊椎開刀。

幫我割草的阿青，也請假了。他包十戶人家除草的工，前日在除草時，一塊石頭被刀片切到蹦起來，剛好擊中他的眼睛，送去急診了。

住在五公里外賣我培養土和園藝肥料的女人，把店門關了。她在山上採野菜時被有毒的青竹絲咬到。

山野中生活，「事故傷害」的機會時時刻刻都在。

縣市	醫師數	縣市	醫師數
台北市	41.82	彰化縣	2.02
桃園市	3.54	嘉義縣	0.45
台中市	3.03	屏東縣	0.42
新北市	3.02	宜蘭縣	0.33
高雄市	2.35	南投縣	0.16
台南市	1.81	台東縣	0.09

每平方公里醫師數（資料來源：醫師公會全聯會，2021）

那麼，醫院或診所或醫師，距離部落有多遠呢？

在台北，每一萬個市民有四十四個醫師，每一平方公里找得到大約四十二個醫師。我所在的台東，原住民佔全縣人口數的百分之三十六點五，全台比例最高，每一平方公里找得到零點零九個醫師。以面積而言，台北市的醫師比例是台東的四百六十五倍。

但是，講面積有意義嗎？問住在長濱的阿雄媽，她會斬釘截鐵地說，當然啊。她有嚴重的牙周病和蛀牙，經常痛不欲生地在家哀嚎。台北市平均每千人有一點三九個牙醫，台東縣只有零點三三個，具體地說，台東整個縣有四十二家牙醫診所，六十八位牙醫，而台東縣的最北端到最南端的距離是一百七十三公里。

一百七十三公里，是台灣整個島總長度的五分之二。

阿雄他媽從北端的長濱搭公車到台東市區去看牙

醫，一趟就要三小時，來回六小時。如果阿雄他媽住在長濱的山裡，那麼來回一趟看個牙醫大概要十個小時。

*

每日尋常的生活已經暗藏風險，工作的場域，就更是如履薄冰了。阿美族的男人，好幾代人都上遠洋漁船打工，而漁業職災的死亡率是所有產業職災的四倍多，意思是說，漁船上的工作危險性超過其他型態的工地。4

「為什麼？」我問阿華。

一個阿美族少年，為了生活上了船，一去就是四十年，白頭之後回到原鄉部落過閒散的日子。跟他聊天是個奇異的經驗。明明就是個部落的孩子，部落裡的長老、小孩、神山、老樹都叫得出名字，可是話題一轉，就聽他說「在阿根廷捕撈魷魚的時候」、「所羅門島有兩百多種野生的蘭花」、「秋刀魚從鄂霍次克海往南邊游，我們九月就已經在青森跟松島灣的外海，十一月在長磐、鹿島……」

他的人生有兩個地圖，一個是部落的矮屋老藤、窄街小巷，另一個是浮疊在上面整個地球的大江大海，每一個港口都是他熟悉的村。

漁船靠機械動力操作，他說，譬如捲揚機和絞盤用來拖拉漁網、吊升重物。機械捲筒很容易把工人的整條手臂捲進去。漁船上到處都是的纜繩和各種繩索會把人絆倒，吊升物品的繩索斷裂時，會壓死人。同時，漁船一旦發生火災，茫茫大海很難有救火船馳援，更何況船艙內濃煙聚積、瞬間高溫，油管電線或冷凍路線燃燒爆炸，無處逃生。即便沒有火災，漁船作業往往是在高溫、高濕、油污灰塵的環境裡，不斷的撞擊使電纜磨損，設備被海水濺濕，漏電或走火是常態的風險。機械巨大的噪音，更造成很多漁工一生耳聾。

「不要忘了，船是在大海航行，不是平地，」阿華用手臂比出海浪浮沉的幅度，「你要想像你二十四小時都在搖晃顛簸。我們上廁所是到船尾吊在船舷大便的，一個不小心就掉下去了。」

我想起不久前看過的一個研究報告說，海上死亡的漁民多數死於落海。這不稀奇，稀奇的是，百分之二十二的落海死亡的人不會游泳；百分之八十七的落海者，落海時，

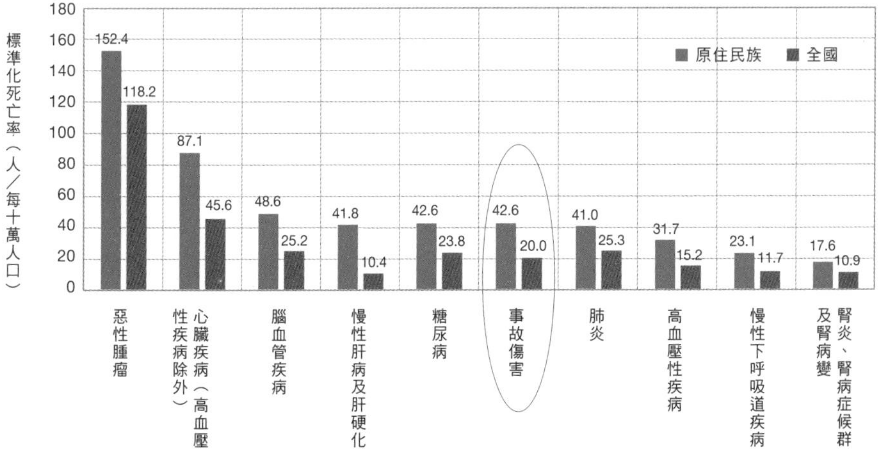

110年原住民族與全國主要死因之標準化死亡率比較（資料來源：衛生福利部）

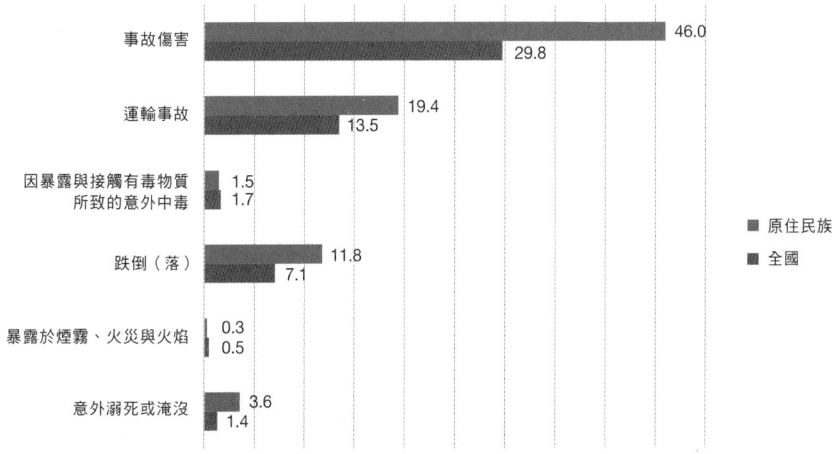

111年原住民及全國事故傷害死因比較（資料來源：衛生福利部）
原住民事故傷害及運輸事故粗死亡率明顯高於全國

沒有人知道。[5]

「這怎麼可能，阿華，」我說，「百分之八十七落海的人，落海的時候，船上的人不知道？」

阿華看著我驚駭的神情，淡淡地，「半夜裡一個人到船尾上廁所，抓不住掉下去，你說誰會知道？」

「知道的話，你們會去找嗎？」

「規定要尋找三天，可是，」他搖搖頭，「誰都知道，在那樣的大海，不可能找到的。」

「從來沒有找到過？」

「沒有。」

沒有遺體，也就沒必要「抬」回部落了。

「都是部落的人？」

「都是同村的啦。跑船的都是原住民，一起上船，常常都是同部落親戚。」

是不是驚濤駭浪見多了，阿華說什麼都很平淡。

「海上四十年，不可能沒遇過海難吧？」

「太多了。有一次，半夜裡颱風，浪高起碼十公尺，把我的船打翻了，整個沉到海裡。我們左右有另外兩艘船，本來一直用無線電聯絡。後來我的船總算又浮上來，再聯繫他們，沒有回音，那兩條船沒有聲音了。」

「你的意思是……從此沒有聲音了？」

他點頭。

「一條船大概多少人？」

「十幾個。」

「你認識那兩條船上的人？」

「認識啊，都是部落裡的。我表哥就在裡面。」

我知道了。那兩條船上十幾個原住民，也就被納入「事故傷害」死亡的統計，項目應該是「意外溺死或淹沒」。

*

下山到部落的小路上常常會遇見法拉。狹路相逢，我會把吉普車往山壁停靠，讓他的電動輔助車過去。

法拉獨居在山頭上一個工寮裡，他的公雞啼叫，從樹林裡傳來，可以隱隱聽見。他的一條腿，在漁船上被絞盤纏到，差點要截肢，現在是一條腿長，一條腿短，走路困難。

漁船一次漁撈航程就是兩、三年，進港卸貨的時候，要從零下二十五度的冷凍庫裡把漁獲搬上岸。魚凍在冰磚裡，一塊魷魚冰磚大概重二十公斤，一台推車放十條冰磚，就是兩百公斤，「那個推車，一天要來回推個一百多次，腰都快斷掉……」

「法拉，」喝著他給我的啤酒，看著他阿美族男人特有的俊秀的輪廓，「你說你總共有過五個女人。好幾個孩子，怎麼現在老了，卻是孤單一個人呢？」

法拉艱難地扶著椅子慢慢坐下，「船在海上兩年，回到港口，卸貨，女人跟孩子住在港邊等我，可是第二天早上就要上船，算算二十四小時都不到，一走又是一兩年。什麼女人會等你啊？」

「所以跟不同的女人有不同的孩子，那——孩子誰養大呢？」

「都是跟著媽媽的。媽媽做工去了，就送回部落，反正整個部落都是親戚。」

這些爸爸在海上、媽媽在工廠，被部落家族系統帶大的孩子們，長成少年、青年，又紛紛離開部落，到都市、到碼頭、到工地，去找生存的方式。產業結構改變了，他們不再上遠洋漁船，而是進入了建築工地。

二十一世紀，台灣原住民從事的行業中最高比例就是「營建工程業」。他們在工地上做底層的粗工，「事故傷害」在勞動部所統計的傷害類型是：墜落、滾落、跌倒、火災、被電、被撞、被捲、被夾、被刺……

建築工地的職災死亡人數往往佔了整體職災死亡人數的一半，真正是高風險的勞動。很多從事這個工作的人，卻是日領工資的臨時工。臨時工的意思就是，如果他從高空墜下死亡，很可能因為雇主沒為他辦理勞保，人死了，他的家人連職災補償都領不到。6

他的命，值多少呢？

算一算，最多一百三十萬，因為家人可以申請死亡補助，一個月不到三萬，支領四十五個月，共計大約不到一百三十萬。雇主的責任呢？他違反了勞基法，最高罰三十萬。對於雇主而言，一個臨時工高空摔下來死了，最多就是一百六十萬的損失。

離開法拉的工寮，回到家，阿朗的小卡車駛了進來。他很熟練地倒車，然後把卡車上的椰子屑片卸下。阿朗工作的農場種了很多椰子樹，多餘的椰子屑片就送給我當庭園植物的肥料。離去時，我要他按下車窗，贈他一箱百香果。

「阿朗，」我突然想到，「你說你也是部落大家族養大的？」

他點點頭，用眼睛微笑。那眼睛，美麗純潔得像小鹿一樣。

＊

在海上搏鬥四十年的阿華，對法拉的敘述不以為然，搖頭說，「法拉的故事沒有代表性啦。我自己，還有我的朋友圈，離婚或是伴侶換來換去的並不那麼多。當然不是說沒有家庭破碎的，我自己就是二婚，但是我們把家庭看得很重，跟漢人一樣。女人帶著小孩在港口附近生活，等丈夫回來，她們自己都很辛苦、很努力，拼命培養小孩讀書，把孩子養大。」

阿華的太太，一個身材修長、面貌姣好的阿美族女人，端著一個托盤，上面三杯咖啡，笑意盈盈走過來。

1 國衛院：https://cip.nhri.edu.tw/annual_report/report/apc_91.pdf

2 參考衛福部：https://dep.mohw.gov.tw/DOS/lp-5069-113-xCat-y111.html
原民會：一一一年原住民死因統計結果摘要表 1120821.xls from https://dep.mohw.gov.tw/DOS/cp-5069-75695-113.html

3 巴奈、徐璐，《巴奈回家》，時報出版，台北，二〇二四，頁四七—四八。

4 勞動部職業安全衛生署：https://www.osha.gov.tw/48110/48417/48419/158248/post

5 減低漁業勞工職業災害死亡率計畫：https://labor-elearning.mol.gov.tw/base/10001/door/%E5%A0%B1%E5%91%8A%E5%8D%80/1235548bb79000008d2c.pdf

6 報導者，工地生死錄：https://www.twreporter.org/a/construction-laborer-safety

第四章

有一天，去山中巡水

整個海岸山脈都是野豬的家，
從山這邊到山那邊，就是在他自己家裡走來走去。
我跟你說，山是野豬的家，是你把你的水管放到人家家裡去了啦……

斷水

「怎麼辦？」

他雙手叉腰，眼睛和我一樣盯著池塘中央那個出水孔；本來一直往上嘩嘩噴水的湧泉，現在是靜止的。從昨晚就不出水了，池塘已經乾涸了大半，露出水泥鋪的池底，八尾錦鯉已經躲進了空心菜的葉面下一點點積水處。

錦鯉是好朋友堅持送我的禮物，「這麼荒涼的地方，」他說，「錦鯉會帶來福氣。」於是兩尾昭和，兩尾大正，兩尾黃金，兩尾白寫，就把大紅、大白、金黃、墨黑的絢爛顏色帶進了池塘。黃昏時，夕陽的緋紅光彩射進池水，錦鯉蕩漾的顏色就是一片奇幻金彩。

現在，魚在水裡喘氣。金黃的肚皮已經摩擦到池底的爛泥。

拉厚克走到池邊的一個水龍頭，打開一點點，然後把黑色皮管的一頭放進池塘，讓水流進池中；那是水塔裡頭僅存的水了。

「先給一點水，不然，」抬頭看看東邊山頭剛剛升起不久的太陽，他瞇著眼睛，「等下太陽真的起來，水被曬熱，你的魚就煮熟啦。」

原來這是給池塘打點滴。

「水塔跟馬達都檢查過了，」他蹲著，把水管往錦鯉躲著的地方挪，「大門外面的水閥門也看過了，都沒有問題。」

沒有問題為何不冒水了？曝曬在北緯二十二度以南、太平洋畔的太陽下，只要一個小時，別說魚會缺氧，被迫煮熟，草坪會乾掉，新種下的玫瑰花會萎靡，苦楝樹苗會乾死，連家中用水——洗菜洗碗洗衣洗窗洗地洗澡，都要停擺。

突然斷流的水，是山泉。山泉，過去聽見這兩個字，立即聯想的是詩詞。「明月松間照，清泉石上流」，有顏色又有聲音。「入門穿竹徑，留客聽山泉」，有走路的衣袂飄飄又有勸客聽泉的空靈想像。儲光羲的〈詠山泉〉，更超脫了：

山中有流水，借問不知名。映地為天色，飛空作雨聲。
轉來深澗滿，分出小池平。恬淡無人見，年年長自清。

我的山中流水，可是有名字的，都蘭溪。山中引入庭院的水管，前人所設，據說從都蘭溪水堂堂出山之處用一節一節塑膠管沿著山壁引入，到了庭院裡的茄苳樹下，泉水自一小管噴湧而出，然後被一個小小的池塘接住，小池塘注入大池塘，就是八條錦鯉的家。

清晨，兩隻狗陪伴我到森林裡走路。他們一看見我拿大門遙控，全身就像觸電一樣搖尾狂喜，衝出鐵門。從森林回到庭院，達爾文和鴻堡直奔池塘，四隻獸蹄啪嗒踩進水裡，低下頭用長長的舌頭，啪啦啪啦把水打進嘴裡，水花濺在他們發亮的毛上。狗，用身體的每一寸，從頭到腳、從眼到舌，從心底到皮毛，縱情享受山泉的清涼噴濺。

夜深時，絲緞般柔潤的月光照亮了蕩漾的水紋，細細的漣漪一圈一圈盪出去。夜裡萬山寂靜，水聲格外清晰，彷彿土地，趁著黑夜，放開了喉嚨歌唱。

可是我竟然真的要「恬淡無人見」了——誰知道我面臨斷水呢？依靠山泉水的意思就是，若要有水可用，必須老天下雨、溪中有水，而且保證山不能崩、地不能裂、流水不能斷。但是人如何讓老天聽話呢？古代祈雨，我明白了，竟是絕望的祈禱。

立在那茄苳樹下，怔怔然，啊，屏東那些種果樹的農人朋友們在一起常常討論天氣；雨太多，煩死人，雨太少，急死人。我的都市人耳朵聽起來覺得，哎呦，天天談天

用長長的舌頭，啪啦啪啦把水打進嘴裡，水花濺在他們發亮的毛上。

氣，天氣有那麼重要嗎？
現在，知道厲害了。

打一口井吧

農舍沒有自來水。

沒有自來水，並不稀奇，沒有自來水的村莊很多。台北首都百分之九十九點八二的住戶有自來水，台東縣只有百分之八十五點九二，而我的東河鄉，只有百分之六十三點二四。離島蘭嶼有自來水的，是百分之三十七。[1]

從農人那兒第一次聽到「巡水」這個詞。沒有自來水的人，依靠水管一節一節從山中接出泉水。這綿延數里的水管，很可能風雨鏽蝕了，地震震壞了，颱風吹垮了，造成斷水，那麼村民就必須沿著水管一路往上巡視。

當初選擇這半山上的這一小塊地，就知道沒有自來水。但在我首都人的意識中，從來沒有斷水這個概念。

打井公司派出兩個人來探勘地形。高瘦的工程師站在制高點一塊大石頭上往大海的方向瞭望。地勢從西北向東南下傾，目視感覺坡度是四十五度。如果從我站著的茄苳樹下用力推出一個瑜珈球，理論上這個球可以沿著山坡往下滾，切過沿海的十一號公路，穿過那片滿地蒺藜雜草的墳場，滾到沙灘，然後被太平洋的浪捲走。當然只是理論上，因為長達兩公里的山坡上障礙很多：雜樹，水渠，房舍，果園。倒是一隻獼猴，大概可以在十分鐘內從山上蹦跳翻滾到達大海。

山上也可以打井出水嗎？盯著工程師一舉一動，好奇他會不會拿出一截樹枝、閉上眼睛，憑感應探尋水源，但他只是手裡夾著文件，踩著及膝的雜草來回行走。負責業務的是個矮胖帶喜感的人，跟我絮絮說明鑿井費用。

「打井要看多深，你這是山坡地，很可能土層下面都是石頭，不好打。一尺大概要一千塊上下，然後還有水管的錢。水管看粗細，通常挖十二英吋的洞，需要六英吋的水管，一截水管五公尺長，看要用幾根水管。然後井底還要鋪碎石頭填充空隙。另外，運石頭也要錢，一台車的八厘碎石看多少錢，還要加人工，一天兩千五，看你出動多少人、幾個工作天，再加上鑽井機器跟車輛的油錢。打一口井，大概二十萬跑不掉。」

聽下來一頭霧水，「一下子台尺，一下子英吋，一下子公分公尺，你們這一行可真奇特，自己搞得懂喔？」

「我們習慣啦。」

庭院裡有一口井，會不會很難看？井的意思是不是，如同古時候，地面上會凸出一個圓形的井，開口的，可以吊個水桶下去汲水，狗和小孩也可能會掉進去？是不是連續劇裡頭女人「投井自盡」的那種井？

業務員噴笑出聲，「你沒看過現在的井啊？」

他的訕笑讓我有一點點自卑感了，小聲說，「確實沒看過。」

「你想的是古時候的井啦。現在的井，就是地面上突出一個樁子，大概一米高。沒有開口。」

工程師踏遍園區回來，工作褲腿上黏滿了蒺藜刺球，「這塊地的高度是海拔一百六十米，水在九十九點四五度會滾。」

我的熱水器還是標出一百度，水滾的時候。

「問題是，」他一邊彎腰拔除褲子上的刺，一邊說，「都是石頭——都蘭就是阿美族語『石頭』的意思嘛。你這個院子整個地表層都是大石頭，打井搞不好要挖一兩百米，出水估計不會超過五噸。」

挖一兩百米是很深還是普通？出水五噸，是很多還是很少？

他搖頭，「五噸不夠用啦。不是我們不做生意，只是對你來說恐怕不太值得。而且，搞不好挖到一百米還是沒有水。」

「不必打井啦，」同來的村人說，「用山泉水很好啊，部落裡喝的、洗的，都用山泉水。」

*

海岸山脈是菲律賓海板塊和歐亞板塊碰撞過程中硬「擠」出來才被「併入」台灣島的一條山脈，因此海岸山脈的地質特性與整個島其他地區的地質完全不同。如果中央山脈是厚重磅礡的，那麼海岸山脈就是一個尷尬少年的桀驁不馴。農舍背面緊依一塊與地面垂直突起的巨型刀切岩壁，山勢險陡。這裡的山，不但山中沒有房舍，連羊腸小徑都沒有，是真正人跡不至的野山。天上下來的水，要不就成飛瀑直落，要不就在山壁與山壁之間穿梭迴旋，流轉成溪，最後在兩座聳立的山體相夾之處湧出。溪水出口與我的農舍之間只有一條荒路，沿路無人家，滿林皆獼猴。我的水，就來自這條深山野溪。

「你們喝的，也是這山裡流出來的水？」我問族人。

「對啊，煮開了喝。」

「可是，」我有點猶豫，怕自己的問題太蠢，「野豬跟獼猴不就在這溪裡洗澡、尿尿嗎？」

「猴子尿尿有什麼關係？」他果然覺得我大驚小怪，「而且，誰說豬跟猴子會洗澡？」

我不知道豬跟猴子會不會洗澡，但天熱玩水是一定的吧？

「只是樹葉會一直掉進去，」他只想談真正的問題，「樹葉常常會堵住出水口，我們常常要去水源清理樹葉啦，尤其是颱風過後。」

打井公司的業務員走了過來，「這樣，我們不知道你這裡打不打得到水。給你兩個方案。一個是按照探井深度算錢，打一米兩千六，譬如說，打一百米就是二十六萬，但是打到最後如果找不到水，或者是打到水了，可是水不夠用或者水是臭的，你錢要照付。另一個方案是，我直接收你三十二萬，包打。如果打不到好水，一毛錢不收，如果打到了，就算只鑽五米就打到了，也是三十二萬。賭一把。怎麼樣？」

還有這種賭法……

「打一米兩千六，」我說，「打井的人又怎麼知道什麼時候不必再打下去了，一定不會出水了？」

「在海線，常常會碰到『黏土層』，一打到這個，就知道不會出水，不必再往下了。」

「依照這個邏輯，」我邊想邊說，「你也可以打個兩百米，說碰到了『黏土層』，打不到水，然後業主要付五十二萬，但是一滴水都沒有？」

業務員睜大眼睛，認真地說，「不誠實的廠商就有可能這樣做。明明打二十米就發現『黏土層』了還故意給你繼續挖，然後跟你收五十米的錢，而且沒有水。」

打井的人走了，我還在想：如果家家戶戶都打井，這地下究竟有多少水呢？

山是野豬的家

拉厚克非常準時，早上七點就聽見他的摩托車噗噗從小路那頭過來。和所有的部落男人一樣，拉厚克穿著長筒雨靴，粗布褲子後面大口袋裡插著螺絲起子、鐵鉗、手電筒，露出黃色的手套；老舊的摩托車後座綁著鐮刀、開山刀、手鋸。

他蹲下去關了水龍頭，站起來說，「問題應該出在山裡的水管，我去巡水。」從農舍上到水源，迤邐恐怕有一公里長吧？引水入我家的水管，要經過巨石突怒的溪谷，穿過老木猙獰的叢林，叢林裡有野豬、虎頭蜂、帶刺的荊棘、含毒的蔓藤。溪谷裡有眼鏡蛇、龜殼花、青竹絲、鎖鏈蛇、百步蛇。山坡是險的，岩石是滑的，腐木遮住的地面可能是個坑……

「有點危險吧？」

「不會啦，」他笑著，露出很白的牙，「有馬拉道。」

拉厚克跨上摩托車，發動引擎，開山刀斜挎背上，一蹬就轟轟往山路衝去。

*

半個小時之後，電話來了。

「找到了——」手機裡傳來喧鬧聲，是滿山的樹在風裡搖盪的聲音。

「聽不清楚，是什麼？」

「水管斷掉了。」

「嗄？人為破壞嗎？」

「旁邊黃藤跟箭竹有被踩的痕跡，泥土上有腳印。」

「腳印？怎麼會呢？山上連路都沒有，怎麼會有人去破壞？而且，為了什麼？」

「不是人的腳印啦，野豬啦，是野豬的腳印。可能還有白鼻心。」

「野豬幹嘛咬我的水管？」

「拍照給你看啦，」語音斷斷續續被漫天風搖樹聲掩蓋，他用吼的，「不是用嘴巴咬的。水管斷掉的地方不整齊，不是切斷，不是咬斷，應該是小豬要從水管下面鑽過去，他的背把水管拱斷了，也可能是，野豬的媽媽把水管踩斷，帶小豬過路。」

「野豬過路——」我對著手機吼回去，「從哪裡去哪裡？野豬為什麼要走那裡？」

「為什麼喔？」拉厚克停頓了一會兒，好像不知道要怎麼跟我解釋，風在呼號，他對著手機吼：

「你在你家也是走來走去對不對？整個海岸山脈都是野豬的家，從山這邊到山那邊，就是在他自己家裡走來走去。我跟你說，山是野豬的家，是你把你的水管放到人家家裡去了啦……」

同飲甘涼

水管斷了，那麼買新的水管接起來就好。至少都蘭溪的水源沒有斷水。

但是，我的水，究竟來自哪裡呢？山壁間的溪水到我家有一公里，那一公里長什麼樣子？

決定去看水源。

山居開始，第一件要學會的事：怎麼穿衣服。

做城裡人的時候，想像田園生活，是穿著雪白的棉紗長裙，慵懶倚在白色的躺椅上、大洋傘下，喝冰涼的檸檬汁，看蝴蝶飛舞，然後放下玻璃杯，赤腳走過柔軟如綠絨地毯的草坪，到白牆邊採下一朵紅玫瑰。啊，好美。

現在準備巡水的我，穿上已經沾了泥塊的粗布長褲，套上長筒雨靴，褲腳塞進雨靴，這是為了不讓長長軟軟的爬蟲類直接鑽進褲腳、爬上大腿。

穿上長袖上衣、帶上棉布手套，這是為了，手抓樹枝攀爬上下的時候，不讓剛好在樹枝上休息的蛇大吃一驚、一口咬住我裸露的手指。

戴上寬闊前簷的帽子，帽後還圍著一圈卡其色護布，垂下來遮住大半個脖子和肩膀，像二戰電影中在印尼叢林裡山窮水盡的日本兵——哎，現在知道他們為什麼那樣穿了。護脖是為了避免毛蟲或蜘蛛從樹上掛下來，掉進前面衣領直接貼上前胸或者黏在腦後脖子上。帽子更是絕對必要——虎頭蜂追過來的時候，希望他們的毒針刺不進頭皮。

親自巡水的一天，早春，雲是手撕的一絲一絲棉花糖，天乾淨得像清水藍染，海水沉甸甸地藍靛交錯，山的綠忽明忽暗，深淺參差，風一直吹。

台灣東南沿海的山脈，那風，與那山、那海、那日、月、星、辰，是有合約的。白天吹的是「向岸風」，風從遠遠的海上來，越過一里又一里的海面，推擁著一重又一重的白浪，向磅礴的大山推進。夜晚吹的是「離岸風」，風從層巒疊翠處滾滾而下，翻過一道一道大山的稜線，拂得滿山相思樹萬葉沸騰，徐徐而下，在樹冠的湧動中，往大海流去。

海風獵獵在耳，我往山中走去。

*

山壁的底部是溝渠。都市人開車入山，都知道要留意靠山這邊的溝渠，輪胎下去，車子就陷入了。同樣是山溝，現在的我突然看見完全不一樣的東西：原來，山溝裡面的溝壁上都貼著水管。屬於我的那一根，拉厚克已經用紅色噴漆做了標記。

在溝旁蹲下，仔細看那水管，由一根又一根的塑膠管連接而成。每一根塑膠管一頭粗一頭細，管的尾端有洞孔，一根接榫一根，在尾端洞孔用六角扳手鎖住，環環相扣，次第展延。

沿著山溝塑膠管往前走，管路開始轉彎，折往山上，進入叢林。轉彎處是一條深溝，大概兩公尺寬，怎麼過去？用跳的，恐怕會直接掉進溝裡。即便奮力跳過去了，溝的對岸是亂木雜草，密密麻麻看不見地，怎知我不會剛好落在一條蛇的身體上？怎知我不會剛好跳進農人為了捉捕野豬而設置的陷阱裡去？那金屬捕獸夾，一旦夾住我的腳，皮肉綻開，白骨外露，恐怕七天都不會有人經過。

繞道而行。手裡拿著一隻竹杖，在密林裡邊走邊敲打前面的草叢，現在，連「打草驚蛇」的意義都刻骨銘心地體會了。心裡害怕，哆嗦唸著：「你知道我來了，你知道我正在往前走，沒有冒犯的意思，但是求求你不要讓我踩到你，真的非常不想踩到你……」

我其實不是孤單的，樹梢有非常多非人類的動物陪伴。大概是某個獼猴部落全體出動了，一路跟隨。他們從一棵樹跳到另一棵樹，一會兒上，一會兒下，一會兒前，一會兒後，不斷發出「咳咳」的警戒聲相互通報。有時候，猴子用力搖晃樹枝，撒下落葉紛紛，有飛沙走石的氣勢。落葉無妨，擔心的是哪隻猴子突然決定直接從樹上跳到我肩膀上抓頭髮，幸好戴了日本兵的護帽。但是草叢裡，腳下那無聲的、看不見的東西，讓我更恐懼，全神貫注，管不了頭上了。

到了一個崖壁，往下看，溪底有高聳的岩石，下不去，但是有一座橋，那座所謂「橋」，根本就是幾根水管綑綁在一起懸空橫跨，成為橋，誰敢踩上這樣的空心橋？

於是再度繞道，往更高的山上深入一段，尋找可以跨溪的地方。一株巨大的樟木橫倒在溪床上，樹幹已經蛀空。我踩上腐木，腐木應聲而垮成坑。隨手摸到的樹枝，一觸就粉碎成灰。不得不用猴子的姿勢，四肢併用，抓著、踩著、攀著樟木的腐爛樹體，爬行過溪。

平安到了對岸，回頭看這橫倒溪水中的樟樹，從一粒種子開始，隨風隨鳥落在溪畔濕潤的土裡，抽芽、成苗，到最後長成參天巨樹。百年的時光，它的每一圈年輪都刻印了那一年的風雲水土、旱澇豐歉。

這哪裡只是一棵腐樹呢？這是山林最完整、最細緻、最纖毫畢現的生態博物館吧？一生一世在這荒山溪水之畔，年年看溪邊的水芹開出白色的小花，最後走向灰飛煙滅，化為腐植，卻仍舊與溪中之水、水畔之芹相廝相守。《紅樓夢》不是這樣開始的嗎？

樟樹轟然倒下的時候，不會有人聽見。塵化腐化的過程裡，蟲蠅蟻菌卻是日日盛宴。樹的死，是另一個縝密生態系統的生。

終於走到了收集溪水的水槽，一個水泥砌成的小方槽。面對水槽，左邊一根大水管引溪水入槽，右邊七根小一號的水管導水出槽。出槽的水管，節節相接，依著山勢，把都蘭山泉一路引到我家那株茄苳樹下，容我養魚、澆花，潤物無聲。

丟掉竹杖，脫掉手套，穿著雨靴踩進水槽，把腰深深彎下，開始用手去撈出水槽裡卡在出水口的落葉。

＊

七根水管，與我共享都蘭溪水「同飲甘涼」的，是六家部落農人。心裡浮現一段讀書記憶。

蘇軾後半生不斷地被流放，往南方蠻荒之地越走越艱辛。六十歲白髮蒼蒼時，到了廣東惠州。擔任過地方官、治過洪水的蘇軾，寫詩飲酒、寄情山水的同時，從來沒有忘記過水利建設。一到惠州，聽說廣州全城的人喝的是又鹹又苦的水。每年春夏就因為飲水的不潔淨而爆發疫情，多人死亡。同時，城郊有個劉王山，山泉甘美，但是只有做官的、有錢的，才喝得到。

蘇軾給廣州太守王敏仲寫信，說，劉王山的泉水甘甜，地勢又高，可以引入城內。怎麼引入呢？蘇軾說，在山泉下沖處建一個大水槽，用麻繩綁五個大竹管，塗上保護漆，隨著地勢高下，引水入城。在每一個分管的底部，再建一個水槽蓄水，然後「又以五管分引，散流城中，為小石槽以便汲者」。大管接中管，中管接小管，大槽接中槽，中槽接小槽，竹管以傘狀越擴越廣而成系統，那麼劉王山甘甜的泉水就可以分布到全城。

從前讀這樣的文字，草草略過，不覺得有什麼意思。現在，想起來覺得驚心動魄；蘇軾這封信，不就是一個「自來水供水設計圖」嗎？

設計之外，蘇東坡還擬出「施行細則」。他提醒太守，供水系統的上下游配套措施必須完善，譬如，材料，從哪裡取得？要儲備竹材，從根本做起，必須在上游闢地種竹。運輸怎麼處理？有了材料源源不絕的供應之後，定期買萬支竹竿，綁在一起做成巨大竹筏，用這些竹筏把竹材順流運到廣州。儲存大量的竹材，以便經常抽換竹管，而抽換竹管本身所需要的工程經費以及定期的工程巡查和修護，必須編入年度預算。

擔任過政府官員的我，重讀古冊，簡直瞠目結舌。從設計到材料，從材料到運輸，從運輸到儲藏，從儲藏到施作，從施作到後續維修，從人力需求到維護經費的預算編列，也就是說，從硬體「資本門」到軟體「經常門」，蘇軾沒有漏掉一個環節。

「施行細則」講完了之後，蘇軾又給太守追加了一封信：每一根竹管的兩頭，要鑽一個綠豆大小的孔，用竹子製做一支大頭針，把孔塞住。這個竹孔，是用來檢查水道堵塞的。如果竹管上沒有孔，那麼只要一處堵塞，就必須把整個長達二十里的竹管每一節都拆開來檢查。有了孔，就能鑑定是哪一節竹管出了問題，不必上山下谷二十里。

用現代的城市治理語言來說，這就是一千年前蘇軾提出的「自來水供水系統設計規劃」和「自來水輸送維修計畫書」。

這樣做的目的，蘇軾說，是讓「一城貧富，同飲甘涼」。

蘇軾的時代，有權的和有錢的才喝得到乾淨的水，窮人眾人卻只能飲苦水鹹水。肥馬輕裘、豪宅美婢，本來就是富貴者的專利，窮人茅屋粗食倒也可以安分自在，但是乾淨的水，卻是生死一線，不能成為富貴者的壟斷。蘇軾顯然深刻思考了「多少百分比的國民享有安全飲用水」這樣的一千年後的世界列為基礎文明指標的問題。一千年前的蘇軾，就非常明白今日聯合國憲章所說的，水，是基本人權。

千年後的我，蹲在都蘭山中的溝渠邊，看山泉水管；塑膠管取代了竹管，但是都蘭溪輸水到農家的方式，仍是蘇軾的方式。野豬和白鼻心會踩斷我的塑膠管，也必定曾經踩斷過蘇軾的竹管。

樹上七八隻猴，樹下七八個人

開會地點，他說，「水源那邊不是有個工寮嗎？工寮前面空地。」

早上七點，天色還有點灰濛濛的，一團白雲從馬拉道山峰與山峰之間冉冉而上，像升旗一樣，我默默向那朵為馬拉道升起的雲，行注目禮。

如約走到水源處工寮前面那塊空地。空地臨溪，水聲淙淙，溪邊立著一株高大的馬拉巴栗樹，每一簇葉子都像一個巨人用力打開的巴掌。人還沒到，猴子先到。一大群猴子高高低低坐在樹枝上，張望下面的動靜，時不時故意搖撼樹枝，落葉紛飛，他們注視著人揮手把頭上的落葉掠開。

幾個女人戴著斗笠，斗笠用花布包著，蓋住整張臉和脖子，只露出風霜的眼睛和眼角的皺紋。每個人的標準配備是手上一把鐮刀，正在「布置會場」——從工寮裡拿出塑膠小矮凳，在地上排出一個半圓。幾個男人，也都是上了年紀的，在矮凳坐下，鋤頭、鐮刀擱在腳邊。幾隻狗，自覺是村民，也自在地出席會議。

男人或女人都把頭臉脖子包得密密的，也都穿高筒塑膠雨靴。

我看看腳下不經思索穿出門的白色運動鞋，自我檢討：凡出門，必雨靴，重新建立生活習慣不是很容易。

一個高瘦個子、皮膚曬得黑裡透紅磚色的男人，就是前兩天突然出現在鐵門外的那一個，說，「去開會。」

沒頭沒腦的，不知開什麼會，也不知跟誰開會，甚至於他是誰，都是個謎。但是我說，「好。」

高個子從褲袋裡掏出一只透明塑膠袋，開始分檳榔給夥伴，問我要不要。

正猶豫著，斗笠女人把她手裡的一顆檳榔直接塞進我手心，「吃啊，吃啊。」

另一個有點駝背的女人大聲說，「紅灰，她會不習慣啦。給她白灰。」她直接取走我手上的，塞給我另一個。

「紅灰，就是檳榔剖開，裡面加石灰跟荖花，」男人耐心說明，「白灰，就是石灰塗在荖葉上，再來包檳榔。沒有荖花。」

我這才明白，今天是個水資源管理大會……

聽不懂，但是管他是什麼，我把檳榔放進嘴裡。

「不是這樣，」男人趕忙說，「你要先把檳榔的頭咬下來，吐掉。」他說的「頭」，是檳榔果實底部的蒂。我照做，把蒂咬下來噴吐在地上，再把檳榔放回嘴裡，用力嚼。

「給你吃的是白灰喔。」另一個農人說。

「沒看見灰啊……」

「石灰已經塗在荖葉上，捲起來包檳榔，你看不見。」

「荖葉是什麼？」檳榔澀得我口齒含糊，「荖花是荖葉的花？」

「不是啦，」高個子真是一個超級耐煩的人，「荖花是母荖花的花，荖葉是荖葉的葉。」

我驚奇地看他一眼。「荖花是母荖花的花，荖葉是荖葉的葉」，真是音韻優美的句子啊，像歌詞一樣。邏輯推理，顯然母荖花才會開花結果，公荖花只能長葉子。但荖花這植物長什麼樣子，還真沒有概念。

檳榔纖維非常粗糙，咬嚼起來感覺自己像條母牛滿嘴樹根。石灰的味道也著實奇異，嚼得有點勉強，努力撐著，會議要開始了。

大家坐定，一位老先生，看起來是個漢人，站起來，兩手交叉在肚子前面，威嚴地正式發言，「三十多年來，我每天來檢查水源，清除泥沙。每次颱風過後，也是我最先到。今年我八十四歲了，山路快要走不動了，所以今天找有水權的大家來開會，要想個辦法，每個人繳錢，雇人來巡水……」

我這才明白，今天是個水資源管理大會。

*

馬拉巴栗樹上的獼猴，分坐枝椏上，一隻母猴抱著幼猴，正在為他梳理毛髮抓蝨子。這場景，真像兩群動物在開會，樹上七八隻猴，樹下七八個人。

老漢人的「主席致辭」簡單扼要，非常到位。十分鐘之後，決議已達成：擁水權者七家，每家每年出一千塊錢，雇專人來除草、清淤。

「還要買除草劑，」有人說。

說話的這個老農矮凳旁，放著一個背負式的農藥噴灑桶。

「水源旁邊還用農藥啊？」我很驚訝。

「對呀，」這人吐了一口檳榔，「草太多，長太快了，割不完的。」

「我們也割不動了，不像年輕的時候——」

眾人開始七嘴八舌聊起來，「年輕人不回部落，我們連割草機都要背不動了。」

「你們有沒有覺得，」大紅花布蒙面的女人說，「雜草長得越來越快？以前好像沒這麼快……」

「對啊，雨水越來越少，又熱，一整年都熱，現在連冬天都那麼熱，我的荔枝樹都熱得不開花了，明年又沒有荔枝了。而且哦，雜草發瘋一樣，以前一噴就死，現在好像怎麼噴都噴不死了……」

嚼爛了的檳榔，實在苦澀無比，滿嘴渣。大家都吐在地上，我也就大方地呸出來。沒想到，呸出來的竟然是血水般的紅色，心想，不是說給了我白灰嗎？白灰也是紅的？疑團在我腦中閃了一下，但我說出口的問題卻是另一個：

「你們噴的除草劑是什麼？」

「年年春。」

*

一個星期後，獨自去到水源。一週前怒草及膝、荊藤覆地的山徑，已經變寬了。上週掩蓋了小徑的茂盛雜草，如今一片枯黃殘萎，蔫倒在地。

回程剛好遇到幫我除草的阿熊騎著機車迎面而來，在我面前暫停，一隻腳踏在地上，引擎響著。

阿熊大概六十歲。一頭亂髮落到肩膀，身材修長瘦削，手腳迅捷俐落，眼睛炯炯有神，扛著鋤頭在田間昂首行走的姿態，很像武俠小說裡扛著劍正浪蕩江湖的俠客。他凡除草，必唱歌，除草六個小時，歌聲就六小時不斷。除草機的馬達聲響轟轟，他的歌聲卻飄在馬達聲之上。這一天，突然傾盆大雨，他不肯走，堅持把草割完，我就站在陽台上看：一把傘綁在他背上，雨直直落，他唱著歌。

半途相逢，他還穿著割草專用的塑膠布大圍巾，腳穿長筒雨靴，身上披掛著各種工具。割草機的長柄跟摩托車身一樣長，不知道用什麼方法綁在車身，前面踏腳處還有一個看起來很重的水桶。

他摘下護目鏡，爽快地說，「草割好了。下個月再來。」

第二天，發現那一小塊地的牛筋草，枯萎了大半；不只牛筋草，鄰近的一圈的青草，也黃了。（龍應台繪圖）

「牛筋草也拔了嗎？」我問。青翠如茵的草坪角落有一小塊總是長出牛筋草，我交代他要根除。牛筋草的根強韌無比，怎麼用力拽都拽不出來，只能趁幼苗期，連根拔起，否則會生生不息。

「草霸王喔，」他說，「處理了啦。」

他蹬了一下，呼嘯而去。

第二天，發現那一小塊地的牛筋草，枯萎了大半；不只牛筋草，鄰近的一圈的青草，也黃了。

江湖俠客的機車踏腳處，不是一桶水，是一桶年年春。

年年春

「年年春，嘉磷塞是主要成分，比巴拉刈好吧？」

我問這個特地來都蘭看我「是不是還活著」的老友，一個農藝專家。

「那要看情形。」他說。

怎麼看情形呢？我知道的，巴拉刈是全球的自殺「利器」，尤其在開發中國家、農業為主的地區。巴拉刈除草劑非常便宜，務農的社區裡家家戶戶使用，糖果一樣大人小孩伸手可及，而且兩個小茶匙分量就可以致命，高效率到一個程度，一時衝動吞藥之後立刻想要反悔，都來不及了。斯里蘭卡在二〇一一年全面禁用之後，農藥自殺率減少了百分之五十。韓國在二〇一二年禁用，隔年自殺率降了百分之四十。台灣一直到二〇二〇年二月才禁絕，次年農藥自殺死亡率降了百分之五十七，全民整體自殺率降了百分之八。2

「沒有比巴拉刈更恐怖的了。單單談這個社會層面，」我說，「年年春就好多了不是嗎？」

老友不理會我，他在「巡視」我的地，牛仔褲後面的口袋裡插著一把修枝剪，我像個跟班。站在一株青剛櫟前，他掏出工具把主幹上冒出來的分枝一根一根剪掉，「這叫蘖，」他說，「不剪掉就搶了主幹的養分。」

*

「年年春，就是以『嘉磷塞』為主要成分的農藥，中國大陸叫草甘膦。他們生產了全世界百分之六十的草甘膦。」老友開始講課。

製造嘉磷塞除草劑的孟山都公司，已經被德國的拜耳藥廠併購，嘉磷塞引起的訴訟，也就變成拜耳的法律戰。到二〇二〇年，十萬個訴訟已經結案，拜耳被判付了一百一十億美元的賠償，還有三萬個官司在進行中。大多數的原告，其實不是農民，而是用嘉磷塞去噴灑庭院雜草的一般人，很多人得了「非何杰金氏淋巴癌」，提出了訴訟。

淋巴癌分為「何杰金氏症」跟「非何杰金氏症」兩種，美國得「非何杰金氏症」的患者佔淋巴癌症患者百分之六十，在台灣卻佔百分之九十以上。近十年來尤其急速增加，已經在台灣癌症死亡率排名榜上高佔第九位。

嘉磷塞年年春是不是真的致癌，並沒有斬釘截鐵的科學結論。美國環保署、歐洲食品安全局認為嘉磷塞沒有致癌風險，但世界衛生組織下的國際癌症研究機構則將嘉磷塞列為「對人類很可能有致癌性的物質」。拜耳最後被判決必須賠償的理由，是公司沒有在產品上給使用者足夠的警告。

無論致癌與否，拜耳宣布，從二〇二三年起，賣到美國市場的除草劑，嘉磷塞成分會是一個全新的處方。

「啊……」聽到這裡，跟我直接有關起來，「那麼賣到台灣的嘉磷塞呢？台灣人用『年年春』除草，連水源處的雜草都用；我的水，不會被嘉磷塞污染嗎？」

「很多歐洲國家，譬如德國、奧地利，是禁止除草劑用在任何公共區域的，包括公園、道路旁、運動場等等，更別提水源地了。」

專家老友顯然不覺得我的水源噴除草劑是個太重要的議題。在生態環保運動的路上奮鬥了一輩子，再大的問題在他眼中也不算大了。

「你知道美國的農藥用量是每公頃二點二五公斤，歐盟二點五，韓國六點六，日本十一公斤，世界平均是零點五公斤，你知道台灣的農藥用量在二〇一七年是多少嗎？」

「不知道。」

「你的羅漢松種得太密了，」他在為羅漢松剪枝，「樹太密，結果每一棵都長不好。」

「而且喔，除草劑是另外一個問題。有記錄的所謂『農用』農藥，是農人用在果園或者田裡的。至於那些用在庭院裡的、道路旁的，公墓區的，包括你的水源區的，這些所謂『非農用』所使用的農藥除草劑，都還沒有算進去。」

「你的意思是，我們並沒有真實的數字，而真實的數字會更大？」

「對。你要知道，我們並不缺法律，依照農藥管理法，非農地禁用除草劑，但是根本做不到。連有些地方政府都在用——鄉道、縣道、水塘、公墓、鐵路旁，還有水利單位委託民間公司在河川地除草，也常常用除草劑。你說，誰在計算總量呢？」

是的，我常在山間道路上看見有人噴灑除草劑。

「既然不合法，沒人管嗎？」

他笑，「環境部說，除草劑是農藥，歸農業部管，跟他們無關。好吧，那你去問農業部，農業部就跟你鬼打牆，說，依照規定農藥只能『農用』啊。嘉磷塞是農藥，任何『非農用』都要申請核准才能用啊。可是，誰會去申請核准呢？鄉公所出錢要民間除草公司除草，除草公司用年年春，你說鄉公所會去申請『非農用』使用許可嗎？都廢話啦。」

*

我就跟他說了阿熊在我的庭院用年年春的事。

老友說，「你有沒有感覺，雜草越長越快？」

我嚇一跳；這話，不就是那大紅花布蒙面的部落阿嬤說的嗎？

「這不是『感覺』而已喔，這是真的，」他認真地說，「譬如你的牛筋草，已經證明對年年春產生抵抗力了，現在可能要用三、四倍的劑量它才會死。更嚴重的是，牛筋草對禾本科選擇性除草劑『伏寄普』，也就是『萬帥』，也產生了耐受性，現在可能要用推薦劑量的幾十倍的濃度，才能根除牛筋草。所以農藥用在庭院、道路什麼的，劑量會越來越高、越來越高，不是一點點，是幾十倍的提高。」

「我問你，」分手時，我突然想起來，「你說拜耳公司因為被告所以賣到美國去的年年春成分改了。那麼賣到台灣的呢？」

「你說呢？」他露出那種世故而「邪惡」的笑容，拍拍我肩膀，「不必太擔心你的水。嘉磷塞是有優點的啦。至少它的殘留物在土裡頭不會亂跑，對地表水跟地下水的污染算是有限，所以你的水源，問題可能不大。它真正害死的，其實比較是昆蟲，蜜蜂啦、蝴蝶啦，那些需要雜草蜜粉的昆蟲，就越來越少了。以後的小孩長大會不知道蜜蜂蝴蝶是什麼了……」

*

從陽台望出去，滿眼濃綠。草坪在除草後一週，是最美的時候。嫩草抽高了一點點，風中搖晃，形成綠茸茸的地毯。左邊一塊地，休耕中，農人撒下油菜花的種子，現在開出了一大片鮮黃色的花海，梵谷油畫般的絢麗。右邊一塊地，休耕中，農人撒下紫雲英的種子，現在是一大片綺麗的紫花田在無邊無際的藍天下盪出花浪。

天那麼淨藍、草那麼油綠、花那麼繽紛絢爛，然後酥軟的南風一波一波吹來，這太平洋濱的田野，簡直是天堂。

但是，為什麼我覺得隱隱的不安呢？

二〇一七年，台灣農藥每公頃用量是十七公斤，全球第一，比第二名日本多六公斤，是世界平均的三十四倍。

台灣政府在二〇一七年推出「農藥十年減半」計畫，希望把單位面積平均每公頃十二到十七公斤降到一半。結果是，到了二〇二二年，台灣的每公頃農藥使用量仍是十三點五公斤，而全球的農藥使用量平均一公頃農地大約二點七公斤，施用最多的亞洲，平均值是三點七公斤。

台灣的每公頃十三點五公斤農藥量，是驚人的。而這個數字，還不包括「非農用」在國道、縣道、鄉道、公墓、水塘、鐵軌、倉庫、河邊大量使用的年年春。3

*

又去了都蘭溪。

經過「水資源大會」開會的那個工寮空地，發現獼猴所愛的那株高大的馬拉巴栗樹，已經乾枯。樹幹底部，有人用刀做了「環狀剝皮」的手術，割斷樹的營養和水的輸送管道。被割斷喉嚨的樹，在死亡中。

工寮的主人剛好在挖地，「猴子太多啦，」他用力揮著鋤頭，滿頭汗，說，「會吃我種的火龍果……」

原來完全不在意的微小細節，像點連線的遊戲一樣，一個點、一個點接起來，面貌突然就清楚了。

農藥使用越來越重，和水有關。

水越缺，農藥和除草劑用得越多。在那「水資源大會」上，與我「共飲甘涼」的村人已經把最貼近土地的聲音讓我明白了：

台灣高溫高濕，雜草生長速度快，而雜草引來各種病蟲害，農民不得不用農藥設法清除。

雜草逐漸產生抗藥性。殺牛筋草現在可能要用三、四倍的嘉磷塞劑量它才會死，所以農藥和除草劑的劑量只會越來越重。

更根本的一個因素，回到水。氣候變遷雨水變少，水給工業優先還是農業優先，變成一個政策大難題。二〇二一年的大旱，為了把水給重要的工業，七萬四千公頃的農地被迫休耕。七萬四千公頃是個什麼概念呢？全台灣「實地生產中」的農地總共也只有五十七萬公頃，所以因缺水而休耕的面積佔了八分之一。

天變熱，水變少，作物缺水，對病蟲害的抵抗力就變小，而病蟲害越多，農藥就越多，而農藥越多，授粉的昆蟲就越來越少——歐洲追蹤昆蟲動態，發現保護區內會授粉、會飛行的昆蟲，在二十七年之內減少了百分之七十五。[4]授粉昆蟲越少，作物也隨之體質越差，於是農藥就越下越重。

也許——地球不會繼續那麼熱下去？

科學家說，在二〇六〇年，台灣的三百六十五天中將「全部」都是夏天。[5]

那一天，站在那油菜花和紫雲英繽紛美麗的大地之上、藍天之下，我的不安，有原因的。

水冠軍

城市居住時，窗外看見的不是樹，腳下踩著的不是土。雨水打下來，只聽雨聲夾雜在轟轟車聲裡，不知雨的來處也無所謂去處。下雨，代表屋子裡潮濕悶熱，伸手在牆壁上摸一下，手掌上濕漉漉。出門叫不到車，進門要收傘；雨，只是麻煩。

走在台北街道上，不感覺自己生活在一個有河的城市裡。淡水河總長一百五十八公里，為了圍堵洪水，淡水河流域建起了一百五十公里長的水泥堤防，加上四十七公里的水泥護岸，於是河的風景、水的光影、草的酸香、樹的顏色、魚翻身躍出水面的瞬間噴濺，所有因水而生的自然氣息和生命的流動，不容易進入人的生活意識裡。

文明，就是用「方便」和「安全」把人和自然隔離。一切都來得那麼容易；手一按，水，就大把大把流出，彷彿就存在牆壁裡，用之不盡，取之不竭。每個月付一點點

這樣一個「水貧窮」的島嶼，怎麼會用水如此豪放呢？

錢，就保證一天二十四小時、一年三百六十五天，不費力地源源不絕。

可是攤開跟水有關的數字，又令人困惑不已。

一年兩千五百毫米，台灣的落雨量是世界平均雨量的近乎三倍。但是，在全球嚴重缺水國家名單上，台灣又赫赫名列第十八。山高地窄，雨水從高山下來，百分之六十直接暴衝進海裡不見，百分之二十蒸發掉了，所以雨水雖多，從不停留，結果台灣每個人分配到的雨水不到四千噸，是世界平均值的五分之一。

這樣一個缺水的地方，人們用水卻又超乎尋常地揮霍。台灣整體的每日每人生活用水量，在二〇二二年，是二八八公升。

這個用水量，到底是多還是少呢？

跟其他國家的平均數比起來——德國的一二八、以色列的一三七、英國的一四二、法國的一五〇，是很多、很多的；和憂患意識極高的新加坡人的一百五十八公升比起來，幾乎是一倍。當新加坡預定要在二〇三〇年把人均用水量降到每日一百三十公升的時候，台北人在二〇二三年的每人每日生活用水量，是三百三十公升。[6]

世界水協會網站上有一個圖表：全世界人均用水最多的城市，是哪一個？

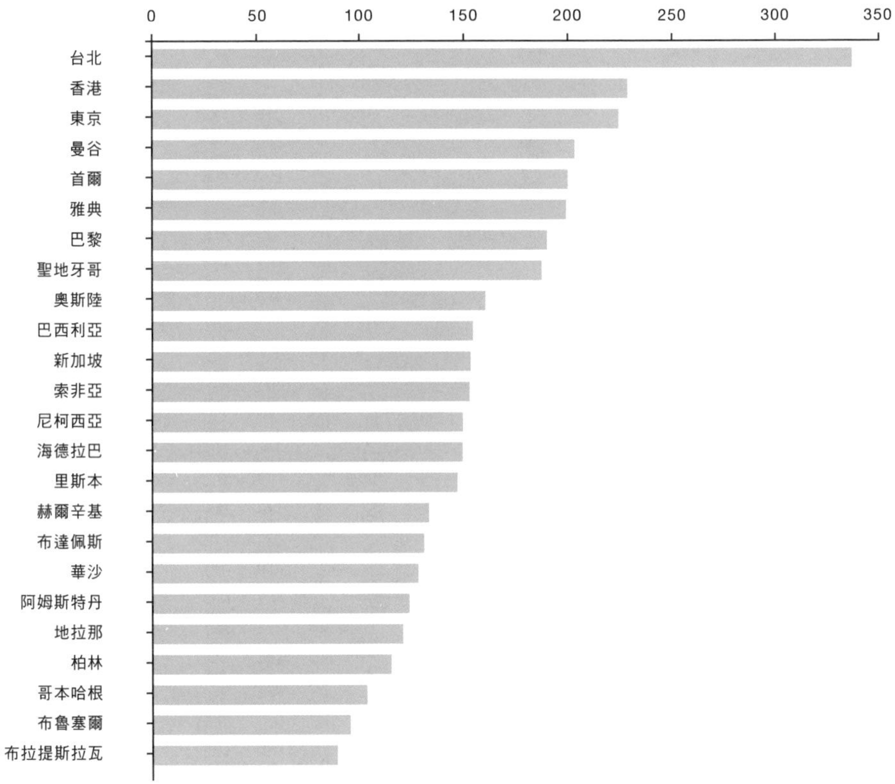

全球重要城市用水量排名（資料來源：Water Statistics, International Water Association）

冠軍：台北。

用水揮霍之外，還大方漏水。台灣自來水管線總長六萬六千多公里，近百分之五十已經超過了使用年限。地下老舊的水管破的破，斷的斷，管線漏水率近百分之十三，是日本的四倍、韓國的幾乎兩倍。每年漏掉四億多噸的自來水，相當於兩千三百萬人兩個多月的民生用水，或說新竹工業園區八年的產業用水量。7

這樣一個「水貧窮」的島嶼，怎麼會用水如此豪放呢？

台灣的水價，和人均用水量剛好成反比，平均一度十元多台幣，是德國的五分之一、日本和新加坡的三分之一，名列全世界第三低。

制度，在鼓勵人們揮霍。

無麥無禾的時候

氣候會造成斷水，對我是生活中一件新鮮的事。連續一個月不下雨，就開始每天早晨去池塘看魚，每個傍晚眺望都蘭山頭的雲夠不夠厚。危機意識增加了，在屋簷下裝了一個蓄積雨水的池子，以備萬一。小時候讀過的〈喜雨亭記〉，突然變成了放大鏡下的特大字：

> 五日不雨可乎？曰：五日不雨則無麥。
> 十日不雨可乎？曰：十日不雨則無禾。
> 無麥無禾，歲且薦饑，獄訟繁興，而盜賊滋熾。

地球上的水那麼多，卻只有百分之三是淡水，而淡水的百分之六十九被鎖在冰川裡，另外百分之三十藏在看不見的地面下，於是人類真正可以就近獲取的，只有百分之一。水，正在急速地變成稀有品，和黃金、石油一般貴重，但是，黃金不能吃，石油不能喝，只有水，不得不拼命取得。

於是早晨在森林裡遛狗時，聽見新聞報導尼羅河上游的衣索匹亞水壩工程完工了，我吃了一驚。

二〇二一年台灣發生了百年大旱，高屏溪水量太低的時候，屏東農民就去建起土堤攔截水源，高雄市長半夜裡親臨現場，監督怪手連夜拆堤。兩個縣市為了水開始對抗，每一年都起衝突。

尼羅河上游的衣索匹亞為了發電而開始建築「偉大復興水壩」工程，引起下游的埃及和蘇丹劍拔弩張，因為下游的埃及和蘇丹幾近百分之九十的水來自尼羅河；上游水壩攔截了水，下游的人怎麼辦？

而水，其實不只是水。衣索匹亞把這項水壩建設塑造成國家進步的里程碑，是代表整個非洲邁向現代化的新象徵。不過，宏大敘述別人也會。埃及說，尼羅河不只是一條河，它既是古埃及文明的依靠，也是現代阿拉伯文化傳承的神聖圖騰。於是水，不只是農工發展和民生需要，它更鍍了一層高貴、宏偉的金，牽涉國族認同和國家實力。

所以為了水，部落與部落械鬥，鄉鎮與鄉鎮抗爭，國家與國家開戰，是歷史定律。一九六七年爆發的「六日戰爭」，是以色列和阿拉伯國家為了約旦河的水而開戰。蘇丹從二〇〇三年開始打了二十年還沒停的仗，除了原來就有的族群仇恨之外，農耕部落和遊牧部落爭奪水資源就是戰爭爆發的導火線之一。敘利亞的內戰，從二〇一一年打到現在，死傷無數、流離百萬，很大一部分原因是開戰前五年的連續大旱，作物凋敝、飢民竄流，使得原來就脆弱的治理結構崩潰。

*

水的缺乏，有可能帶來暴力，國家暴力，就是戰爭。

研究者把羅馬帝國所有皇帝的死因和七千多個地點的年輪、冰芯等等可以透露氣候變遷的資料，仔細做計量分析比對，結果令人驚訝：北羅馬地區前一年的降水量每減少百分之十九，蠻族當年入侵羅馬的機率就升高百分之四，而在位的羅馬皇帝於次年被殺的機率就上升百分之十三點四。

生活在北方的高盧人和日耳曼人，以穀物為主食，但是缺乏倉儲技術，缺水時，就容易外出劫掠、屠殺。

同樣的，在中國，計量歷史學者研究了兩千年歷史中每十年中發生旱災和黃河決堤的年分，他們發現，每十年內乾旱年分比例較高的時期，就是遊牧民族入侵中原的時期，而入侵的頻率，和雨水的多寡成反比，也就是說，雨水越少，戰爭頻率越高，雨水越充沛，戰爭越少。平均起來，十年中，每增加一個旱災年，北方遊牧民族入侵中原的機率就會增加百分之二十六。

氣候變遷不見得直接導致戰爭，但是會使一個本來就充滿爆點的地區一下子就被點燃成戰爭。已經有不少學術研究把氣候變遷看作明朝的顛覆、歐洲的三十年戰爭、英國的內戰的一個重要背景因素。[8] 嚴重缺水時，草原乾枯，萬物荒廢，糧食不足，飢荒迫使人尋找出路。雨水豐沛時，即便是水災，牧草還可以生長，生存相較於旱災稍微容易一些，走向侵略戰爭就不符合成本了。在兩千多年的中國歷史上，北方遊牧民族攻打中原的規律，和歐洲的北方民族侵擾羅馬帝國的規律一樣，那就是：缺水，往往導致戰爭。[9]

*

對於水資源緊張的，恐怕不僅只是埃及和衣索匹亞。新加坡用高科技積極處理水的新生和再生，反映了決策者對水資源缺乏的高度警覺。而中美之間目前充滿敵意的競爭棋局中，中國緊張嗎？澳洲一個報告說，百分之八、九十的中國地下水不能飲用，一半的地下含水層嚴重污染，已經到了產業與灌溉都不適宜的地步。百分之五十的河水不能給工業用，四分之一的河水連農耕都不行。[10] 而地大人稠的中國，可用的淡水總量本來就偏低。譬如說，與中國土地面積差不多大的美國，人均淡水資源大約七千五百公噸，加拿大擁有八萬九千多公噸，而中國只有兩千公噸，差距何其巨大。[11]

蘇軾一千年前寫的〈喜雨亭記〉，我要到了都蘭山中，才終於讀懂：

> 無麥無禾，歲且薦饑，獄訟繁興，而盜賊滋熾。

*

拉厚克買來了新的塑膠水管，和他的表弟一人扛一頭，進入叢林，爬上山丘。我跟在他們後頭連攀帶爬到了森林裡的一個石崖邊。水管裂成兩截，裂的地方犬牙交錯，看起來真是被野豬撞斷的，力道不小，泥土上還留著錯雜的腳印。

兄弟倆蹲下來，開始工作，先把被野豬踩壞的斷管用扳手卸下。拉厚克還帶了鐵鏟，彎腰挖出一條長溝，把新的水管淺埋進土裡，然後接上新管。新管頭尾交接對準，再用兩根釘子鎖緊。

「埋進土，野豬比較不容易撞到。」

我站在泥巴裡看他們工作，聽著樹林裡呼嘯的風，心裡知道，野豬還會來，水管還會被拱斷，因為這裡是野豬的家。而經常來山中巡水，替換塑膠管，蘇軾一千年前就說了，是我飲用山泉水本來就該準備的「經常門」預算。

馬拉道恩賜我溪水，部落族人恩賜我白灰檳榔和這山川河流的無言歷史。與我同在此山川之中共飲都蘭溪水的，還有那獼猴、山豬、白鼻心與穿山甲，他們不知道的是：牛筋草已經破解了年年春的密碼，日益強大，代表除草劑和農藥在這片山川土地的噴灑量，將五倍、六倍、十倍……他們也不知道，烏克蘭的野生動物，無家可歸了。

山泉水，可以讓我們「共飲甘涼」多久呢？

1 水利署：https://www.wra.gov.tw/News_Content.aspx?n=2945&s=7417

2 上下游：https://www.newsmarket.com.tw/blog/78839/#:~:text=
農傳媒：https://www.agriharvest.tw/archives/24768

3 公視新聞：台灣每公頃農藥用量全球第一 https://news.pts.org.tw/article/398376#:~:text=
上下游：農藥十年減半，現況不減反增 http://www.newsmarket.com.tw/blog/188872/
台灣除草劑單位面積使用全球名列前茅 https://www.newsmarket.com.tw/herbcides/ch01/

4 More than 75 percent decline over 27 years in total flying insect biomass in protected areas: https://www.researchgate.net/publication/320474864_More_than_75_percent_decline_over_27_years_in_total_flying_insect_biomass_in_protected_areas

5 中研院：2060 無冬天 https://theworldshouldbe.org/2021/08/24/no-winter-in-taiwan/

6 水利署：https://www.wra.gov.tw/News_Content.aspx?n=2868&s=6999

7 立法院：https://www.ly.gov.tw/Pages/Detail.aspx?nodeid=43725&pid=192683

8 Geoffrey Parker 的 *Global Crisis: War, Climate Change & Catastrophe in the Seventeenth Century*（Yale University Press, 2013）和 Timothy Brook（卜正民）的《價崩——氣候危機與大明王朝的終結》（衛城出版，台北，二〇二四）都有類似觀點。

9 香港大學經濟學家陳志武在他的著作中有詳細的論述。見《文明的邏輯——人類與風險的博弈》，陳志武著，八旗文化，台北，二〇二三。

10 "Water Scarcity Challenges China's Development Model," Lowy Institute, 2022.

11 https://www.statista.com/statistics/269361/worldwide-renewable-water-resources/#:~:text=Iceland%20has%20the%20largest%20renewable,to%20less%20than%20400%2C000%20inhabitants

第五章

陽光和煦，青草遍地

戰鬥機的轟轟巨響和歌聲揉在一起，
歌聲就被壓了下來。

海鷗也在展翅翱翔

在海濱咖啡館等人的時候，遇見那個做酸種麵包的英國女人。我們站在海邊，眺望大海。幾片白色風帆在海面隨著風疾走，衝浪的人抱著板子在浪裡翻騰。這天的海，藍中帶點碧綠。

「可惜台灣沒有海鷗，」她說。

確實，歐美的濱海小鎮成群成群在遊客頭上盤旋的大型海鷗，在台灣幾乎看不到。台灣有燕鷗，是候鳥，也只有冬天偶爾看到一點點。

其實沒有一種鳥叫做「海鷗」，就好像「白馬非馬」，沒有一種馬，叫做「白馬」。喜歡在海上覓食飛翔的，統稱「海鷗」。

「不過，」住在英國一個濱海小鎮，她是看著海鷗長大的小孩，「英國的鷗也離開大海了。」

城鎮中心海鷗越來越多，因為人類製造食物垃圾，海鷗很快就發現，留在垃圾掩埋場上頭或者住在熱鬧的市中心，比在汪洋大海上找魚要容易得多。譬如銀鷗和小黑背鷗本來在英國海岸和鄉下到處都是，現在都已經是城市戶口了。銀鷗在住宅屋簷上安家，小黑背鷗就在工商建築上定居。

留在大海上的野生銀鷗在過去三十年裡，數量少了百分之六十。野生小黑背鷗少了百分之三十。

「現在看海鷗都不必去海邊了，反而在電車旁邊就很多，」她說，「感覺蠻奇怪。」

處處有跡象，世界在質變，事情在發生，可是我們看不到全貌，也看不到未來。

沒能繼續談下去，因為約好的人，到了。

*

一頭亂髮，絕對是沒有梳過的，海風很大，一直把他金黃色的髮絲吹到臉上，遮住他半個眼睛，但遮不住臉上的風霜感，不是歲月漸老那種和平風霜，而是看過太多痛苦之後眼睛裡流露出來的一種說不清楚的深沉。

他是來採訪的，台灣成為可能爆發戰爭的熱點之後，國際媒體記者絡繹不絕於途。鎂光燈突然打在一個長年被國際孤立的島嶼上，卻是因為人們預期它會「出事」。這種關注，無關寵愛，反而帶點無奈的荒謬。

得過大獎的這位戰地記者，在伊拉克、阿富汗、巴基斯坦各個戰場做過出生入死的前線報導。他的書，像電影鏡頭一樣，描繪了砲彈下的血肉橫飛、生離死別，慘烈殘酷的細節讓人不忍卒讀。跟著美軍陸戰隊的士兵在槍林彈雨中穿梭，他卻又能帶著強大的透視力，檢視美國自己的決策盲點，同時看見在地國本身的痛苦掙扎。

「到台灣之前，我們都以為台灣很緊張，都在備戰，」他說，「可是飛機降落以後，看到的台灣跟我們在西方以為的，完全相反。大家都那麼放鬆，安靜過自己的日子，沒事一樣，跟我們在外面以為的，反差太大了。你說是為什麼呢？」

這我哪裡答得出來，但是覺得不能不說，「你們記者的採訪原則就是『唯恐天下不亂』，巴不得台灣立刻變成烏克蘭。為了跟紐約總部有所『交代』，還有被派來的記者故意到金門海邊從前冷戰時期的軌條砦，安排人去『擺拍』備戰緊張呢。」

他露出無可奈何的笑容，「新聞就是跟著災難走。不過，任何和平久了的社會，都很難想像戰爭。」

和平久了的社會很難想像戰爭？

是的，譬如在敘利亞，夜裡都已經聽見砲聲了，村民還是不願意離開，早上一樣到市場買菜，到菜園裡澆水，一樣餵狗餵雞。一定要等到砲彈把自己的家炸垮了，才相信戰爭真的來了。

我想到以色列作家奧茲。

奧茲參加過兩次戰爭，一九六七年的六日戰爭和一九七三年的贖罪日戰爭。身為前線士兵，戰爭第一天的凌晨，他看見離他大概三、四百米的山頭上，穿制服的人在用迫擊砲開火，他的第一個反應，不是立即臥倒、逃走，或者回擊，而是覺得受到了侮辱：奇怪，對面這些人瘋了嗎？怎麼對著我們開砲？他們沒看見這裡有人嗎？

奧茲的立即衝動是：有瘋子在對我們射擊，應該趕快去報警。[1]

他已經拿著槍，站在戰場上，但是他的意識還沒進入戰時。

＊

我也非常記得奧地利作家茨威格是怎麼描述第一次世界大戰爆發前夕的。一九一四年六月底，奧地利皇儲費迪南被刺。名作家茨威格和往年一樣，到比利時一個叫「勒克」的濱海浴場去度假。海灘上滿滿是歡樂的人群。

……有的躺在沙灘上五彩的遮陽棚下，有的在海水裡游泳。孩子們在放風箏，年輕人在咖啡屋前的堤壩上跳著舞……唯一破壞人們心情的就是報童的叫賣聲，他們為了賣掉報紙，大聲喊叫著巴黎報紙上嚇人的標題：「奧地利向俄國挑釁！」「德國準備戰爭總動員！」人們買報紙的時候，臉色都變得很陰沉，但是，這到底也持續不了幾分鐘時間。畢竟，對於這些外交衝突，我們多年來已經很了解了，總是在最後關頭會得到很好的解決。那麼這一次為什麼不會同樣如此呢？半小時之後，那些買了報紙的人重新又高高興興地在海灘上踩水玩，風箏還在飛揚，海鷗也在展翅翱翔。陽光明媚、溫暖，照耀著那片祥和的土地。2

同來的比利時朋友激動地對茨威格說，「一旦開戰，德軍會從我們這裡突破。」海灘上成千上萬正在開心度假的全是德國人，茨威格完全不相信，他不客氣地反駁，「胡說！」「即便發生什麼事，就算德國和法國打得只剩下最後一個人，你們比利時也不會有事。」

茨威格說這話時，不知道德國正準備進攻比利時。

*

茨威格離開度假地，火車在清晨駛入奧地利國境。他驚駭萬分地看到與德國同盟的奧地利，已經改頭換面：

每個車站都張貼著通報，宣布全面發動戰爭總動員。列車上擠滿了剛入伍的新兵，旗幟張揚，軍樂隊震耳欲聾。我發現維也納全城的人都頭腦發昏，人們最先不要戰爭，人民不要，政府也不要，這戰爭原是外交家們用來虛張聲勢和玩弄政治的把戲，卻不料因為自己笨拙的手腕弄假成真，而現在，當初人們對於這場戰爭的恐懼突然間變成了滿腔熱情。大街上成隊的人在遊行，剎時之間，到處都是旗幟、絲帶和音樂，年輕的新兵列隊行軍，因為受到人們的歡呼而臉上喜孜孜的……

……他們脖子上佩戴著花環，鋼盔上還繞著橡樹葉，喝得醉醺醺，歡呼著走向自己的葬身之地。大街上，人聲鼎沸，燈火通明，好像過節一般。3

*

記者和我站立在一個懸崖上，往下望，懸崖的峭壁不是岩石，而是土，陷下去的土層看起來還在持續崩塌中，海水的沖蝕力量很大。台東的海岸，一直在退縮，有的地方甚至退縮了十公尺。不遠處的成功鎮，有些地主發現他們在海邊的地，不見了，已經被海水淹沒。

從海邊轉頭眺望都蘭山脈，白雲繞著山頭，大冠鷲在天上飛。草地上一張一張白傘下坐著喝下午茶的遊客。一個年輕的爸爸和他的幼兒在濃綠的草坪上丟球，一隻拉布拉多狗一旁興奮地搖著尾巴，不時汪汪叫兩聲。

我問他，這麼多年的戰場經驗，如何改變了他。

他看著草地上正在打滾的拉布拉多，說，「不再渴望旅行，只想宅在家裡，安靜過自己的日子，哪裡都不去了……」

戰場回來的子弟骨骸埋入地下，放一個頭盔紀念。

*

記者走了之後，我才懊惱忘了請他簽名，在這一頁寫阿富汗戰後的片段上：

……這片雷區陽光和煦，青草遍地……古拉萊是肉販，他在那裡架了桌子，備好圍裙和刀子。古拉萊說，每天總會有一隻山羊走進長滿青草的雷區覓食，然後踩中地雷，炸成數塊。古拉萊會走進雷區，冒著踩中地雷的危險撿回屍體，丟在屠桌上，割開羊肉販賣。

……像古拉萊的雷區裡那些裝設好的地雷，全國共有數百萬個……，一千年後這些地雷仍會爆炸，因為地雷不是動物屍體，不會分解。在喀布爾，每天踩中地雷的人數一度多達二十五人……4

菠菜換蘿蔔

有一天，收到一個緊鄰的簡訊：「大家要不要分工種菜，每家種不同的蔬菜，萬一開戰，我們菠菜換蘿蔔，絲瓜換番茄，那就什麼都不缺了。」

我把她的訊息轉給五公里外的近鄰，近鄰說，「要不要團購發電機？開戰一定停電，停電就會停水。團購比較便宜。」

她把訊息轉給十公里外的鄰居，鄰居說，「發電機如果不常常開，就會壞掉，而且佔空間，蠻麻煩的，不如我們一起裝太陽能板。」

沒人太認真，說了也就算了。但是我驚訝：這是距離台北三、四百公里的山裡，是台灣的「邊疆」了，難道戰爭也在人們的心頭？

那是二〇二二年八月。美國眾議院議長裴洛西執意訪台，本來就已經烏雲密布的台海，讓全世界緊張了。裴洛西前腳才走，解放軍開始七十二小時的實彈軍演，六個演習區幾乎把台灣團團包圍。三天之中，出動了一百七十六架戰機和四十一艘軍艦，發射了十一枚東風系列彈道飛彈。這形同封鎖的軍事行動，雖然只是演習，卻是七十年來不曾發生過的事情，把戰爭的記憶和想像重新帶進了台灣人的意識中。

演習飛彈落入的點，形同切斷了北端基隆港的進出，也封鎖了南端高雄港的通道。高雄港有多重要呢？台灣的電，百分之八十依靠外國的天然氣、煤炭和石油。海峽若封鎖，那麼運輸船隻無法進來，就以天然氣來說，用電量非常高的夏天，台灣只有十天左右的存量。封鎖，會造成能源斷絕。

*

這種時刻，戰爭就成為都會的聚餐上經常冒出的話題。在一次典型的餐會聊天裡，有人丟出一個問題：台積電會不會被炸掉？另一人就笑說，來炸的搞不好是美國，他們怕台積電落入中國的手裡。接著有人轉述一個聽來的「陰謀論」：說不定有人會炸台灣的核電廠，造成核災，把台灣變成車諾堡那樣的廢墟，那台灣就沒有任何戰略價值了。

一個資訊工程師說，串連金門馬祖之外，台灣本島還有十四條國際海底電纜，電纜被破壞的話，台灣對外的聯繫就斷了，會陷入恐慌，所以應該趕快發展低軌衛星通訊。另一位懂行的便回說，海底光纜每秒攜帶一百個Tb，而衛星通訊只能用Gb計算，兩者的通訊容量差十萬倍，太慢了，再怎麼發展都只能軍用，不可能變成民生網路。

當飯桌上有軍事專家時，話題就會往戰略方向轉。一位常跟美國智庫交流的教授說，台灣的自我防衛必須加強，跟美國買武器是絕對必要的，只是一定要買對的武器。台灣三分之二是高山，不知道為什麼卻拼命在跟美國買坦克，「把坦克開進山裡嗎？」

研究戰略的學者不認為這是重點。重點在於，很多戰爭都是擦槍走火的結果。北京和台北之間斷了直接溝通管道，如果有軍機擦撞或者小小的海上碰撞，「意外死一個人都可能引發戰爭。在缺乏溝通、滿懷敵意、一觸即發的情況下，擦槍走火是最危險的事。」

這時，企業家好友轉向我，「住我隔壁那個董事長，說他儲藏了一年份的乾糧和水，每年換一次，保持新鮮。你們在鄉下應該不必做準備吧？」

＊

太平洋的風，那麼和煦，因為海風和山風交替著吹，即便是最熱的日子，皮膚的感受仍舊是舒服的。下山去買雞飼料，騎著電動機車，沿著無人的山路滑行。看著兩側小葉欖仁的樹影映在路面，樹影因風搖晃，和斑駁的陽光忽明忽滅形成琴鍵似的光譜。風吹著頭髮，就這麼「沐浴」在夏的美好氣息裡，一路無人，放手騎車，到了村裡的飼料行。

十公斤一袋飼料兩百八十塊，三十公斤一袋玉米三百八，電動機車載不了那麼多，就先拿十公斤飼料吧。老闆惠妹和我合力把十公斤的穀粒麻袋推上機車腳踏板。

付錢的時候，惠妹說，「聽說你養的雞，都有名字？」

是啊，巧克力、布朗妮、芝麻、白雪、公主……

「狗不咬她們嗎？」

長大了就不咬了，達爾文和鴻堡現在蠻有教養。

惠妹真誠地讚美了我的狗的教養。七十五歲的惠妹是客家人，五十年前嫁來這裡，成了東部移民，和丈夫開了這家飼料農藥行。她的頭髮染成黃色，整整齊齊頂在頭顱上，眼睛靈動敏銳，充滿好奇，看得出年輕時一定是個聰慧美麗的客家妹子。男人過世後，她不依靠子女，一個人照管小村裡店面最明顯的飼料行。幾十公斤重的飼料袋對她也不是難事，手推車在她手裡熟練地運轉。

惠妹每次見到我就說，「你好漂亮，你看我多老……」我就回她，「惠妹很漂亮，找個男朋友吧。」她就「哎呦」一聲，笑得開心，嬌嗔打我一下，一連說「老了老了。」

一個禿了頭的中年男人本來站在店門口，無所事事地在那兒晃著，顯然是農藥行的熟客，彷彿在聽我們談話，這時踏進門來，要買年年春，惠妹說，新貨剛剛到，還沒拿出來，她到後面去拿。

*

男人看著地上一袋一袋飼料，突然說，「開戰的話，也要存動物飼料。」原來是在對我說話。回頭看，我可能認得他，經常騎著一輛三輪電動車在部落裡遊走。聽說曾經跑船，受了傷，還沒賺夠錢就回到了部落。

要我「存動物飼料」是個意外的開示；這人不可能也知道英國在二戰時對寵物做了什麼吧？

他開始給我上課。一旦開戰的話，一定買不到飼料，動物就會很慘。我問為什麼會買不到飼料。

「你不知道雞飼料是什麼做的？」

不知道。飼料，看起來就是碎穀粒。什麼穀，沒想過。不是米嗎？

男人對自己的知識得意起來，顯然也很高興有人願意認真聽他大談雞飼料。

飼料的成分，百分之六十是玉米，百分之二、三十是黃豆，其他就是礦物質跟維生素了。台灣每年都從美國和巴西進口四百多萬公噸的玉米、兩百多萬公噸的黃豆，自產的只有百分之五，也就是說，百分之九十五的飼料都要靠進口，而飼料庫存大概就是一個月。

「真的打仗的話，船進不來，大家搶貨、囤貨，一定幾天就沒有了，」他認真地說，「那個時候你就只好拿你的芝麻跟巧克力做桶子雞吃掉了。」

我用「一點也不好笑」的表情瞪他。

他似乎對我「駭然」的表情很滿意，急起直追再加碼，問我喝不喝豆漿。

我說我買黃豆，給自己打豆漿。

他有親戚在黃豆提油廠工作，所以知道台灣從美國買來的黃豆做什麼用。進口的黃豆，都是基因改造的，百分之九十落地以後就被拿去提煉沙拉油，沙拉油提煉完剩下的渣，就拿去做飼料。那個不榨油也不做飼料的黃豆，大概剩百分之十，就賣給人吃，做豆腐，做豆漿……

「你的意思是說，人吃的豆漿是用飼料黃豆做的？」

他幸災樂禍地看著我不可置信的樣子，「是啊。所以我不喝豆漿。」

「你一定在想，難道美國人跟日本人也吃飼料黃豆嗎？美國人喝豆漿的比較少。日本人愛吃豆腐、味噌、納豆，會特別進口『食品級』的黃豆，那是給人吃的，價錢當然比飼料黃豆高。」

男人頭頭是道的學問讓我肅然起敬。

*

惠妹提著一個桶子走進來，手上還有兩個檸檬，遞給我：「自己種的，不灑農藥，比較醜，可是好吃。」

男人一邊付錢，一邊說，「在都蘭不必存人吃的啦。我們這裡，跳進海裡抓幾條龍蝦上來，就飽了。」

他提著年年春走了出去。

我問惠妹，最小瓶的年年春多少錢。

「兩百塊而已，」她指著剛剛放上架的東西，「你要幹嘛？」

我沒幹嘛，只是想知道它長什麼樣子。阿熊用年年春噴了牛筋草。

惠妹拿過來一個本子，打開來，是一個表格，「這幾年的新規定，買農藥實名制，你寫下姓名、身分證字號，就可以買。」

我笑，「難道還有人你不賣的嗎？」

她一本正經，瞥我一眼，「當然有。昨天一個部落長輩來買托福松，我就不賣給他。他又沒地要種，買農藥幹什麼？出了事誰負責啊？誰可以賣、誰不能賣，我都清楚……」

「我以為只有巴拉刈危險，托福松還好吧？」

惠妹一直搖頭，「托福松才可怕啦，去年部落裡就有一個……」

蝴蝶結博美犬

從都蘭，有時候要飛台北，譬如這一天上午，特別到台北去參加一個兵推，做觀察員。

去機場的路上，先彎去半山的一個工寮。工寮是農人放置農具的地方，屋頂垮了一大半，鋤頭鐵鏟已經腐朽，堆積的雜物也已破爛不堪，顯然很久沒人了，但是不知為什麼還是綁著一隻狗，一隻三條腿的狗，一瘸一瘸的。主人不在這裡生活，也不常來餵食，我的車內因此永遠帶著一包狗食，出門就多走一點點路，給孤獨的山中「小黃」送吃的。

兵推會場內有好幾個大大小小的電腦螢幕，展出各種圖表——地圖、海圖、空圖、海底電纜圖、登陸路線圖、大戰略圖等等。幾張大桌上鋪開的是兵推圖，角色扮演分成幾個小組，圍著大桌討論。扮演中方的，討論進攻的戰略；扮演台方的，研究守方的步驟；扮演美方的，模擬第一島鏈的防禦及攻擊。

有一張圖，在一千兩百公里長的台灣海岸線上，標出解放軍可以兩棲登陸的幾個沙灘。整個西部海岸線都是密集的建設開發，公路、鐵軌、碼頭、巨大的消波塊，只有很少數的海灘勉強有足夠的腹地容許登陸作戰。

兵推主要涵蓋了幾個關鍵面向，譬如兩棲登陸作戰的實際操作會如何展開？空中和海上運輸中斷時如何調配？能源及電力要怎麼持續供應？特別是半導體產業，一旦開戰風險浮現，第一步對應是什麼？在後勤上，開戰第一週會死傷多少軍、多少民？醫療支援體系怎麼支持大規模的傷患？

有人正在圖解北京的大戰略，包括一系列的地緣政治元素，譬如在戰局中，擁有核武的北韓可能扮演什麼角色？在科技戰的對峙中，5G、人工智能、DNA和太空競爭等等，會如何展開？

法律戰也在大戰略的議程中。《反分裂國家法》和《反間諜法》的頒布都是為了處理台灣問題而預先鋪墊的法律基礎。其他譬如心理戰、媒體操作、假信息的運用、具誘導性的民意調查等等，都是現代戰爭的特色。

遊走在各個討論桌與桌之間，聽到一個小小的爭執。兩名美軍白人退役軍官和一位在台灣成長但是同樣曾經在美軍服役的人，互不退讓地辯論一旦確認北京發動攻擊，台北應如何反應。兩位白人軍官堅決主張迅速果斷地全力回擊，而且是壓倒性的、傾全力的回擊，「一旦開戰，沒什麼話好說，打！」

那位出身台灣的人卻強調，一旦開戰，戰場會在台灣的土地上，最大的傷亡會是台灣人，火拼絕對不是最重要的。防禦或回擊雖然必要，但是不能反應過度，無論什麼情勢，外交調停和談判的空間都應該全力維持。

兩方辯論，越辯越有火氣，完全沒有交集；結束時，各自抱著臂膀坐在座位上，禮貌地避開彼此的眼光，看向不同的方向，好冷的一張桌子。

*

走到醫療支援那一組，問題就更多了。依照美國智庫二〇二三年發表的兵推報告，兩岸若是開戰，美國涉入，三週之內估計中方陣亡一萬多名解放軍，損失一百五十五架戰鬥機和一百三十八艘軍艦，相對於美方損失二十艘大型戰艦以及三千多士兵。台灣會損失整個海軍，包括二十六艘驅逐艦與巡防艦，同時陣亡三千五百名軍人。5

一般的估算，戰爭中，傷亡的平民數字會是士兵的五倍。台灣本土既是戰場，那麼大量傷者，包括作戰雙方，包括士兵及平民，都需要醫療救助。砲火的傷，通常是骨折、槍傷、燙傷、壓傷，需要外科醫師和輸血。也就是說，開戰一週內，可能有萬人同時需要包紮、開刀、輸血。

請問台灣的血袋從哪裡來？血庫有多少血？人工皮夠不夠？麻醉藥充分嗎？

專家拿出數據：捐來的血，要經過嚴格的檢驗程序，要在無菌情況下處理分離，要不間斷的冷鏈，譬如全血要冷藏於一到六度，血漿必須保存在二十度以下。紅血球可以保存十天，血小板只能三天。

漫天烽火時，這個冷鏈能維持嗎？

和平無事時，台灣的血庫只能支撐三天半。戰時需要輸血的人增加一千倍，到哪裡去找血？還有，像烏克蘭那樣，血庫中心被炸掉的時候呢？

講到這裡，有個觀察員插進來，說，不只是血庫問題，還有其他後勤問題。烏克蘭有美國援助給炸斷腿、炸斷手的人裝義肢，很多斷手斷腳的小孩裝了義肢，去年裝的，半年以後就不能用了，因為小孩一直在長大……

站在兵推桌旁聽的一位軍事學者說，「血的處理沒那麼簡單。戰場上需要輸血的時候，血袋必須在一個小時內到位，傷兵才有活命的機會。」

這時，坐在對角一直沒說話的那個人，輕聲說，「談血袋，那屍袋也得夠啊。烏克蘭戰爭發生在冬天，路旁的屍體馬上凍結。台灣那麼熱，任何時候，屍體兩個小時就會發臭，然後就可能爆發疫情……」

這場兵推三個月以後，我讀到一個美國的國防報導：美軍針對中國作戰的兵推，就包括「血庫專案」。軍方正在研究怎麼增加冷凍血漿，怎麼跟戰場的當地政府——應該就是台灣吧，簽訂共用血庫協定，讓美軍可以用到當地人的血。6

*

走出兵推進行的大樓，廣場上一堆小學生嘰嘰喳喳從我面前走過去，剛好是放學的時間。他們背著書包，五顏六色的，皮球一樣蹦著跳著走路，幾個女生勾著手臂邊走邊誇張大笑，笑得彎了腰。

一個頭髮染成紫色、穿著短褲涼鞋的女人推著嬰兒車腳步雀躍地走過來，嬰兒車露出一個粉色蝴蝶結。經過我面前時，才發現，根本不是嬰兒車，裡面是一隻博美犬。

血袋從哪裡來？血庫有多少血？人工皮夠不夠？麻醉藥充分嗎？

我和那隻綁著蝴蝶結的博美犬一起在十字路口等紅燈。

紅燈，所有的車、人，都停止。自行車滑在自行車道上，行人在人行道上，機車停在特別用白線畫出來的長方格子內，沒有一輛機車出線。燈綠了，一群小學生過馬路，走在斑馬線上，其中一個孩子突然回頭，彎腰把口袋裡掉到地上的白色衛生紙撿起來，放回口袋。

一陣風把茄苳樹的葉子吹下來，紛紛的樹葉在街心翻滾。

種田的、打漁的

離開兵推的城市回到鄉下，台東的天空那麼大，使得我一踏出機艙，不自覺就鬆下了繃緊的肩膀，深深呼吸，擴胸，欣欣然看向遼闊。機場的一邊是山，另一邊是海，頭上是無邊無際的天空。放開腳步就仰著頭一路看天、看山、看樹，晃到停在路旁的車。

十一號公路是回家的路，彷彿行駛在一個幽美的國家公園裡，台北的話題和念頭瞬間消失。三十分鐘車程其實是一個眼睛的療程：宏偉的中央山脈在左手邊，淡淡的雲霧把山峰繚繞在縹緲虛無中，一到卑南溪，海岸山脈跳出在眼前，變成顏色明亮的前景，偉岸的中央山脈隱入背景。太平洋忽焉在前，彷彿車子直接就要衝進海裡，忽焉在側，又好像要駛入山嵐的擁抱。

飛機上還在想血袋和屍袋的問題，現在思緒滿滿的是：大海的顏色怎麼這麼多？海躺著做天的鏡子。天晴，海就寶藍。天沉，海就藏青。天粉，海就胭脂。天青，海就碧藍。天破曉，海就青灰。天黃昏，海就薑黃。

烈日當空，海就泛白。滿月光輝，海就赤金。

十一號公路是一條看展覽的路——海和雲的公共藝術，天和地的互動大展。雲一直飄浮，海就以種種不同姿態的鱗片蕩漾和顏色變幻與雲、與山，分分秒秒連動。什麼兩棲登陸、什麼野戰醫院、什麼火山地雷，現在，我只記得雲，記得海，記得山。

一下車，達爾文和鴻堡就撲了上來，達爾文甚至激動地漏了幾滴尿。才分離一天，怎麼狗兒就會有好像隔了三個秋季的激烈想念、洪水潰堤般的熱愛？

*

兩個宅配來的紙箱放在桌上。打開，是蓮霧，西部寄來的。這蓮霧可是有「身分證」的。照顧蓮霧的人，每天清晨四、五點鐘就起身，天還黑著，他戴著頭燈，已經在果園裡審視他園裡每一株樹、樹上每一粒果，確保在第一時間就可以察覺病蟲害的入侵。和鳳梨、香蕉不同，蓮霧需要高階的培植技術和細緻的照顧。熾熱的陽光和風雨把他的臉當作土地，犁出歲月的深溝。六十歲的他，日日曝曬的操勞刻在臉上。

一旦知道水果是怎麼來的，拿起每一顆果子都心懷不忍和感恩。

和他通電話，謝謝他豐美的果實，突然想到鄰居們在談「菠菜換蘿蔔」的備戰計畫，於是順口問到，「務農的人，也擔心戰爭嗎？」

我們每次見面吃飯，談果園，談育種，談土壤和蟲害，談蜜蜂和授粉，談雨量和旱災，要不就是他教我用什麼方法對付吃掉我火龍果的金龜子夜行軍，從來不曾談過政治，也就完全不知道他對時局的看法。

他從小時候說起。鄉下種田的父母跟他們說過戰爭的事，但是說來說去都是一件事：轟炸。飛機飛到村子上頭丟下炸彈，飛機很大，飛得很低，低到你可以看見飛行員的臉。他爸爸就記得一個美國飛行員的臉，「很年輕像小孩，金頭髮，連睫毛都是黃色的……」

好奇的村人跑出工寮去看，被炸個身首異處。

所以從小他就知道有飛機來轟炸過台灣，學校的反日教育使得他理所當然認為來炸的當然是日本飛機。「一直到五十幾歲我才知道，來炸台灣的是美國飛機……」

我驚奇地聽他說話，因為，這是第一次聽他一口氣說這麼多話。當眾人在吃吃喝喝、談笑風生的時候，他就是那個一聲不響，只是在旁倒水沏茶、切水果、遞食物的人。偶爾話題轉向他的時候，譬如有人開玩笑說，同樣務農曬太陽，為什麼種蓮霧的人那麼黑、種蜜棗的人那麼白，他就憨憨地笑，還是一言不發。我以為他對政治無感，我以為他不可能對局勢有看法。

「所以我就明白了。如果有一天又是美國飛機來炸我的村子，我一點都不驚訝。」然後他開始解釋，用他樸素的語言和非常鄉土的口音，他從不相信大陸是敵人，情勢走到這一步，只是因為台灣是美國的棋子。強國下棋，只為自己，說誰是為了台灣好，沒有這回事。

「但是如果真的開戰，」他繼續說，語調之平淡，如同平常在和我說明一株蓮霧樹要打掉百分之八十的果子才能得到頂級的蓮霧一樣，「如果真的開戰，我會上戰場，雖然我已經六十歲。可是我上戰場，不是為了哪個『國』、哪個『黨』；我上戰場是為了『家』，保衛我的村子、我的朋友、我的家人。」

*

蓮霧老友開了口，使得我想知道那個皮膚比較白的、種蜜棗的朋友怎麼想。

蜜棗農是我的農事老師。我們聊氣候變遷，譬如，當全球暖化連歐洲都種得出芒果和香蕉了，那亞熱帶台灣要種什麼？改種榴槤，你比得上人家馬來西亞嗎？譬如，蜜蜂幾乎消失了，所以果農用蒼蠅授粉，那麼，蒼蠅是怎麼培養的呢？

農藥太多、棲地減少，全球的蜜蜂已經減少了一半。如果蒼蠅以後就是授粉的昆蟲工人，對生態、對人類，貢獻那麼大，我說，那麼文學好像也應該要開始改變蒼蠅的負面形象了吧？讓蒼蠅變成一個「浪漫」可愛的昆蟲，似乎有點不容易。

我們之間典型的手機簡訊對話長這樣：

早啊，前天在台北超市看到蜜棗，所以想到問你：超市一粒蜜棗如果是一百元，種植的農民獲得幾元？大農跟小農所得有差別嗎？

早安，算給你聽：如果超市一粒一百元，那產地價格就大概是五十到六十元。大農可能獲利四十，小農五十。

怎麼大農賺得比小農少？

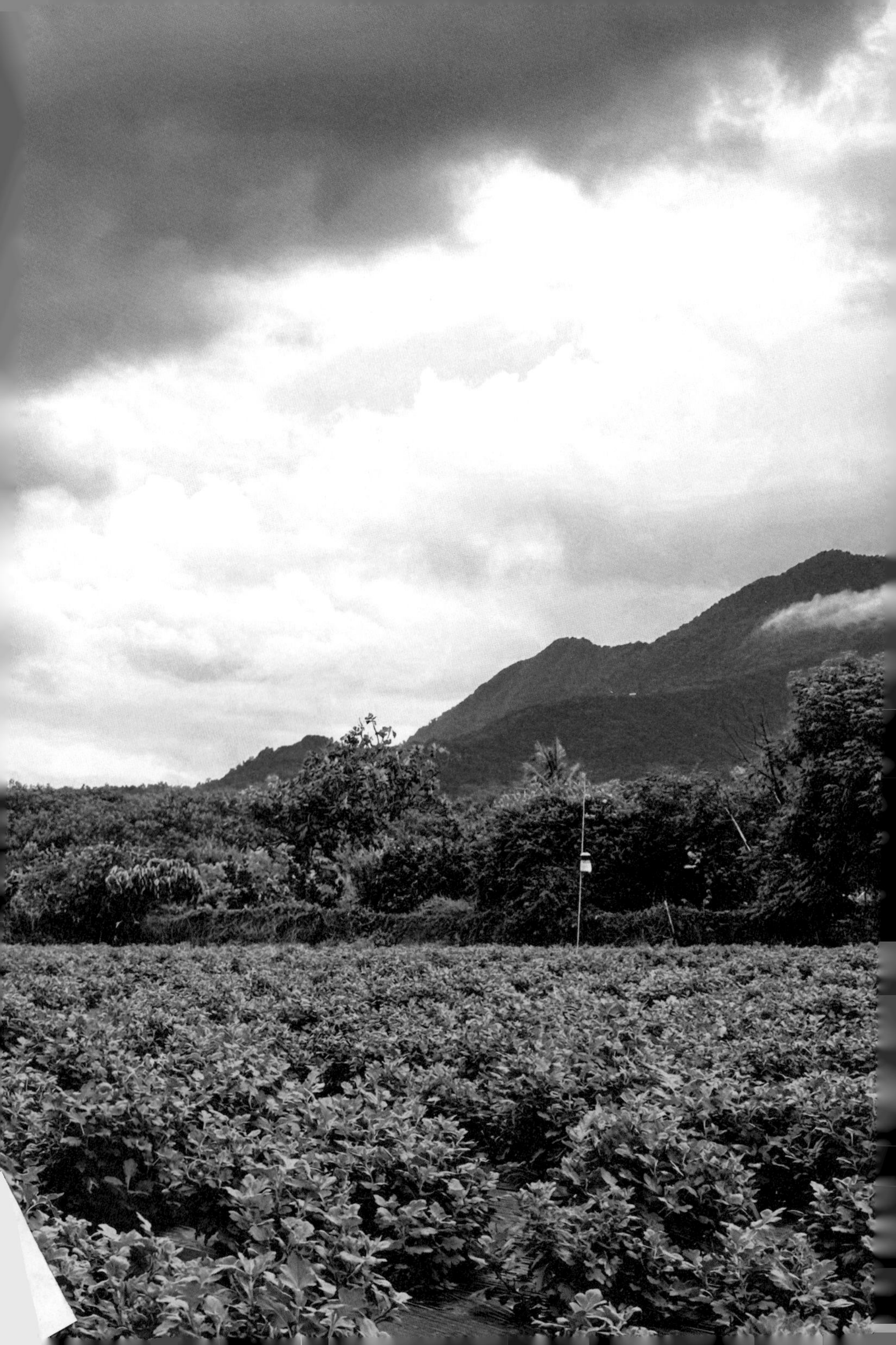

小農自己賺自己的工資，大農要付出人事成本、場域投資、設備、稅務、雜支，整體支出很多。但另一方面是，小農的產品不容易進入超市的大市場。

*

蜜棗農的果園超過十公頃，種了一萬多株蜜棗樹，中國大陸是他最重要的市場。二〇一〇年「兩岸經濟合作架構協議」簽訂之後，台灣的水果可以快速通關，放寬藥檢，他的蜜棗可以從他的果園幾乎在三天之內就到達大陸的消費者手裡，和他的水果從產地到達台北超市的時間差不多。兩岸關係緊張之後，大陸關閉了市場，台灣就轉向日本。

蜜棗農是個邏輯縝密、口才便給的人。身為一個實際務農的人，對於農業政策的問題常常有深刻的見解，這時談到市場，他開始有點激動。日本嚴格要求儲藏跟運輸都要做到一點二攝氏度的冷鏈處理，而且水果入關放行之前，還要經過「熏蒸」程序，就是消滅蟲卵的化學過程，這樣一來，他的蜜棗從採收裝箱可能要二十一天以後才到達日本消費者的手裡。

「你想想看，又脆、又甜、又多汁的蜜棗，二十一天以後吃起來什麼味道？她吃了一次，還會再買嗎？」

「那……你們務農的朋友之間，會討論戰爭的事情嗎？」

「會啊，」他說得乾脆，「誰會想打仗啊。」

但是蜜棗農很樂觀，並不覺得會走到那一步。仇恨哪有那麼深？他讀大學的兒女，聽大陸的獨立樂團，也看抖音的影片，沒有仇恨意識。「歷史的問題，讓歷史去解決，哪裡有必要急著現在就搞得網破魚死？」

他讀德川家康的歷史，認為德川家康教給他的就是：遇見拳頭比你大的，要懂得忍耐，要學會周旋。台灣那麼小，本來就必須學會生存的藝術，怎麼不得罪對方，怎麼找到平衡，就是政治藝術。

他很多農人同行不希望下一代務農，理由多半是：「太辛苦了。」可是蜜棗農希望他的孩子將來務農，因為，時代這麼亂，農業可能是戰爭中受影響最小的一行，「不管誰贏誰輸，人都要吃飯，你說對不對？」

「戰鬥機從頭上飛過去的時候，你做什麼？」我問。

山居距離軍機場只有十五公里，這一年，經常在十一號公路開車時看到回航的戰鬥機低空迎面而來，感覺就像要直接相撞。

他一點不猶豫地回答：

「我們低下頭、彎下腰，繼續耕作。」

*

漁人的家宴是我絕不錯過的，他的餐桌永遠是一個歡慶海洋、熱愛生活的盛典。

從父親那裡學了標旗魚的技術，而父親的技術是日本人教的。一九四五年日本人都遣返了，但是有一個年輕的旗魚標手留了下來。標手把極其困難又極其危險的技術傳授給漁港裡一個不到十歲的孩子，這個孩子日後成為漁港最彪悍的旗魚標手，後來又把技術傳授給自己十三歲的兒子。

五十六歲的漁人，仍舊是漁村裡人們會豎起大拇指的海上好漢。船長十四米，漁人敢單人出海，身旁放著探測魚群的儀器，在滔天大浪中追魚。

標旗魚，一手緊抓近乎六公尺長、二十公斤重的長標，站立在船頭高高突出的站台，海浪猛烈推湧，船身忽高忽低，在浪尖與浪底之間激烈撞擊。若是發現旗魚，在與海浪搏命同時，他必須用盡力氣身體前傾卻又不摔進大海，同時精準萬分又力道強勁地把標射出，插入巨大的魚身。整個過程中，船在幾層樓高的巨浪裡翻滾碰撞。

當天若是捕到大魚，朋友們就會接到他的訊息：來吃飯喔。

飯桌上，大家傳看他和那條大魚的照片，一片驚嘆，然後鮮美的海鮮，由他驕傲又活潑的妻子，一樣一樣端上桌。

這一天，在歡笑的餐桌上，有人提到萬一開戰怎麼辦，漁人笑說，「我會把老婆小孩先送到日本琉球去，然後回來打仗。十四小時可以開到琉球啦，誰要搭便船？」

眾人吃菜、飲酒、講笑話，沒人認真。

話題轉來轉去又提到日本投資移民的門檻，五百萬日幣就可以申請了。

「可是，每天吃生魚片，煩不煩啊？還是台灣好啦。」

一陣哄堂大笑。

*

漁人帶我出海，從富岡上船，往台東外海開去。沒有漁民證，我只能跟他搭上一艘漁船改裝的所謂「育樂船」。

上船前一晚，先看一下我要去的海域長什麼樣子。找出海底地圖和台灣島的剖面圖。原來，從我的山居眺望，看到的是一片藍色海水，但我看不見的，水面下，是一片驚心動魄的大風景。

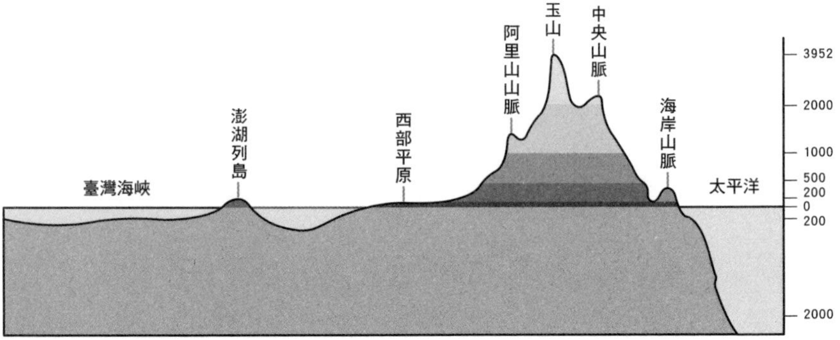

北緯23.46度經玉山主峰之台灣地形剖面

如果我是深海中一隻螳螂蝦，游泳在台灣這個島嶼的南端，往北看出去。相對於人類只有三色感光細胞，我有十二種波長的感光細胞，而且兩隻眼睛可以分開來獨立運作。我看得可仔細了。

我會看到海底平面上那無比壯闊的世界：高山峻嶺、深谷裂溝，有盆地，有丘陵，有一望無際的平野千里。這氣魄宏大的海底景觀，在台灣西岸的海峽是沒有的。台灣海峽深度大部分不到一百公尺，是余光中所說「一灣淺淺的海峽」，所以一萬八千年前，海水比現在低很多的時候，人和獸是可以從福建走路到台灣的。

漁人帶我來到的台東外海，這是浩瀚太平洋。距離海岸線不到四十公里，還能清晰看見台東市區的房舍，海底就已經直直陡降四千公尺。如果從玉山主峰的北緯畫出一條地形剖面，那麼螳螂蝦所在的海底和玉山山頂高差有八千公尺。

風浪平穩，船停下來。艙裡的魚探器畫面上花花綠綠顯示出海水下魚群蠢動的位置。漁人用電動釣竿把釣線放進海裡。釣線上無數的吊鉤，纏著五顏六色的纖細塑膠穗花閃閃發亮，都是他用手一條一條剪出來的。

自己做釣鉤，纏上透明的釣線，還要為每一只釣鉤剪出穗花——這種細工，不是跟婦女坐在矮凳上編籃子、繡花朵一樣嗎？

外貌魁梧彪悍的漁人，嘴裡含著一根線，正在修補一只脫了穗條的釣鉤。

這一趟，釣到三尾紅甘。紅甘體型像魚雷，長一公尺左右，漁人笑那種小男孩的笑，從海上一直笑到把魚帶上碼頭。

*

單獨談話時，漁人極其嚴肅。

「我們是海人，」他說，「海上的人，團隊合作最重要，因為在海上，每天都是生存的搏鬥，不合作就會死。所以海人心胸是最開闊的，他絕對不會看什麼皮膚顏色、什麼種族、什麼國籍之類的，可是我最討厭蠻橫的人。」

這一趟，釣到三尾紅甘。紅甘體型像魚雷，長一公尺左右，漁人笑那種小男孩的笑，從海上一直笑到把魚帶上碼頭。

「戰或不戰，哪裡輪得到台灣人自己決定？」漁人一邊說，一邊把釣竿的線頭收攏，「美國人只想自己偉大，都是利益考量，但是我不悲觀。海上求生存的人，每天面對生死一線，就是要奮鬥，悲觀什麼？」

「你的兒子，會願意上戰場嗎？」

他嘆了口氣。

年輕人，每天把頭埋在手機上，唱歌、游泳、出遊、露營、釣魚，好像沒有戰爭這回事。他們活在自己的世界裡，對戰爭，沒在害怕，因為根本沒感覺。

我拎著一條魚，說，「如果真的走到戰爭了，你會認為誰應該負責呢？」

我以為我問了一個非常複雜、難以答覆的哲學問題，戰爭責任的問題，到現在還在海牙國際法庭裡辯論。

沒料到漁人想都不想，直接說：「誰開第一槍，就是誰的責任。」

稻浪如金

從富岡帶回的一條紅甘魚，就成為第二天我家晚宴桌上的美味。長長的晚餐桌放在草地上，鋪著白色的落地桌巾，桌子中間鋪著翠綠的長條香蕉葉，紫紅的九重葛花點綴。夜越黑，營火越旺，人們圍著火，凝視火焰那既絢爛又詭譎的跳躍，被迷住了。

老歌手調音的第一個音符，就把人們從四散的角落召喚過來。人們圍著他和鋼琴或坐或立，頓時無聲。

老歌手一頭白髮，映著一張黝黑滄桑的臉，使得那無比鮮明的白髮像老將軍胸前的整排勳章，告訴你他走過的歲月戰場有多少。Parangalan是他的排灣族名字，但是他給自己取名Kimbo。少年時遠走他鄉，在城市裡贏得家戶皆知的盛名，初老時回到故鄉，赤腳走在部落的路上。

歌手背對著大海，手在琴鍵上。聽歌的人們面對著他和他身後的太平洋，看著他的白髮被風吹起。他先唱一首一九八〇年代的創作曲，〈大武山美麗的媽媽〉：

哎呀，山谷裡的姑娘，是那麼的美麗；
哎呀，跳呀高興地唱，山谷裡的姑娘。
你是帶不走的姑娘，山裡的小姑娘……

Kimbo 邊彈琴邊說話：人們都以為這是一首天真的抒情歌曲，表達思鄉，其實，一九八〇年代的台灣，台北的老區萬華巷弄裡，有很多雛妓，其中很多是原民鄉被拐賣去的未成年的女孩。Kimbo 參加救援，曾經拿著刀衝進妓女戶把女孩兒們「搶」出來，送回部落。這首天真、甜美的歌，其實唱的是深沉的悲哀和抗議。

下一首，前奏一響起，隨著韻律搖擺的人們就知道，他最有名的歌曲來了。

今年的稻米長得非常漂亮，收割的時期已經快到了，
我要趕緊寫信給遠在金門當兵的哥哥，告訴他稻米豐收的好消息。

今年的鳳梨長得又大又甜，豐收滿載而歸的日期近了，
我要趕緊寫信給遠在金門當兵的哥哥，告訴他鳳梨豐收的好消息。
今年的樹木已蔚然成林，伐木的日子也快到了，
我們要用這些木材造成很棒的船艦，送到金門去……

*

Kimbo的聲音，渾厚而深沉，唱一段，說一段，說自己部落的記憶：這首〈美麗的稻穗〉，是他的同鄉卑南族陸森寶的歌詞，表面上唱的是豐收，是歡慶，可是，藏在歡慶下面的，是焦慮，是思念，是哀傷。

一九五八年八月二十三日，金門爆發砲戰。四十四天裡，對岸衝著金門發射了四十七萬發砲彈，傷亡三千多人。陸森寶在部落裡寫歌，歌詞說的是八月天稻穀的豐收，沒有說出的是，秋天，本來應該是部落的年輕人大舉出動搶收作物的時候，但是現在，年輕人都去了前線，砲彈像下雨一樣，不知道多少年輕人還能回到這稻浪如金的家鄉……

年輕人都去了前線，砲彈像下雨一樣，不知道多少年輕人還能回到這稻浪如金的家鄉……

低沉的歌聲在寧靜的夜空裡繚繞，這時，一輪滿月突然從雲後出現，月光像箭一般射向海面，暗黑的海面頓時出現一條光路，碎光粼粼的柔軟黃金鋪成，隨著浪微微蕩漾起伏。

唱歌的人背海而坐，看著自己的手指和鍵盤，聽歌的人看著唱歌的人，看著他背後的大海，看著突然湧出來的一條金色光浪。

在他海風吹亂了的白頭上方，天空竟然還是藍色的，兩架戰鬥機組成一個隊形，穿梭在溫柔的月光照亮了的一朵朵白雲之間，戰鬥機的轟轟巨響和歌聲揉在一起，歌聲就被壓了下來。

1 Amos oz with Shira Hadad, *What Makes an Apple: Six Conversations about Writing, Love, Guilt, and Other Pleasures*, Princeton University Press, 2022.

2 斯蒂芬・茨威格，《昨日世界——一個歐洲人的回憶》，邊城出版，台北，二〇〇五，頁二一六—二二四。

3 同上。

4 戴斯特・費爾金斯，《永遠的戰爭》，大家出版，台北，二〇一二，頁二八。

5 CSIS war game report: https://www.csis.org/analysis/first-battle-next-war-wargaming-chinese-invasion-taiwan

6 https://www.defenseone.com/threats/2023/10/army-planning-conflict-chinaincluding-shoring-blood-supply/391137/

第六章

一春一秋

一春一秋，就是她生命之一切所有，
不用那個強度，生命是拿來做什麼的呢？

可恥

沖澡洗頭，滿頭泡沫的時候，低頭瞥見濕淋淋的地上有一團頭髮，心想怎麼掉髮那麼嚴重……

那團頭髮突然動了一下。

在我沾滿肥皂泡泡的腳丫旁，是兩隻跟巴掌一樣大的黑蜘蛛，糾纏在一起。

我發出尖叫，就是驚悚電影裡會出現的那種鏡頭。

不能裸體奪門而出，也不敢驟然跳開，因為花灑所及全都是水，地面很滑。但我還是迅速地看了一下四周，有什麼我可以使用的武器。身上只有一條濕透的小毛巾，直覺是，應該直接把濕毛巾瞄準射出，打不昏、悶不死她，至少帶著水的重量可以把她沒頭沒腦先蓋起來，再踩死她。

可是尖叫時，就已經意識到自己的錯亂：山林野地本來就是虎頭蜂、蜘蛛、蛇的家；他們是在山林中生活了百萬年的主人，你是初來乍到新住民，新住民一看到主人就尖叫，然後把他們踩死、悶死、吊死、打死？你這算什麼？

既然選擇進入了山林，見到蟲魚鳥獸卻作城市人驚慌尖叫狀，這，不可恥嗎？

那兩個長手長腳大蜘蛛，後來知道她們叫幽靈蜘蛛，一直按兵不動。我給自己裹上毛巾，抽出兩張衛生紙，彎腰，咬牙，快動作把蜘蛛包覆起來，雙手捧到外面草地，把她們「抖」了出去。

這份「自我批判」勇敢精神，進了山林，特別脆弱。譬如走在林中野徑，突然整個臉被蜘蛛網糊住。

譬如低頭修剪花草的時候，脖子癢，伸手一摸，摸不到，他已經掉進敞開的衣領裡面了，就在胸口，於是伸手再摸，是一隻綠森森、肥滋滋的毛蟲，蠕動著身體。

譬如把腳伸進雨靴，踩到軟軟的什麼，蹦出來一隻蟾蜍。

譬如打開衣櫥，突然竄出一隻長尾巴蜥蜴，慌亂中跳上你的手臂，往你的脖子跑。

譬如吃餅乾，一不小心掉下一點點粉屑，上個洗手間回來，成千上萬密密麻麻的螞蟻隊伍已經成團，黏在地板上。

譬如穿雨鞋踩到蝸牛，發出破裂的聲音，一團黏糊的肉，貼在鞋底。

譬如紗窗擋不住的馬陸，行軍一樣地爬上了地毯。

譬如夜裡躺在床上熟睡中，突然覺得臉上涼涼的……

譬如壁虎被貓追得驚恐竄逃，緊急中留下一截斷尾，在地毯的毛裡、在床下、在書櫥裡、在紗窗的軌溝裡。斷尾是肉，肉會腐爛。你要等到那截斷尾發出味道了才四處去找……

頭三個月，我常常在尖叫；在尖叫中覺得自己可恥。

荒野存在主義

種下一株青楓樹苗。所謂樹苗，其實高達三米，只是樹幹非常瘦，直徑不到三公分，種下去搖搖晃晃，趕忙找來一根大概一米高的細竹竿做支撐。

兩隻手緊握竹竿，用全身的體重壓下才把竹竿勉強插入土裡。踏實了泥土，再用繩子把樹幹和竹竿綁在一起，突然間大拇指一陣劇痛，我「啊——」一聲慘叫。

反射性地把手抽回，閃電般想到鄰居不久前才說被青竹絲咬到——我，被蛇咬了嗎？

忍著激烈的痛楚，無論如何想弄清楚是誰咬了我。

手指剛剛握的是樹幹和竹竿，咬我的他，應該就在樹幹或竹竿上。捂著手指，繞樹一匝，仔細尋找，什麼都沒有；接著看竹竿，我再次尖叫出聲。竹竿上有個黑洞，五元銅板大小，洞口露出毛茸茸的黑色屁股，屁股上的針，竟然還歷歷在目。

所以不是咬，是螫，我被蜂螫了。這大屁股的傢伙用毒針刺了我，正準備鑽回洞裡。

能怪他嗎？他顯然剛好就在那中空的竹竿內，那個洞是他進出的門。我的拇指蓋住了洞口，遮住了他的光。如果我是他，出口突然被什麼龐然大物堵住，一片漆黑，也一定拿刀去砍吧？

眼睜睜看著大拇指在三十秒之內腫起來，像個肉球蘑菇，長在手上。

劇痛是一陣一陣的，而且有灼燒感，站在那草地上，一時不知道自己該做什麼——這一定就是讓人聞之色變的虎頭蜂吧？有多毒？該熱敷還是冷敷？需不需要去急診？虎頭蜂就是一種，或是其實有很多種，每一種毒素不一樣？這黑屁股的蜂是什麼蜂呢？聽說有人被虎頭蜂叮到喉嚨，喉嚨腫起來堵住呼吸道，窒息死了；聽說有人被叮到舌頭，舌頭立刻腫得像麵包一樣大，就噎死了——怎麼會有人把舌頭伸出來讓虎頭蜂叮到呢？

聽說可以用尿液去塗抹傷口，難道我要帶著疼痛去廁所嗎？聽說……其實沒有聽說了。都市裡生活的人，茶餘飯後怎可能會說到虎頭蜂去，我在為我的無知付出痛的代價。

走到椰子樹蔭下，拿出手機，忍著痛查詢。

……虎頭蜂叮咬，被叮處腫脹、劇痛、發熱。若螫到神經，可能導致神經麻痺；螫到喉嚨或口腔，會呼吸困難。若有過敏，一般在螫傷後二十分鐘至兩小時內發作，常見症狀為癢、暈眩、胸部不適、眼瞼嘴唇明顯腫脹。嚴重則喉頭水腫、呼吸困難、身體虛弱、乃至休克……

讀完三行字，大拇指已經腫了一倍大，痛得眼淚忍不住。有人在按喇叭，摀著手指去開門，是一起開水資源大會那個種釋迦的阿美族農人路過，要贈我一袋子剛採下來的釋迦。他看著我哭喪的臉，沒露出太同情的意思，笑呵呵地說，「沒關係的啦，我們天天被叮。」

我痛得自覺奄奄一息，他看了一眼我那已經辨認不出形狀的拇指，得知是抓竹竿時被螫，說，「竹竿有洞，咬你的蜂，在洞口，屁股對外，黑屁股，有針，對不對？」

他的描述百分之百準確。

「是竹蜂啦。他們在竹子上挖洞，母的在洞裡面產卵，公的就守在洞口，屁股針朝外，保護太太啦。有沒有頭暈？呼吸困難？都沒有，那冰敷就好。小事啦，習慣就好。」

跨上摩托車之後，他又回頭加碼，「來這裡就是要學會被虎頭蜂叮的啦。」

*

拉厚克來割草那一天，我請他看一下茄苳樹上的蜂窩。蜂窩幾乎有半個足球那麼大了，眼看著它越來越大，實在心驚肉跳。茄苳樹就在廚房的窗外，打開窗，花瓣往往被風吹進屋內。

花是細細碎碎淡綠色的小花，混在深綠葉叢中，不留意根本不知道開花了。走到樹下，感覺到頭上一團地震似的嚶嚶混聲，抬頭細看，才發現是千千萬萬隻小蜜蜂正在那千千萬萬朵細小的花房上進進出出，汲汲營營。一樹滿到要溢出的花團，一樹擠到要爆開的蜜蜂。

那彷彿轟炸機群低空掠過的聲音使我不安，於是離開樹下，退到稍遠處，試圖釐清自己的感覺：密密麻麻的蜜蜂大軍，就在我的頭頸眼眉之間，我對這滿樹花開、「蜂湧」如潮，究竟是覺得浪漫呢，美麗呢，還是覺得頭皮發麻、肌肉緊繃，驚懼不已？

不要騙自己了。我很緊張、很恐懼。我正在想像蜜蜂成群飛到我脖子上的感覺。驚懼的同時，那自我批判的半邊大腦又開始運作：我這個軀體無毛、頭顱有腦、視覺弱化但是有強大思考能力的生物，跟這群正在採蜜的嗡嗡蜜蜂的關係，究竟應該是怎樣的呢？

拉厚克站在樹下，雙手叉腰，仰著頭看了半分鐘，篤定地說，「不是蜂窩。」

不是？怎麼可能？滿樹的蜂就在你眼前，枝椏間又是好大一個窩，簡直就是實證確鑿，竟然不是蜂窩？

蜂窩常常是獨立的，可能掛在樹枝上，不會包住樹枝；螞蟻窩會把樹枝包進去……

拉厚克要我仔細看那個巢，「蜂窩常常是獨立的，可能掛在樹枝上，不會包住樹枝；螞蟻窩會把樹枝包進去。你看這個是蜂窩還是螞蟻窩？」

用手掌擋著陽光，試圖看分明。

拉厚克要我走到樹的另一邊，這回不背光了。我畏畏縮縮地站在樹下，蜜蜂群的嚶嚶聲音巨大，無數的蜜蜂彷彿就在我頭髮裡。鼓起勇氣抬頭看，是的，這個巨大的巢，把茄苳的幾根樹枝都包裹進去了，好像麵包裹著熱狗。

然後他要我細看巢的材料。

「螞蟻窩是螞蟻把泥巴、樹枝搬過來做成的，所以窩的表面很粗，還看得見小樹枝，其實就是一個泥巴球，看見沒？」

真的，一整坨包住樹枝的，確實是個泥巴球。

螞蟻只是泥水工，蜜蜂可是世界級名牌建築師、美學家。如果是蜂窩，不管是哪一種蜂，材料和螞蟻窩不一樣，而且造型講究，內部更是結構嚴謹，度量精準，絕對不會是一團泥巴。

受教了。家旁邊有這麼大的螞蟻窩，螞蟻會跑到家裡去，怎麼辦？

拉厚克拿過來一把梯子，爬上樹，掏出口袋裡的鋸子，把螞蟻窩寄生的那一截樹枝整個鋸下來，連巢帶枝載去了樹林深處。

＊

我指著不遠處另一棵樹：你看，那株白流蘇樹上也有一個窩。白流蘇上的窩，從矮矮的一根樹枝上垂吊下來，是一個倒掛的細頸瓶子，苦瓜大小；橢圓的瓶身在上，細長的瓶頸朝下，瓶口開在瓶頸尾端。娉娉婷婷懸在垂枝，材料像細緻的紙漿，潤滑的瓶身淡黃，有微微凸起的花紋，纖細的瓶頸則線條柔軟，是一縷青煙的弧度。

拉厚克突然止步，「你不要動。」

我們就在距離白流蘇兩公尺外的草地上靜止不動。拉厚克往前踏出一步，認真地看，可是不敢真的靠近。

這個異常美麗的蜂巢材料是樹皮、樹枝跟虎頭蜂分泌出來的口水揉在一起做的，像美勞課特別挑選的紙。從瓶口突然鑽出一個黑糊糊的傢伙，是一隻身形碩大的蜂，趴在出口，不動。蜂的尾巴全黑，肚子上有一圈鮮明亮黃的腰帶，很有震懾氣勢。

我怯懦地倒退。

「怎麼辦？」壓低聲音，害怕刺激了那隻守衛蜂。

「全世界蜜蜂減少，是生態危機，」我小聲說，「蜜蜂是要保護的吧？」

拉厚克眼睛盯著在出口處站崗的大蜂，神情戒備，「虎頭蜂不是蜜蜂，這是黃腰虎頭蜂，你看他的肚子。」

黃腰虎頭蜂，不是上回螫我的竹蜂。

虎頭蜂是蜜蜂殺手。拉厚克繼續說，還好黃腰一次只殺一隻蜜蜂，不像中華大虎頭蜂，可以一口氣殺掉幾百隻蜜蜂。

「虎頭蜂不是蜜蜂啊？」

這個念頭我不敢說出口，怕拉厚克開始徹底瞧不起我。

虎頭蜂，吃葷，不產蜜。他們會殺蜜蜂，然後拿殺死的蜜蜂去餵自己的小孩。

那怎麼處理呢？窩會越來越大，而且依拉厚克的說法，工蜂巡邏的範圍很大，如果蜂軍出動，會螫死人，也會螫死狗。

「危險是危險，」拉厚克說，「可是，蜂窩離你住屋大概有二十公尺，人不去惹虎頭蜂，虎頭蜂是不會主動攻擊的。」

兩隻狗站在我身邊，感受到人的緊張，也露出謹慎戒備的神情。

可是我會提心吊膽兩隻狗被螫死，還是滅了蜂窩，比較安全吧？

*

拉厚克回家拿工具，回來時，手上握著一個罐子，是噴火的瓦斯槍。蜂窩的出口有兩隻巡邏蜂，像戴頭盔的衛兵一樣，守護著城堡裡的家族，全族的老小都在裡面。

等候時，趕緊讀資料。虎頭蜂建築一個家要花上半年的時間，而且是整個家族動員的日夜工作。她咬下木屑糅進自己的唾液，吐出像紙漿一樣的建材，然後如精衛填海，一分一秒、一點一滴、一層一層建構家族的窩。嬰兒房間格局精密，一環一環嬰兒房之間還有通道，是成蜂的工作通道。蜂窩外壁堅韌無比，而且竟然是一個和人類博物館一樣恆溫恆濕的室內。外面可以是暑熱的三、四十度或是冷颼颼的十度，裡面睡著虎頭蜂寶寶們的地方，永遠維持著舒爽的二十多度。

虎頭蜂家族彷彿一個紀律嚴整、上下一心的母系社會，分工嚴整，一絲不苟。蜂女王負責生產，雄蜂負責交配，交配完就死亡；工蜂是個部隊，有負責建築的，有出外採蜜的，有育嬰餵奶的，有巡邏保全的，每一隻蜂都在用生命上班。

拉厚克悄悄走近，伸手把噴槍口對準蜂窩連結樹枝的地方，拇指按下，射出火焰，火焰噴燒，蜂窩瞬間萎縮墜地。噴槍緊跟著落地的蜂窩繼續發火，一個那麼大的虎頭蜂窩，竟然無聲地，看不見一點掙扎，十秒鐘就只剩下草地上一小片黑。虎頭蜂的焦屍跟他們精美無比的家，黏糊在一起，像一只焦爛的破鞋底。

二十分鐘後，螞蟻大軍湧了上來，滿布在蜂窩焦屍上。

第二天再去看，什麼都沒有了。

*

站在鋁梯的最高一階，離開地面大概有兩公尺，我在修剪芭樂樹。剪到最高枝，雙手拿起大剪正要剪下時，赫然看見這一根長長的枝條上，有一大團密密麻麻、正在蠕動看起來非常可怕的東西包裹著樹枝。

我又尖叫。

但是已經稍微進步，我知道不能貿然用手去摸。

這一大團密密麻麻正在蠕動的東西，是上百隻看起來像巨無霸蒼蠅的蜂，層層疊在一起。

心跳加速，抓緊梯子，不讓自己從高處摔下去，同時聽見自己內在的聲音說：來，你的「荒野存在主義」測驗又來了。深呼吸，看仔細。你選擇進入了荒野，尖叫是可恥的。尖叫，是可恥的。

努力壓抑住因為對「密集」恐懼而產生反胃的生理反應，我的手抓緊鋁梯，兩眼鎖定一隻蜂，強迫自己「目不轉睛」地注視細節：這蜂，比黃腰虎頭蜂幾乎大一倍，身長起碼四公分，全身紅褐色，發出油亮的光澤，幾條環狀黑條紋把暗紅色的身體分成五節。翅膀很大，腳很長。

突然有一隻蜂飛了起來，朝著我的臉衝過來，我凌空拋下大剪，連爬帶摔翻身下了梯子，勾破了褲子。

芭樂樹上遇見的，是長腳蜂。

那安靜，好大聲

正在寫蜂的時候，想要起身去沖杯咖啡，手指離開鍵盤，突然一隻蜂降落在食指上。

沒有尖叫，只是整個人頓時凍結在座位上，手指懸在半空中靜止，虎頭蜂在手指上；電光石火之間有無數個念頭同時流轉：

該做什麼？今天不錯，沒有尖叫。尖叫也太晚了；用力甩手把她甩開、逃走？

不要動，伸手拿手機，拍下來，先查詢辨識，才知道下一步吧？

這是什麼蜂？

不是蜜蜂，蜜蜂的腿短，上身毛茸茸。

而且，如果是蜜蜂，就要立刻把她呼一口氣吹走，不讓她有時間螫我。不是為了我，而是為了她。和虎頭蜂不一樣，蜜蜂的螫針，是她體內卵管的延伸，連在一塊，她螫了人，飛走時，螫針連同她的輸卵管、內臟，會被扯斷，一起留在人的皮膚裡，而自己則重傷死亡。

蜜蜂的每一次螫人，結果都是自殘、自殺。

所以讓蜜蜂螫到，是對蜜蜂殘忍；她們都是在養小孩的媽媽啊。

現在手指上這傢伙，腿細長，翅膀狹長，腰細得幾乎沒有腰，屁股特別大，黑黃相間，第二節的黑環特別寬。形體太像長腳蜂了，但是比芭樂樹上看見的要小，大概不是吧？

虎頭蜂螫人之後，武器會帶走，可以繼續不斷地行刺。如果是長腳蜂，毒性不強……

但是，難道我就坐在這裡沉思，等著她螫？

對著手指，用力呼出一口氣，把蜂吹走。她輕輕飛起，又輕輕飄落在書桌上。我們相安無事。

但是，她的家，一定在附近。走出書房張望，果然就在門口樑上，看見一個巢，大

我盯著每一隻蜂的動作……

小和形狀都像一個荷花蓮蓬，開口向下。蓮蓬上一個一個六角形小間，有的封閉，有的敞開。好幾隻蜂趴在洞口。

趕緊搬來鋁梯，一節一節爬到最高，距離蜂巢半米處，仔細看：是的，是長腳蜂。一隻工蜂用前腳抱著一個肉泥丸子——真的是雙臂環「抱」的姿勢，頭上的大顎不斷啄著肉泥丸，手腳並用，把肉搓著、搓著、搓著，然後咬下一小塊餵一個洞口裡伸出頭來的嬰兒蜂，嬰兒蜂的眼睛是兩顆大大的黑豆，整個頭和臉沒有別的，就是兩隻黑豆豆大眼睛。同時間隔壁洞裡的小孩也探出頭來索求，工蜂立刻分出一塊肉，給她。

長腳蜂吃素，愛植物的花蜜和汁液，但是養孩子的時候，卻讓孩子們吃葷。她們四處獵捕毛毛蟲。抓到毛毛蟲，把那肥胖多汁、軟綿綿的身體攫在「爪」中，然後開始廚師的「活剝」工夫：去掉毛蟲身體裡的黑色大便，拔掉蟲肉裡的綠色纖維，留下香軟純肉。接下來，把純肉不斷、不斷搓揉，做成百分之百的肉泥丸子，然後用肉泥把一個一個嬰兒餵飽。

這些大眼嬰兒長大以後，又變成素食者，吃花蜜、樹汁，一直到必須養孩子的時候，開始獵捕毛毛蟲，做肉食料理。

蓮蓬蜂巢一片忙碌，很像一個婦產科醫院，裡面的人忙得不可開交；走廊上有腳步匆忙的醫生和護理師，房間裡面有產婦，有新生兒，有正在吃奶的嬰兒，有正在哺乳的母親。站在鋁梯頂端，我的頭距離天花板只有半米，蜂巢就在我眼睛等高的地方，我盯著每一隻蜂的動作：有在搓手搓腳的，有在餵食的，有幼蜂正要破繭而出，有嬰兒伸出頭來要東西吃的……幾十隻長腳蜂同時在做幾百件事情，看得眼花撩亂。

慢點，在哪裡讀過類似的情境？

＊

里約熱內盧附近，有無數形似黃蜂的昆蟲；牠們在走廊的牆角裡建造小泥巢，藏放自己的幼蟲。牠們把半死半活的蜘蛛和毛蟲裝滿這些小泥巢；看上去牠們有驚人的本領，知道把這些獵物刺螫到怎樣的程度，而可以使這些獵物變得昏迷不醒，但仍舊活著，一直到牠們（黃蜂）的卵被孵化出來為止；於是牠們的幼蟲就把一大堆這種可怕的毫無抵抗力的半死半活的獵物當做食品。1

一八三一年，二十二歲的達爾文搭上小獵犬號去做田野調查的時候，曾經這樣仔細地觀察過一種虎頭蜂的行為。他對野生環境裡的動物，難道沒有恐懼嗎？

我也記得德國博物學家鴻堡在一八〇〇年航行委內瑞拉的阿普雷河。一路看見的是身長兩、三公尺的巨型鱷魚，成群的，有些在水裡浮著，有些趴在河灘上張開嘴巴曬太陽。大蟒蛇在河水裡和鴻堡的小船並肩而游。和狗一般大的鼠類水豚，一大群一大群地浮游。比豬還重的巴西貘在河邊覓食，美洲豹則從樹林裡窺伺，準備一躍而上。

在這樣的河上，鴻堡和他的夥伴，還下水游泳。[2]

虎頭蜂可以被我一掌打死，更可以死於他的天敵，蜂鷹。蜂鷹的羽毛細密，不怕虎頭蜂螫，棲息在松樹林裡，到處挖掘蜂巢，吃盡虎頭蜂的蜂卵、幼蟲、成蜂。蜂鷹吃虎頭蜂，而虎頭蜂吃蜘蛛，吃毛毛蟲。十八世紀西方知識界對動物的食物鏈已經有認識，譬如現代生物學帶創始人林奈（一七〇七—一七七八）已經談到猛禽如何吃小鳥、小鳥如何吃蜘蛛、蜘蛛如何吃蜻蜓、蜻蜓如何吃黃蜂，但是他認為這個鏈條是「和諧」的，上天所創造的世界是一個自然平衡的世界。

在這種自然平衡中，鴻堡的旅行日記描述的，卻是一個很不一樣的基調。他看見的是水豚如何死命地逃避鱷魚的吞噬，僥倖上岸，卻直直送給美洲豹撕咬。河上有飛魚，用優美的姿勢飛越河面，其實是被水裡的河豚追殺，但是飛起來也只不過立刻成為虎視眈眈的信天翁的食物。

動物彼此之間持續進行殊死競爭，但是所有動物的天敵，最後卻是一種兩隻腳的脊椎動物，人。

今天穿短褲在陽台上寫字，小腿一陣痛，一拍……
（龍應台繪圖）

*

收起鋁梯，明天再來看這個部落。我不是毛毛蟲，不是長腳蜂的食物，如果不讓她們覺得我會毀她們的家園、傷害她們的娃娃，她們其實沒有理由來螫我。

當我不再驚惶尖叫，而是深深注視的時候，我開始認識了我的「同居者」。

這個屋樑的蓮蓬裡，有一位蜂后，秋天出生，冬天休眠，然後春天的氣息到來，整個森林春意盎然，庭院裡所有的樹，都在冒芽；所有的花苞，都在舒展；所有的蟲蛹，都在蠢動了。

蜂后挑選了我的書房門口一條樑柱，開始建築。她用她的口器刮下木屑，用唾液揉合，慢慢揉搓成紙張質地的建築材料，開始一手打造六角形的小格子。

驚異的是，她細小的身體裡面到底藏著什麼秘密，使得她知道怎麼去建築六角形的房間呢？

嬰兒房建好之後，她在每一個房間裡面產卵，卵在幾個星期之內發育成不會生殖的工蜂，這些工蜂就是我目睹的：用盡力氣飛行，到處獵捕，把毛毛蟲做成肉丸，餵食一個又一個的幼兒。這些拼死工作的褓母，她的一生就是人的一個月，餵飽一代嬰兒之後，就死去。吃了毛毛蟲肉丸的嬰兒，長大變成不會生殖的工蜂，接棒飛出去找毛蟲、做肉丸，餵小孩，然後死去。

那已經老了的蜂后，在秋天來臨之前，生命就結束。她的蜂群部落，也跟著一個一個死去。我眼前這個忙碌熱鬧的蜂巢，很快就會寂靜下來。那蜂部落的母親長老，那奉獻了自己生命的雄蜂，那只有一個月生命「春蠶到死」的工蜂，會全部灰飛煙滅。

書房門口這個美麗如荷花蓮蓬、精密如物質分子的家，是一個大家族的溫暖的家。她的生命，就是僅有的一次春，一次秋。在那唯一的春秋裡，她們用不可思議的、拼命的強度在活。每一個呼吸、每一次展翅、每一回咀嚼、每一趟餵食，都用「命」在做。

不過，一春一秋，就是她生命之一切所有，不用那個強度，生命是拿來做什麼的呢？

同為生物夥伴，我對她生命之徹底無知，令我慚愧。

注視她、認識她，彷彿親眼看見生命神蹟般的壯麗偉大和它同時極度的微小脆弱，脆弱到我一伸手、一呼氣，就可以毀掉她的整個宇宙。她的生命，一存在就是幻滅。

我怎麼想哭呢。

*

出外旅行兩週，回到家。
登上梯子探視，蓮蓬依舊在，只是整個巢，悄悄然。
夏天，才剛剛過去。
那安靜，好大聲。

1 達爾文，《小獵犬號環球航行記》，商務印書館，台北，一九九八，頁五〇。
2 參考 *The Invention of Nature: Alexander von Humboldt's New World*, Andrea Wulf, 2015.

第七章

恐懼

但是，山林田野的美好包不包括蛇？
天人合一，包不包括毒蛇跟我的天人合一？
我的所謂走進大自然，難道是一場虛偽的假動作？

老獸醫

鐵門外有人按了聲喇叭。

獸醫騎著摩托車噗噗噗噗駛進來，在苦楝樹蔭停下，費力地下了車，彎腰，從踏腳處提起一個小箱子。

白髮蒼蒼的老獸醫，拍拍褲腿上的泥巴，走向我和兩隻狗。

那個陳舊的小箱子，裝了冰塊，原來是他的出診箱。

「從哪裡過來？」我扶他上台階，「騎了多久？」

「從泰源，半個多鐘頭。」

「哪個部落？」

「牧場部落附近。」

那是牛群徜徉的山谷。昭和四年日本人在那裡成立「嘎嘮吧灣牛畜販利組合」輔導原住民飼養水牛，今天在山坡和海邊還可以常常看到牛群。遊蕩到公路上的牛，夜裡被過路的車撞上，就是十一號公路最常見的車禍了。

「我們本來住在麻竹嶺部落，去年才搬到牧場部落。」

麻竹嶺種滿了麻竹，是漢人移民來開墾時種下的。那片山林阿美族本來叫Sai'lifan，「路急彎」的意思。漢人一來，大山、大海、部落，本來的族語名字，就被漢名取代了。

麻竹嶺部落被群山包圍，部落的民居稀稀落落的，間隔很遠。人的腳和牛的蹄踩出千迴百轉的山徑，有些腐葉覆蓋、青苔斑駁的小徑，像桃花源記裡的迷途，林深不知所終。我的車曾在麻竹嶺山與山之間繞來繞去，電子導航也懵了，風搖著竹林，獼猴躲在樹叢，好幾個小時都找不到出山的路。

可以想像獸醫的路程：摩托車在山谷裡盤繞，山深、地大、天空闊，像一隻螞蟻沿著蜿蜒的絲帶行走。出了森林之後他會經過一片肥沃的台地，稻田搖曳著綠浪，柑橘樹橙黃的果子沉甸甸壓矮了樹枝。一出山，接到十一號公路，就看見太平洋了。大海是一片含蓄湧動的藍彩，在椰子樹跟椰子樹之間亮一下、亮一下。海上吹過來的風，通常是一種柔潤的熏風，吹在身上令人身心酥軟。但是獸醫一定是慢慢騎的，兩腿跨夾著的冰箱裡有疫苗，不能打翻。

八十四歲的獸醫每天出診，從部落到部落。每一個部落都有狗，狗一叫，就知道他來了。

*

「你早到了。」

獸醫本來說十一點才到，現在還不到十點。

「因為等下要趕去北邊部落，」他一面把瓶瓶罐罐從箱裡拿出來，擺在桌上，一面說，「早上接到電話，他們的狗被蛇咬了。」

我拿出項圈和繫繩準備固定鴻堡。

「什麼蛇？」

「主人沒看見，」獸醫說，「沒看見就麻煩，因為不知道什麼蛇咬的，要急救其實也不知道要用什麼血清。」

「那你等下趕過去，又不知道什麼蛇咬的，怎麼治呢？」

「先看牙痕，」他拿出針筒，「這是十合一疫苗。我打脖子。你把狗狗脖子抓牢。」

鴻堡還來不及「嗯」一聲，針已經注射又抽回，疫苗已經打好了。老獸醫的速度驚人。

「如果是毒蛇，通常會是一對或者兩對比較大而且深的洞。無毒蛇咬的，可能是一兩排細細牙痕，但是這也不是百分百的，因為有一些毒蛇的牙痕跟無毒蛇的就一模一樣。」

準備要植入晶片了，他停下手，抬頭看我，「確定要晶片？」

「為什麼問？」我驚訝，「難道有人不要給狗狗植晶片嗎？」

他點頭，「確實很多人不要的，尤其在鄉下。狗如果咬人闖禍，主人就可以說不是他的狗。」

突然想到一個問題，「來到台東之後，到處都看見三條腿的狗，是怎麼回事？」

獸醫歎了一口氣。農人養狗，不是當寵物，而是工作狗，很多是放在山上顧釋迦園的，所以不會綁起來。人住在山下，釋迦種在山上，主人就常常會忘記餵狗，狗當然就餓得滿山找東西吃。山上又到處都是陷阱，金屬捕獸夾埋在林子裡，是想抓野豬、山羌的，可是常常夾到狗。狗的腿被夾進去沒法脫逃。如果沒人發現，就死在那裡，如果被找到了，就往往要截肢。

獸醫給達爾文和鴻堡分別打了疫苗，植入了晶片，登記在檢疫證明上，然後收拾他的診療箱，跨上機車。

在都蘭，不但有現代的醫師提著出診箱來家裡照顧我的母親，如同古時候，還有現代的獸醫，提著箱子，帶著疫苗和晶片，穿山越嶺沿著太平洋來家裡照顧我的貓貓狗狗。此刻他正要離開我家，趕往下一個部落，去救一隻被毒蛇咬了的狗。

破舊的機車在野草覆蓋的山徑上漸漸遠去，我站在路邊，看著老獸醫風塵僕僕的背影。

春草如有情，山中尚含綠。

有些玩笑不能開

獸醫走了，但是狗被蛇咬的想像畫面在我腦裡縈繞不去。這時電話響起，是獸醫打來：「忘記跟你說，你真的應該上網去認識每一種毒蛇的臉，被咬的時候，一定要看清楚是什麼蛇咬了你，不然，到了急診室也很難處理……」

山中的季節是分明的。春天一定會發生的事情，首先是五色鳥的聲音響個不停，就好像山谷裡有個鄰居，從清晨到傍晚無休止地彈鋼琴擾鄰。另外就是，十公里範圍內的鄰居傳簡訊給彼此。

「春天喔，他們都醒來了。」

同樣養雞的近鄰昨天就有訊息。

「告訴你，我家院子裡發現一條鎖鏈蛇，很大。」

「院子裡？」

「在飼料桶裡發現的，所以特別跟你說：飼料桶要蓋緊。」

「飼料是素的，鎖鏈蛇吃素啊？」

「不是啦。可能是老鼠，老鼠跑進去吃飼料，蛇追老鼠。」

「鎖鏈蛇很毒嗎？」

「我舅公就是被鎖鏈蛇咬到，後來截肢了，你說毒不毒？我們台東很多。」

這樣的對話讓我心裡發抖。

「那……你怎麼辦？」

「隔壁原住民來把他打死了。他很高興，拿去泡酒。」

鎖鏈蛇長什麼樣子？眼鏡蛇長什麼樣子？龜殼花長什麼樣子？只是想著，就讓我想嘔吐。

我試過的。打開電腦，鍵入六個字：「台灣毒蛇圖鑑」，瞬時整個螢幕滿滿都是花花綠綠的蛇臉，我像被電擊一樣痛苦地閉上眼睛，呼吸有困難，別過臉去，關閉頁面。

完全無法理解自己對蛇的恐懼。被蛇咬過的人，可以說是因為痛苦的經驗使得他恐懼，但是我從不曾真的被蛇咬過。只有一次小學的遠足行程，孩子們捲起褲腳、赤足溯溪嬉鬧在樹林裡。低頭找蝦子時，覺得脖子一陣涼，抬頭看，是一條大蛇把身體從黃槿樹上垂下來，尾巴貼在我脖子上，我差點暈死在那小溪裡。

長大以後，自認為冷靜、大膽的我，遠遠看到任何長條的東西，都會避走。花園裡黑色的水管，不要給我掛在樹上；鰻魚在水中游泳，不要讓我看見。弓起背的毛毛蟲、拖著長尾巴的壁虎、貼著濕牆爬行的馬陸，會讓我恐慌發作。颱風吹斷了在空中搖晃的

弓起背的毛毛蟲、拖著長尾巴的壁虎、貼著濕牆爬行的馬陸，會讓我恐慌發作……

電線、掛在壁鉤上垂下的皮帶、猴子扯下來的晃蕩野藤、一截綁花架的繩子，都會讓我感覺不適。如果蚯蚓爬過我的腳背，或是有人悄悄放一條涼涼的長茄子在我手臂，請不要跟我開這種玩笑，我會暈倒。

*

有一天，到漁人家去吃晚飯，坐在他旁邊的朋友喝了酒，興致高昂地講他曾經如何捉弄一個好朋友。

「我們把一隻赤尾青竹絲裝進一個寶特瓶裡面，然後到他家吃飯。吃飯的時候把裝了活蛇的寶特瓶放在桌子上讓大家看。主人去廚房拿啤酒的時候，我們就把有青竹絲的瓶子拿走，換上一個空的寶特瓶。主人回到餐桌，說，啊蛇呢？我們就說，跑走了。」

眾人鴉雀無聲，看著說故事的人。

「後來呢？」

「主人花了三天時間把他家所有的家具都搬空，找蛇找了三天，每天晚上去睡旅館。」

那天晚上，我就一夜沒睡，惡夢連連。

打死，還是？

凌晨兩點，被犬吠驚醒。

警覺的狗，經常叫。一輛農人的摩托車，從半公里外公路轉進山路的地方，他們超高能的耳朵已經豎起，身體繃緊，準備下一秒鐘一躍而起。不等摩托車接近大門，兩位狗保全已經對著大門狂吠，作窮凶極惡狀，一直到車子離開。

習以為常了，就不以為意。

可是這凌晨兩點的狂吠，透著怪異。傳達給我的，不是正常執勤、巡邏打卡的領土宣示，而是強烈的不安和一種固執的警告。吠聲持續不止，我不得不惺忪下床。

光腳走到前廳，通往外面是一扇透明的落地玻璃門，可以看見達爾文和鴻堡正對著陽台地板上什麼東西一聲一聲狂吠。他們的身體語言告訴我，那地上的東西是危險的。他們一方面在發聲警告、威脅那個不明東西，一方面縮著自己的身體，明顯地裏足不前，保護自己。

試探性地推開門，把手電筒的光，聚焦在他們狂吠的目標，就在距離我的玻璃門不到一公尺的地方。

是一隻離地半公尺高、身體盤旋扭轉、昂頭吐舌、嘶嘶出聲的蛇，下顎鼓起如一個喝湯的匙。我認得她：眼鏡蛇。

拿著手電筒的手，顫抖著，心怦怦跳，腿虛弱得想癱瘓下來。但是第一個理性念頭就是，救狗！救狗！他們比我更在險境。

我已經魂飛魄散，聽見自己命令兩隻狗速速進屋內。他們彷彿也懂得事態不尋常，立刻停止狂吠，閃進了門。

關上玻璃門，用發抖的手打電話給住在後屋的艾蜜。

恐懼掐著我的喉嚨，只沙啞吐出幾個字：「蛇，快來！」

恐懼到沒有勇氣直視，只能用眼角餘光去感覺那眼鏡蛇在扭動，她一方面在防衛狗的可能攻擊，一方面在尋找出路。臥房窗戶是開的，書房紗窗也沒拉上，眼鏡蛇可以沿著牆，穿過窗，進入我的書房、爬進我的臥室。

艾蜜協助我照顧九十九歲的母親，是菲律賓人，從小在山中農村長大。她出現時，穿著單薄的睡衣，趿著夾腳拖，右手高舉著一根兩公尺長的金屬捕蛇夾，奔衝過來。那形象，我一時產生一個極不恰當的聯想：這不就是德拉克羅瓦（Delacroix）為法國七月革命所畫的那個大胸脯自由女神衝鋒陷陣的圖像嗎？

畏畏縮縮的我，從頭到尾不敢直視，我是為女英雄拿著手電筒照明的人。

蛇已經鑽到桌子底下，艾蜜花了一點工夫才夾住了蛇，高高舉起，打算把她帶到屋子後方。那蛇身懸空在死命掙扎，我像個一千零一夜裡的女僕，持燈跟隨。達爾文和鴻堡意識到情況的嚴重性，安靜隨行。到了屋後空地，艾蜜右手握緊捕蛇夾，左手從工具簍子裡扯出一個塑膠袋，試圖把蛇放進塑膠袋裡。

我掌燈，臉撇向旁邊，看著鬼影幢幢的樹。

她突然大喊，「哎呀，塑膠袋有洞……」

然後說，「你來拿一下捕蛇棒，我去找塑膠袋……」

我驚叫「不行不行」，倒退兩步。

蛇跟捕蛇夾搏鬥得越來越激烈，艾蜜說，「快抓不住了，她力氣好大，而且，我認為她生氣了……」

她認為眼鏡蛇「生氣」了。我簡直想哭。

艾蜜終於在廚餘桶旁找到一個大的塑膠袋，轉頭對我說，「你可以用手把塑膠袋口撐開嗎？讓我把蛇放進去。」

我再倒退兩步，抵死不從。

她竟然可以一手抓塑膠袋，一手把激怒亂動的眼鏡蛇，放進了塑膠袋。然後，還可以一手抓緊塑膠袋口，放下捕蛇夾，蹲下來，兩隻手井然有序地把塑膠袋綁好，打結。

那個塑膠袋，一直在扭動。

我連塑膠袋，都不敢看。從頭到尾，用盡力氣的是艾蜜，但是覺得全身虛脫的，是我。

這時，艾蜜轉向我，說，「現在呢？打死？還是？」

*

艾蜜的問題，需要我在十秒鐘之內回答。

道德，只有在真正被實踐測試的時刻，才露出真面目吧。在那寂靜的凌晨三點，達爾文和鴻堡天真的眼睛看著我掙扎：不殺這闖進我家的毒蛇，她會不斷地回來。殺了她——人類一般是這麼做的，看到的蛇就砸。何況，二〇一九年以後，眼鏡蛇已經從台灣的保育動物名單上除名了。

可是，老天哪，我憑什麼殺她呢？

這片田野，這座山林，原來是她的家。人，這個掠奪性最強大的兩條腿的動物，才是真正的「猛獸」：砍掉森林開闢了農田茶園、製造農藥噴灑在土地上，擴建了道路水渠，開設了工廠礦場，然後把自己的住宅也遷入野性的山林。從前森林裡，蛇可以任意遊走，遊走在柔軟濕潤的土地上。現在，生存空間被切割成碎片，她從一個碎片其實無法到達另一個碎片，因為樹林和樹林之間，都是水泥。她不得不讓自己的身軀爬過被陽光曬得滾燙的水泥路面，而且，到達另一片森林之前，她不是被車輪輾過，就是剛好與人狹路相逢，那遇見她的人，發出驚恐的尖叫，拿起石頭把她砸死。

恐龍滅絕時，大多數的動物跟著消滅，蛇的眾多天敵也消失了，今天地球上三、四千多種蛇，都是恐龍滅絕之後重新演化出的新種。也就是說，今天和我們共存的蛇，已經在這家園裡生活了六千五百萬年。1

電光石火之間，思緒萬千，而塑膠袋裡的眼鏡蛇還在掙扎，我的聲音虛弱而沙啞，對艾蜜說，「帶到溪邊放走吧。」

都蘭溪，在大門外三百公尺之處。眼鏡蛇很可能就是從那兒來的。

艾蜜牽出機車，把承載著眼鏡蛇體重的塑膠袋放在背後的籃子裡，準備跨上車。

我大為驚駭，「你把她放在你背後？你就不怕她半路跑出來？」

漢堡

清晨林中聽五色鳥「大珠小珠落玉盤」的歌聲，黃昏樹下聽山羌孤獨荒涼的吠聲，寧靜的夜裡聽領角鴞悠遠神秘的呼聲，不是覺得大自然無限美好嗎？

春季花開香遍、夏來鶯飛草長、秋葉繁華繽紛、冬日萬物沉澱，不是感受到大自然裡天人合一嗎？

但是，山林田野的美好包不包括蛇？天人合一，包不包括毒蛇跟我的天人合一？我的所謂走進大自然，難道是一個虛偽的假動作？

究竟該怎麼看待和我住在同一家園的「先住民」眼鏡蛇、雨傘節、青竹絲、龜殼花、百步蛇、鎖鏈蛇？

理論上所理解的對地球的愛護、對自然的尊重、對動物權利的哲學認知，要在每天的生活裡誠實地實踐自己所宣稱的價值，我很快發現，比我以為的，要困難得多。

這一天在海邊散步，接到艾蜜簡訊：

「書房發現一條蛇。」

「書房哪裡？」

「書架上，兩本大書中間。我有錄影，要不要看？」

「不要。我不要看。你認得出什麼蛇嗎？」

「不知道。頭三角形的，身上有一塊一塊黑色的花。」

「你拿他怎麼了？」

「因為跑進家裡來了，我很怕，就把他打死了。」

「就在書架上打死了？那……我的書不都是蛇血？」

「沒有，他下地往你的臥房跑，我怕他鑽到你被窩裡去，就趕快把他打死了。我傳照片給你？」

「不要不要，不要給我看……」

＊

夏天時，庭園裡蛙聲一片，夜裡，更像是貝多芬第九交響樂〈歡樂頌〉特別場的千人大合唱。和老友坐在草地上，幾乎無法聊天，因為蛙鳴震天。老友認真地說，「你是不是該考慮把池塘蓋掉，這麼吵怎麼睡啊？比忠孝東路的車水馬龍還大聲。」

我就唸一首詠蛙鳴給他聽：

電掣雷轟雨覆盆，晚來枕簟頗宜人。
小溝一夜深三尺，便有蛙聲動四鄰。

他不為所動，「太吵了。」

好，那麼那麼再來一首：

明月別枝驚鵲，清風半夜鳴蟬。
稻花香裡說豐年，聽取蛙聲一片。
七八個星天外，兩三點雨山前。
舊時茅店社林邊，路轉溪橋忽見。

辛棄疾的〈西江月〉，描述的就是我們這樣一個夜晚：黃澄澄的滿月從東南邊的山頭一路滑行到了西南，照亮了整片山巒。即便月光滿滿，仍舊看得見七八顆星星懸在天外，一朵烏雲帶來兩三點雨滴，清風徐徐，蛙聲一片。

「沒有比這更浪漫的了。」

他哈哈假笑了一下，「你知道蛇最愛吃的食物是什麼？」

我不接話。他繼續：「你的池塘日日夜夜蛙鳴，整座山都聽見。你等於開了一家免費餐廳，呼叫整個都蘭山的蛇都來你家報到。告訴你，他們愛死你家了。」

*

沒幾天，陽光燦爛的一天，池塘邊大石頭上。出現了。

我已經開始把蛇的出現，當作功課。第一步就是強迫自己去注視，真是困難極了。眼睛注視她給我帶來痛苦，同時，手腳發軟，心跳加速，生理反應就是全身不舒服，只能不斷深呼吸、吞口水，努力鎮住恐懼的發作。

這蛇，體黑而粗，大概一公尺長。可是，她的頭是怎麼回事，這麼大的頭？

戴上眼鏡，再度細看，發現，她的頭那麼巨大，是因為她張開成一直線的大嘴裡含著一隻肥大的盤古蟾蜍。

盤古蟾蜍，很不幸被叫做「癩蛤蟆」，就在民間文學裡成了不朽的「醜」和「妄」的象徵。她確實滿身疙瘩，而且身形又肥又短，蹲在那兒就像一個飽滿的漢堡。我可以理解蛇認為她可口。

蛇的嘴可以張到極大，但是頭其實很小，蟾蜍的身體比蛇的頭大好幾倍。這隻蟾蜍顯然是被蛇從後面突襲的，蛇的嘴巴全開，銜住了蟾蜍的大半個身體，於是，蟾蜍屁股在大蛇的喉嚨裡，整個前半身卻活生生在蛇嘴的外面，和蛇看向同一個方向。蛇有黑漆漆的大眼，蟾蜍的眼睛也大，看起來就是個蛇身蟾蜍頭的怪物。

此刻，蛇頭和蟾蜍頭，結合成一體。蟾蜍不動，因為她卡在蛇的嘴裡，動不了；蛇不動，顯然是因為一時還吞不下這個太厚的漢堡。

蟾蜍蛇頭，兩雙黑眼睛，陽光照在蛇身的花紋上，閃閃發光。

*

「怎麼辦？」

艾蜜又來問怎麼辦了。

捕蛇棒的金屬夾，容易把蛇夾傷。有了眼鏡蛇的經驗，我已經學會在金屬夾上纏了一層軟布條，減輕被夾住的蛇的痛苦。女英雄艾蜜捕蛇夾在手，站在池塘邊緣，一舉將黑蛇夾住，連著盤古蟾蜍。但是這麼長的蛇，非常重，她用兩臂的力氣高舉，把一直在奮力扭動的蛇懸空疾步帶到籬笆邊，甩過籬笆，黑蛇瞬間竄入草叢。

那麼大條的黑蛇，身軀渾圓飽滿，應該是無毒的南蛇。因為正在吞嚥，她的動作遲緩，我們出現時，不及逃走。她一定覓食已久，好不容易一口咬住了蟾蜍，在陽光下正準備享受，被我們粗暴地抓捕，她的驚嚇和痛苦，一定遠遠超過我的恐懼。

蛇，我慢慢累積了知識，不是都市傳奇所說，會追著人跑，她一般非但不主動攻擊人，而且大多怕人、避人。那麼，這一天的中午，我只是湊巧走過池塘，看見蛇在午餐，那麼，為什麼我會在一看到她的當下，反射動作就是要立刻把她除去？我為什麼不讓她在那陽光下、池塘邊，從容地用餐，自在地走開？

我是怎麼回事？

嚎

想起狼。

兒子飛飛五歲那年，有一天，跟幼兒園大班遠足歸來，迫不及待地敘述當天所見所聞。那天的行程主題是狼。

在森林裡一個「狼教育基地」，孩子們先聽故事：兩個小孩在一個森林小木屋裡生活，每天都和動物在一起，松鼠啊、野兔啊、刺蝟啊，但是他們最喜歡而且天天玩在一起的，是一個狼家庭——狼媽媽、狼爸爸、狼奶奶，帶著兩個調皮狼寶寶……

聽到這裡，已經小小吃了一驚。全世界的孩子，不都是聽狼故事長大的嗎？可是，哪一個跟狼有關的故事，不是可怕的呢？

中國、韓國、日本古老民間故事裡就有「狼外婆」，和西方童話的小紅帽大野狼情節非常相似。狼外婆是要吃小孩的，通常從小孩的手指頭吃起。不論是明朝「中山狼」

裡那個忘恩負義、狡詐的狼，還是《聊齋》裡一直想吃肉的狼，不分古今中外，歷代孩子們成長中所聽到的狼，都是惡意的、危險的、兇殘的、害人的，所以反過來人對於狼，正當的做法就是要防範，要打死。各個童話的結局，不是把石頭填到狼肚子裡讓他在河裡淹死，就是把他殺了、剮了、悶了。

《聊齋》裡有三個屠夫，一個把狼用豬肉鉤子吊死在樹上，一個「以刀劈狼首」砍頭，第三個更狠。屠夫躲進一個棚子，狼從縫裡伸進一隻爪子，卡在那裡。屠夫抓住狼爪，用小刀割破狼爪的皮，然後用吹豬的辦法往狼體內拼命吹氣，吹到狼不動了，他就用繩子把狼的破口綁起來。出去看，那狼已經全身鼓脹成一頭牛那麼大，腿僵直，嘴巴張著合不起來。

這種敘述，也是人類的孩子們所被灌輸的第一堂人跟動物關係的課。人對人見到蛇，砸死、碾死、亂棒打死、吊起來一刀劃下活剝、生煮、泡酒……。人對待狼，和對待蛇，太像了。

到了二十世紀末，我的幼小的孩子卻被教導怎麼去喜歡可怕的狼？

斑點鬣狗 Hyena在等媽媽獵食回來。（Philip Walther攝影）

*

飛飛和其他二十個小孩接著坐下來看一個狼的短片，短片裡有狼嚎，孩子們就模仿狼嚎，嘻嘻哈哈一起學著狼「仰天長嘯」。

是冬天，孩子們被帶到森林雪地裡去走路，手裡帶著老師準備好的狼足印模子，模子放在雪地上，噴上薑黃汁，雪地上就出現一朵一朵的狼腳印。孩子們分成兩組，一組是狼，一組是鹿，開心地玩起野狼追鹿的遊戲。

「媽媽你知道嗎？」母子倆在廚房裡，孩子一邊喝著熱牛奶，滿嘴泡沫，一邊現學現賣他的當日學問，「狼不是只會嚎，他有表情耶。而且，狼跟我們一樣，有爸爸媽媽小孩，狼很愛他們的小孩，狼媽媽在窩裡照顧小小孩不能自己出去找東西，狼的親戚會特別帶肉來幫忙她餵小孩。狼怎麼餵小孩你知道嗎？在外面抓到鹿，先把鹿肉咬碎了吞進肚子裡，然後回到窩裡以後再從胃裡吐出來給小孩吃，媽媽的胃就是一個攪拌機……」

他的狼知識，我還真不知道。

「所以，」我遞過去一小塊麵團，讓他玩動物雕塑。

他接過去，「我要捏一隻狼。狼好可愛！」

「狼會傷人，」我說，「你不能覺得他太可愛吧？」

「不會，」這幼兒園大班的狼專家篤定地說，「你不去惹他，他不會傷害你。」

然後，這滿頭捲髮的小男孩，仰起頭，發出幾聲長長的「狼嚎」。

狼，回來了

接受新世紀「狼教育」小男孩，出生在柏林圍牆倒塌的那一年，一九八九。

柏林圍牆，什麼概念呢？冷戰期間東西陣營對峙嚴峻，東德共產黨在一九六一年一夜之間建起了圍牆，阻止人民逃往西方。分隔東西德的牆，綿延一百五十五公里，其實是兩道平行的牆，牆與牆之間的距離，是一個足球場的寬度；這條牆間長帶，被稱為「死亡區」，上面設置電網、壕溝、地雷、刺網、監視塔台，任何闖入的人會被射殺。

很多人不知道的是，冷戰圍牆不是只有柏林圍牆埋了地雷的一百五十五公里。將整個歐洲從北到南切成兩半，從挪威和蘇聯的邊界，蜿蜿蜒蜒到最南端阿爾巴尼亞和希臘旁邊的黑海和愛琴海，總共是一萬兩千五百公里的牆，牆的東邊，西方稱之為「鐵幕」。

一九八九年，柏林圍牆被追求自由的人們踩塌了。穿越二十四個國家、一萬兩千五百公里長、一百多公尺寬的這條長廊，在三十年的冷戰歲月裡，人跡不至。譬如德國，有悠久的狩獵傳統，冷戰期間，「死亡區」兩邊的獵人都必須遵守一個規定：你的獵槍，不允許往邊境圍牆瞄準。被獵捕的動物，譬如野豬，顯然逐漸知道有一個地方是獵人勿入的。鳥也知道有一個地方可以安全育雛，無人打擾。大耳朵的歐洲野兔懂得挖地道進入死亡區，也因此，野兔，就成為冷戰期間東德地下逃亡運動的圖騰。

封鎖了三十年的萬里圍牆拆掉時，發生什麼事？

邊境區的小鎮居民，發現人來人往的市區中心突然出現野豬晃來晃去。野豬，來逛大街了。野兔，成群成群出現在紅綠燈口，驚嚇不已，茫茫然無所適從。

同時，人們萬分驚訝地發現：萬里長廊已經成為時間膠囊、生態天堂。受惠於三十年的免於人類侵擾，許多以為絕跡的動物、植物，在這裡欣欣向榮。

因為封鎖，這裡的草木蟲魚鳥獸三十年不識農藥。

為了監視敵人行動，地面需要開闊，所以樹木雜草都有定期清除，於是需要空曠的野生動物得到了空間。

曾經因地雷爆炸而形成的土坑，現在水草蔓生，變成動物黃昏聚集飲水的天然池塘。

大耳朵的歐洲野兔懂得挖地道進入死亡區，也因此，野兔，就成為冷戰期間東德地下逃亡運動的圖騰。

*

一萬兩千五百公里的生態膠囊綠帶，究竟是多長？如果我們計算的方法是一隻鴿子飛行的直線距離，那麼香港到北京是兩千公里，台北飛到紐約是一萬兩千五百公里。

一萬兩千五百公里，也恰恰是鴿子把台灣從北到南飛個三十二次的距離。

本來在一萬多公里綠色走廊裡面生存

的野生動物，夾在兩道高牆中間，只能南北縱走，不能東西橫行。有一天，他們突然發現自己竟然走出去了，往南、往北、往西、往東，世界如此遼闊。

不只如此，原來被萬里長牆隔成東西兩個世界的動物，在逐水草而行的時候，突然發現自己不知不覺竟然已經跨界走到了千里之外。動物，本來就不知國界。

牆的東邊，工業發展比較晚、人口密度比較低、森林面積比較連貫還沒被人類建設切成碎片的東歐，本來野生動物就比較多，他們隨意走走，日行百里，一抬頭，已經到了西歐，到了北歐。

西歐、北歐的人，突然發現：狼回來了。

*

「見狼就殺」的傳統沒人知道有多久。在永遠的對狼的憎惡、恐懼和敵視原則的指導下，人用趕盡殺絕的方式消滅狼，到二十世紀初，歐陸的狼基本上已經絕跡。一九〇四年，德國殺了最後一隻狼；一九三〇年，法國的最後一隻被殺；荷蘭，已經一百多年沒見過狼。即便是東歐波蘭的狼，在一九七〇年代也只剩下不到一百隻。

一九七九年，全世界第一個跨國的野生動植物保護協議，「伯恩協定」，在歐洲簽約了。二十個西歐、北歐的國家決定，對於野生動植物以及棲地，開始推動跨國的保護措施。

狼所不知道的是，他在這一年被列入了不可獵殺的保護名單。

所以，政治的變局，真的會跟野生動植物有關。圍牆倒塌，政權解體，就帶來了狼的復興。

波蘭在一九九五年簽署了「伯恩協定」，承諾不但要開始保護狼，同時必須維護狼所需要的棲息空間。波蘭的狼，到了二〇二四年，已經超過兩千隻。

波蘭人特別慶幸而且自豪的是，因為公路的發展比西歐來得晚，在有了新的生態意識之後才開始建設主要公路，所以新建高速公路都配有完整的動物通道。譬如連結首都華沙到德國的一條公路就建了一百五十個動物通道，其中二十六個專門給熊這樣的大塊頭，十二個給野豬和野狼的中型動物，六十八個給小型野生動物譬如狐狸或者山貓。

柏林圍牆倒塌時快要一百年沒見過狼的德國，二〇二四年已經有一千兩百隻狼。

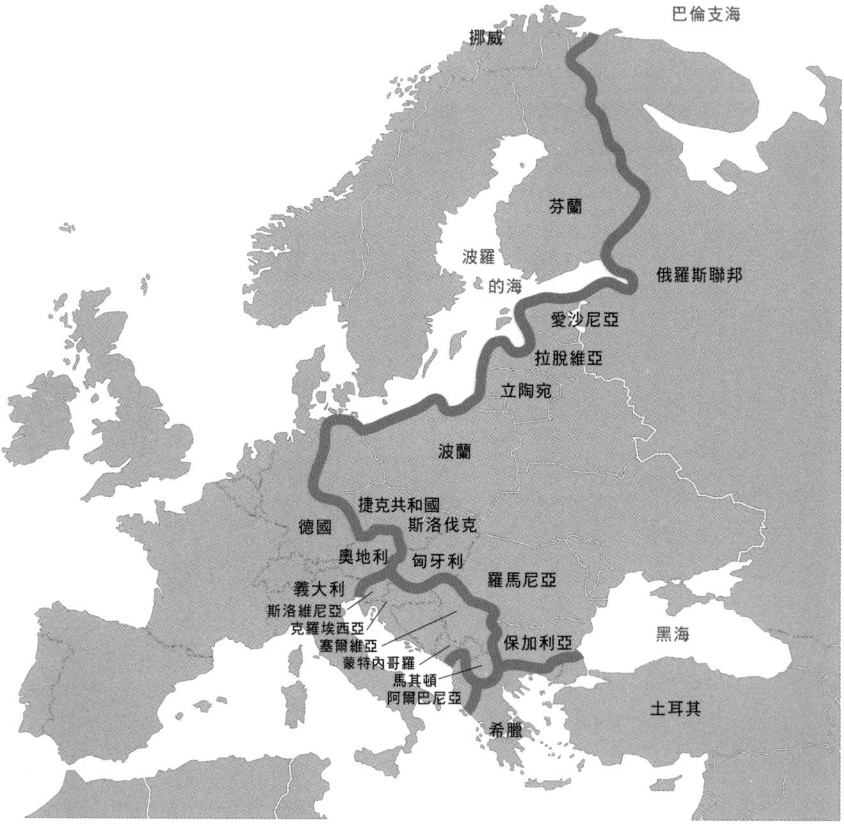

穿越二十四個國家、一萬兩千五百公里長、一百多公尺寬的這條長廊，在三十年的冷戰歲月裡，人跡不至。

＊

我們在黃石公園裡搭起了營帳。

所謂公園，其實是原始荒野。進入園區之前，每個人都得知道如何應對野獸的接近。帳外不要掛食物，會引來土狼。如果熊看見你，不要跑，鎮定地慢慢倒退。

夜裡其實不敢睡沉，荒野中有各種陌生的、神秘的聲音，夜，是活的。很冷的天，但是蜷在帳篷睡袋裡竟然溫暖無比；突然之間聽見動物的腳步聲，載著身體的重量，一步一步靠近營帳，我們抓緊睡袋，屏住呼吸，深怕鼻息的熱氣會刺激這動物衝過來。

腳步似乎沒有熊那麼重，那麼，會是狼嗎？

整夜的緊張，早上醒來，出了帳篷，看不出動物的足跡，是不是狼呢？但是營帳在冒煙，不，冒汽。原來，我們紮營在不斷冒著地熱的溫泉口上了。黃石公園原是黃石火山啊。

那是一九八〇年代，根本不可能遇見狼。

黃石公園最後一匹狼，在一九二六年被殺，九千平方公里的野生環境，十二個新加坡、四分之一個台灣的大小，從此見不到狼。

七十年之後，黃石公園特地從加拿大帶回十四隻灰狼，重新復育。狼，是戀家的，而且身體裡有一個上天給的導航系統，清晰認得東西南北。公園擔心帶進來的狼，四蹄一落地就會馬上一路往北，北邊就是狼的故鄉加拿大，所以這十四隻狼，在圍起來的森林裡住了三個月。園方把馬鹿引入圈內，讓狼獵捕，希望他們慢慢地愛上新家。

三個月後柵欄撤走了，狼群老大，毅然決然一路北歸，開啟千里回鄉的跋涉奔走。跟他一起亡命天涯的還有他懷孕在身的母狼。狼老大在半途中被獵人射殺，母狼則安全地被帶回黃石，生下了八隻狼娃娃。這就是野狼絕跡百年之後黃石公園狼的開始。

為什麼費盡力氣把已經消滅了的「大野狼」找回來？

生態專家憂慮的是，大自然裡的食物鏈像一個瀑布，當頂端的「關鍵物種」，狼，沒有了，一環扣一環，整個瀑布下游都改變了。譬如，因為沒有狼，公園裡的加拿大馬鹿——那種頭上的角繁複美麗有如巨大皇冠的鹿，就超量繁殖。大批馬鹿愛啃樹的嫩苗，於是他們愛吃的幾個樹種就少了。這些樹少了，依賴這些樹的鳥和小動物就難以生存，溪流的生態也因而改變，導致水裡的河狸也無法建壩了。

二〇二四年，黃石公園裡面已經有一百二十四隻狼。引進狼之後的三十年裡，馬鹿少了百分之六十；雖然獵人和灰熊也有減鹿「貢獻」，但是狼發揮了有效的「鹿量管制」作用。山楊樹和柳樹成長了五倍，鳥兒開始回來，而河狸又有了樹枝可以建築水壩，於是野鴨、魚、水獺就重新回到河裡。

狼也吃土狼，土狼少了，田鼠和野兔就多了；田鼠野兔多了，狐狸和老鷹，也就回來了。

黃石公園說明了一件事：用以人為中心的「物種主義」去對待野生動物，會造成整個生態環境的失衡。

*

飛飛這一代新人類長大，當他們進入森林散步的時候，遇見狼，已經不會驚慌失措，或者拿起獵槍射殺。

但是會有這樣根本的態度改變，是經過努力的。孩子們很小的時候，就被帶到森林裡去學狼嚎，去欣賞狼的美，去認識狼怎麼過社群生活、怎麼愛自己的孩子，去學習一個全新的二十一世紀哲學：人，和動物，在地球上是怎樣一個相互依存的關係，人要如何尊重生命和生態，人要怎麼克服自己的恐懼和偏見。

感恩那可怕的

為什麼蛇，得不到狼得到的尊敬和保護呢？為什麼沒有全民的新教育，教育孩子怎麼去思考人類「物種中心」的問題呢？

蛇和狼一樣，可能傷害人類，可能傷及家畜，因此狼被人類積極射殺，蛇，也被大部分的人一見就殺，不論有毒無毒。

而蛇和狼一樣，也是「關鍵物種」。狼吃馬鹿，蛇吃老鼠，都是食物鏈「瀑布」的上端，對生態平衡起關鍵作用。

人類殺蛇更甚於殺狼。殺狼還需要獵槍，殺蛇則只需要路邊的石頭。路殺是大量的殺害，而棲息地的剝奪，更是這個地球上蛇越來越少的最主要的原因。二〇二二年全球爬蟲類調查發現，百分之二十一的蛇類已經瀕臨絕種，譬如英國最毒的歐洲蝰蛇，數量已經少了百分之九十。估計到二〇七〇年，蛇類在地球上會嚴重地「無立錐之地」。而學界最關切的問題之一是，不僅只蛇的棲地會大減，毒蛇的棲地會因為氣候變遷而更動，譬如非洲和亞洲包括中國，反而會增加了適合某幾類毒蛇生長的環境。[2]

人類可以把蛇類趕盡殺絕，但是趕盡殺絕的話，整個自己所依存的生態環境也就終結了。不趕盡殺絕，就必須了解他，認識他，熟悉他。

*

人類對蛇的「誤解」，可能還超過對狼的敵視。譬如說，人人怕蛇，但是，究竟多少人真的死於蛇咬呢？

看地區。以農業為主的印度，每年估計有五萬八千人死於毒蛇，佔全球蛇咬死亡人口的幾乎一半。[3] 但是在工業國家，譬如美國，每年因蜂螫而死的，大概有五十人，被雷打死的，接近四十人，被蛇咬死的，大概只有十人。澳洲是個多蛇的國家，有一百多種毒蛇，但是每年死於毒蛇的，只有一人。

台灣，死於車禍的每年有三千多人，其中包括四百多人是走在路上被車撞死的。死於職災的——在工作場域被砸死、壓死、夾死、燒死的，一年有三百多人。

處於亞熱帶、爬蟲出沒的地方，所以台灣死於蜂螫、蛇毒的人，想當然耳，應該不少吧？事實上，死於蜂螫的，從二〇〇一到二〇二一的二十年間，總共十七人，平均一年不到一個人因虎頭蜂螫而死。同樣的，台灣因蛇咬而死的，平均一年也不到一個人。4

人對蛇極端反感、厭惡、恐懼，而事實上，人被蛇咬死的機率，比被雷打死還小。

所以，面對一個對人類其實危害甚小的動物，人類所表現出來的恐懼的深度、暴力以對的強度，奇異地不成比例。

*

又是一個春天。傍晚，在石牆那邊看見兩條蛇皮，都有一米長，蛻下的完整蛇皮。

告訴了曾經住在台北新店山中的好友，她哈哈大笑，說，她的隔壁鄰居，在收拾換季衣服的時候，在她衣櫥裡發現了一條一米長的蛇皮。「那條蛇，把她的衣櫥當家，跟她同居了起碼一年。」

我苦笑：「你真會安慰人。」

恐懼依舊，但是我已經學會了不少事情。譬如說，出門行走一定帶著一支竹杖，進入草叢一定敲地發出聲音。譬如說，只要下地幹活就一定穿長筒雨靴，雨靴脫下來則一定鞋口朝下擺著，即便如此，次晨穿上前，仍舊要把靴子拿起來往下倒一倒，絕不能一腳就踩進去。譬如說，絕不隨意伸手進入葉叢去抓樹幹，樹幹上常捲著青竹絲。譬如說，冬天起篝火的木柴一根一根堆在陽台下，要抽取前，一定先大聲敲打，絕不把手伸進木柴堆裡，絕不把手伸進石頭縫裡，絕不把手伸進任何洞裡，絕不把手伸進任何看不見底的水管或溝裡……

這當然包括，用馬桶前一定先看一下馬桶的水。

不明白自己為什麼對蛇有如此非理性的恐懼。但是如果一直害怕狼、消滅狼的人，可以開始學習怎麼尊重狼、欣賞狼，那麼我，對於蛇的原始恐懼，是不是也可以做點努力啊？

*

坐下來，打開電腦，下了決心鍵入「台灣毒蛇圖鑑」，一列恐怖的蛇臉出現。我一邊直著眼睛看，一邊想呻吟。

跟我一樣想「呻吟」的人，一定不少。在臉書做了一個小小的問卷，題目是：「如果你住在山上，必須二選一的話，你寧願家旁邊的森林裡有狼，還是有蛇？」答覆「狼」的人，佔百分之八十。寧可有狼，不願有蛇做鄰居的原因：

滑溜溜樣子很恐怖。
神出鬼沒，看不見，可怕。
冷冰冰、滑溜溜的，看了毛骨悚然。
很怕有一天馬桶裡鑽出蛇來。
蛇有可能爬進被窩。
蛇看起來就很陰險，可怕。
無聲無息的，恐怖。
長的樣子實在可怕。

神出鬼沒又冷血，太可怕了……

蛇臉圖像還是給我帶來太大的衝擊，還是從文字閱讀開始吧。

*

蛇，竟然不是「冷血動物」，她是變溫動物。

我是溫血動物，有內建的調溫機制，太熱時，我的汗孔打開來排汗；太冷時，我讓皮膚顫抖、血管收縮，保存能量。蛇是變溫動物，沒有內建的體溫調節裝置，必須依靠外在環境來讓自己覺得舒服。如果太冷，她就得找到有陽光的地方把身體曬一曬。如果太熱，就要趕快躲到石頭下、草叢裡陰涼的地方，讓身體涼下來。

設計蛇身體結構的造物者，把節省能源考量進去了。蛇原是蜥蜴，在進化過程中，「極簡」發揮到極致：體內調溫機能，刪了，可以節省能量。相對於哺乳類的我，內建調溫功能使得我需要大量能量，蛇卻只需要一點點就可以存活，而且還可以把能量儲存起來備用。

原來蛇，很需要溫暖。

突然就明白了為什麼會看見蛇在路面上曬太陽。她冷得受不了的時候，從濕冷的洞穴裡游出來，爬到路面，尋找溫暖。可是，她出來曬太陽的時候，往往就是她被殺的時候。小時候的課本會教「孫叔敖殺兩頭蛇」的故事。那是西元前六百多年，楚國宰相孫叔敖小時候在路上看見一隻有兩個頭的蛇，他把蛇殺了，埋了，因為他知道一個傳說，誰見到兩頭蛇，誰就會死。為了不讓別人喪命，他消滅了蛇。

那隻「兩頭蛇」，很可能是兩條正在煦煦陽光下交配的蛇，交配時被殺。

劉邦帶著十幾個犯人逃亡起義，路上被一隻大白蛇擋路，他提起劍，斬了大白蛇。那所謂「擋路」的大白蛇，應該只是在路上曬太陽取暖。而且，既然是「白富美」，應該是條無毒的蛇。

*

原來，我應該感恩蛇的極簡。變溫動物需要的能量少，所以她就不需要大量獵殺，留下了更多的小動物，增加了生物的多樣。

我同時應該感恩上天仁慈，在食物鏈裡沒有把人定位做蛇的食物。說蛇會追人，是人的自我中心情結作祟。人既不是她的食物，她為什麼要花力氣追呢？她沒有腳，追起來很累的。蛇，只有在人的動作驚嚇到她時，自動的防衛機制會使她反應，否則，她寧可離得遠遠的。如果說，害人之念、仇恨、報復、嫉妒、覬覦等等動機叫做「壞」，那麼其實這地球上只有「壞人」，沒有「壞蛇」。

我還應該鞠躬感恩蛇的沉默付出。沒付工錢，她卻是我庭院的季節長工。她喜歡吃鼠輩，而鼠，是帶菌的。我的庭院到現在不曾見過鼠，蝸牛也沒吃光我所有種下去的菜，應該是蛇在我看不見的地方默默服務、日日除害的成果。一隻一公尺長的眼鏡蛇，一年可以吃掉五十二隻又肥又大的老鼠。之所以從來沒買過殺鼠的毒藥、殺蝸牛的農藥，是因為我有一個躲著我的勤奮長工。

凌晨兩點上了我陽台使得我歇斯底里的眼鏡蛇，也許只是在尋找冷天裡的一點暖意而靠近了房子？也許只是在追一隻蟾蜍而被誘引上了陽台？

*

我能夠繼續逃避看蛇的臉嗎？

以毒攻毒，就從最害怕的地方開始吧，讓我好好注視她。如果五歲的飛飛畫過狼的腳印，讓我試試看，畫一張蛇的臉，蛇的身體。

壓住心情，做功課。畫一條蛇。

把一條蛇展開在桌上看，頭在左邊，尾巴在右邊。那麼她的重要器官集中在前段的四分之一：頭、食道、氣管、心臟。中段佔了身體一半，有肺、肝、胃。最後四分之一，有小腸、大腸、生殖器、腎臟，和肛門。

如果讓蛇和我直立起來併看，就會發現，我們身體的內在結構，其實很像。同屬脊椎動物，我有二十六節，她有幾百節。她的極簡，不但刪除了內在的調溫設備，甚至把四肢都減去了，只留下了骨盆，表示她在久遠以前曾經和我一樣有後腿。我所刪除的，是尾巴，但留住了腿。

蛇下巴也刪去了一塊骨頭，下頷骨中間斷開，她的關節因此完全不受限制，可以把嘴巴撐開成一條直線也不會脫臼，可以吃下比她大很多的食物。池塘那隻盤古蟾蜍，可以想像大到什麼程度，以至於那條南蛇整個嘴巴打開也只能含住蟾蜍的一半。如果不是我驚恐之下把她暴力抓走，她是可以慢慢來，把肥美蟾蜍一寸一寸吞進肚子裡去的。

如果我的下巴和她的一樣，我張嘴應該可以囫圇吞下一整隻兔子。

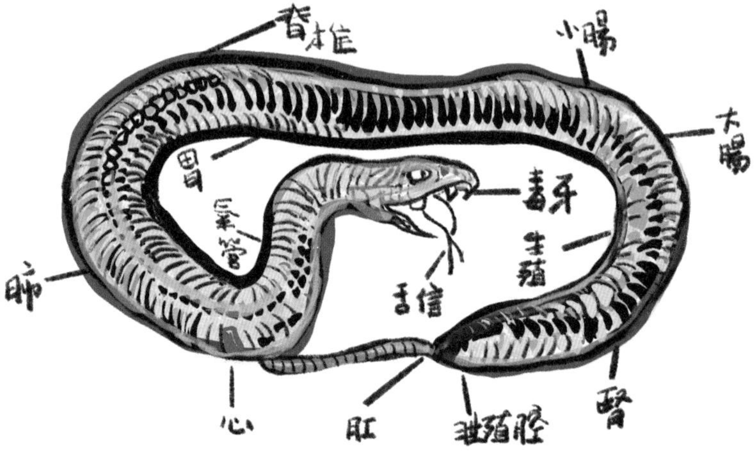
脊椎
小腸
大腸
胃
毒牙
氣管
生殖
肺
舌信
心
肛
泄殖腔
腎

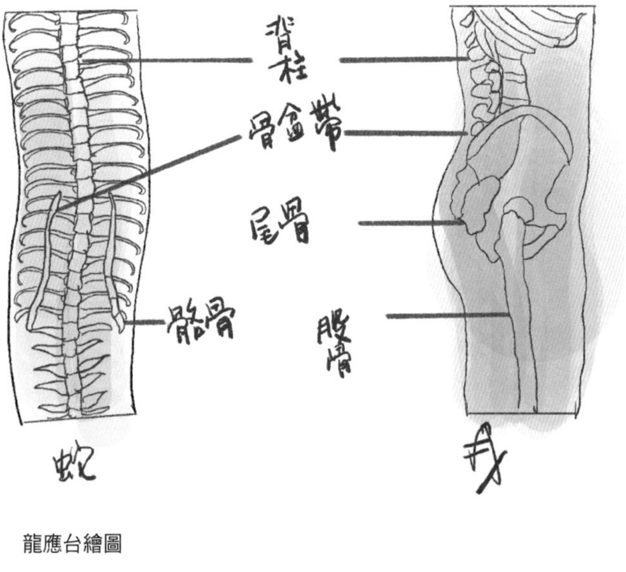
背柱
骨盆帶
尾骨
髂骨
股骨
蛇
我

龍應台繪圖

黑，竟然這麼亮

夜裡開車回家。沒有房舍、沒有路燈的山路，四周是黑森森的樹林，夜黑得深不見底。一陣小雨暫歇，白天曬得太熱的路面升起水氣，車燈之下的黑色地面上，漂浮的白霧在移動，像女鬼白袍的裙袂飄忽。

在都蘭橋停下車，關掉引擎——這就是艾蜜釋放眼鏡蛇的地方。打開車窗，森林的風帶著生猛的氣息撲面而來。橋邊竹林搖晃，巨大高聳的竹竿在風裡碰撞摩擦，嘎嘎作響。橋下的都蘭溪水流淌，有潺潺音，也有水落懸石的重擊聲。蟋蟀在草叢裡叫，蒼涼的羌吠一聲一聲傳來；這麼晚了，為何吠鹿還在走動？

夜的聲音，靜極了，可是，如果你的身心比山、比水、比樹還靜的時候，黑暗曠野的那個「靜」，澎湃而巨大，充滿整個耳鼓。

孤單一人在荒山中、老橋上，籠罩在山谷中沉鬱的黑，被無數藏於幽深的動物包圍，我怎麼不怕黑了？

曾經怕的。夜黑、山深、四周無人而風聲蕭瑟，室內孤燈相對，貓頭鷹詭譎的呼聲彷彿來自另一個世界。膝上的一本書突然掉在地上，「啪」一聲驚得我跳起來，意識到自己其實是全身緊繃的，不知害怕的是樹林裡正在匍匐走動的野獸，還是想像中沒有腳、沒有臉、只有說不出的哀傷憂鬱的山鬼遊魂。

*

我開始認識這條山徑上的每一個轉彎、每一種樹、每一座橋。竹林過後是大葉欖仁，大葉欖仁過後是九芎和桃花心木，左轉處有一片二葉松林。橋下的都蘭溪水裡趴著奇峭巨石，巨石正上方有一株巨大的老茄苳，頂端有被閃電燒過的痕跡。我連獼猴們藏在哪幾棵樹都了然於心，車經過時慢下來，知道他們在都蘭橋後桐樹的綠葉濃密處注視我。

然後海風把山下村子裡狗的聲音斷續傳遞過來。狗的「悲泣」，一種壓抑的、委屈和哀怨的嗚咽，悠悠長長從山下燈火稀微處隨風穿過田野、溪流、竹林，一縷輕煙似地傳到沉浸於黑暗中的我。

不再恐懼無星無月的黑暗，不再恐懼黑暗中靜默的森林，不再害怕沒有路燈、只有雜草覆蓋的山路。反而，在黑夜的靜謐裡，淡然而篤定地知道：夜晚吹起的離岸風正跨過都蘭山脈、撫過柔軟的竹林；黃嘴角鴞的大眼睛正盯著草叢裡埋伏的田鼠；山羌終於在樹下棲息，把頭蜷在自己肩膀上，今天可能有點餓；海水正用浪一陣一陣撲著潮濕的石頭；院子裡的雞，放下了眼簾。

＊

怎麼處理恐懼呢？

滅了所有的燈，出去注視黑夜吧。

一旦認真注視，就發現，黑夜不黑。

不論有沒有月光，逐漸地，樹的輪廓清晰起來，狐尾椰子一絲一絲的穗葉線條分明；樹的枝椏間有一個鳥巢，鳥巢有一個小小的開口。抬頭看都蘭山，山黑，因此山稜線上，星斗晶晶然。黑夜中的海，竟然是銀白色的，綠島像隻長吻鱷魚，趴在海面上，一動不動彷彿睡著了。島上燈塔的光，每十秒，刷亮天空。

走下陽台，站到草地上，看到自己的腳，月白色的。黑，竟然這麼亮。

一旦認真注視，就發現，黑夜不黑。

讓她們都睡吧

雞的體內有導航器和計時器。黃昏一到，本來在很遠的草叢裡玩耍的雞，都會準時回到黃連木下，準備就寢。

樹下有二十隻雞，有的站在坡地邊緣，有的已經飛到窗沿，有的站在離地面最近的一根垂枝旁。

陽光隱沒在都蘭山，天上的紅霞轉淡粉，雞，像起跑線上的運動員，看準了目標，試了試頭頸動作，剎時起飛，一陣此起彼落拍翅聲中，紛紛降落在事先相中的樹枝上，抓穩，再調整一下位置。若是茸茸幼雞，就會儘量跟媽媽落在同一根樹枝上，萬一降落錯了，就要慢慢挪身體，攀過一枝又一枝，最後挪到媽媽那根樹枝上，把頭擠進她的翅膀下，緊緊依偎。

每個夜晚，書房旁邊這株黃連木，棲了一整樹的雞。

一家母子，依偎著睡了。飛行課，明天繼續。

這天夜很深的時候，下了一陣大雨，掛念濕淋淋的小雞會不會摔下來，帶了手電筒來到黃連木樹下。地上濕滑，雖然雨暫歇，雨滴不斷從層層樹葉滴落在我頭上。黑暗中，手電筒從最高的樹梢開始照射，一層一層往下看，雞兒安然。

照到最接近我的頭的矮枝，黑褐色的樹枝卻有一截異樣的鮮綠。

是一隻赤尾青竹絲盤在樹枝上。

艾蜜這時悄悄來到我身後，她也看見了。

「很毒的蛇。怎麼辦？」她說，「我去拿捕蛇夾？」

站立在赤尾青竹絲下面，手電筒把那青竹絲照得如此清晰，尾巴是紅的，身軀是奪目的綠，一條長長的白線沿著腹部，有黑色的間隔短線，襯著她綠色的身體，像一條特別裝飾的縫線。

她上面的一根樹枝，就睡著桃子和桃子六週大的兩個雞娃娃，抱成一團。

雨滴不斷滴在我頭上，流進我的眼睛。

收起手電筒，悄聲說，「不要拿蛇夾，讓她們都睡吧。」

*

第二天清早，艾蜜餵雞，高興地叫，「雞沒有少。」

---

1 英國自然史博物館：https://www.nhm.ac.uk/discover/news/2021/september/explosion-in-snake-diversity-after-dinosaur-extinction.html
2 氣候變遷導致毒蛇領域更動：The Lancet; https://www.thelancet.com/journals/lanplh/article/PIIS2542-5196(24)00005-6/fulltext
全球爬蟲類評估報告：https://www.nature.com/articles/s41586-022-04664-7
3 聯合國世衛組織：https://www.who.int/india/health-topics/snakebite
4 衛福部：https://www.mohw.gov.tw/cp-3199-22245-1.html

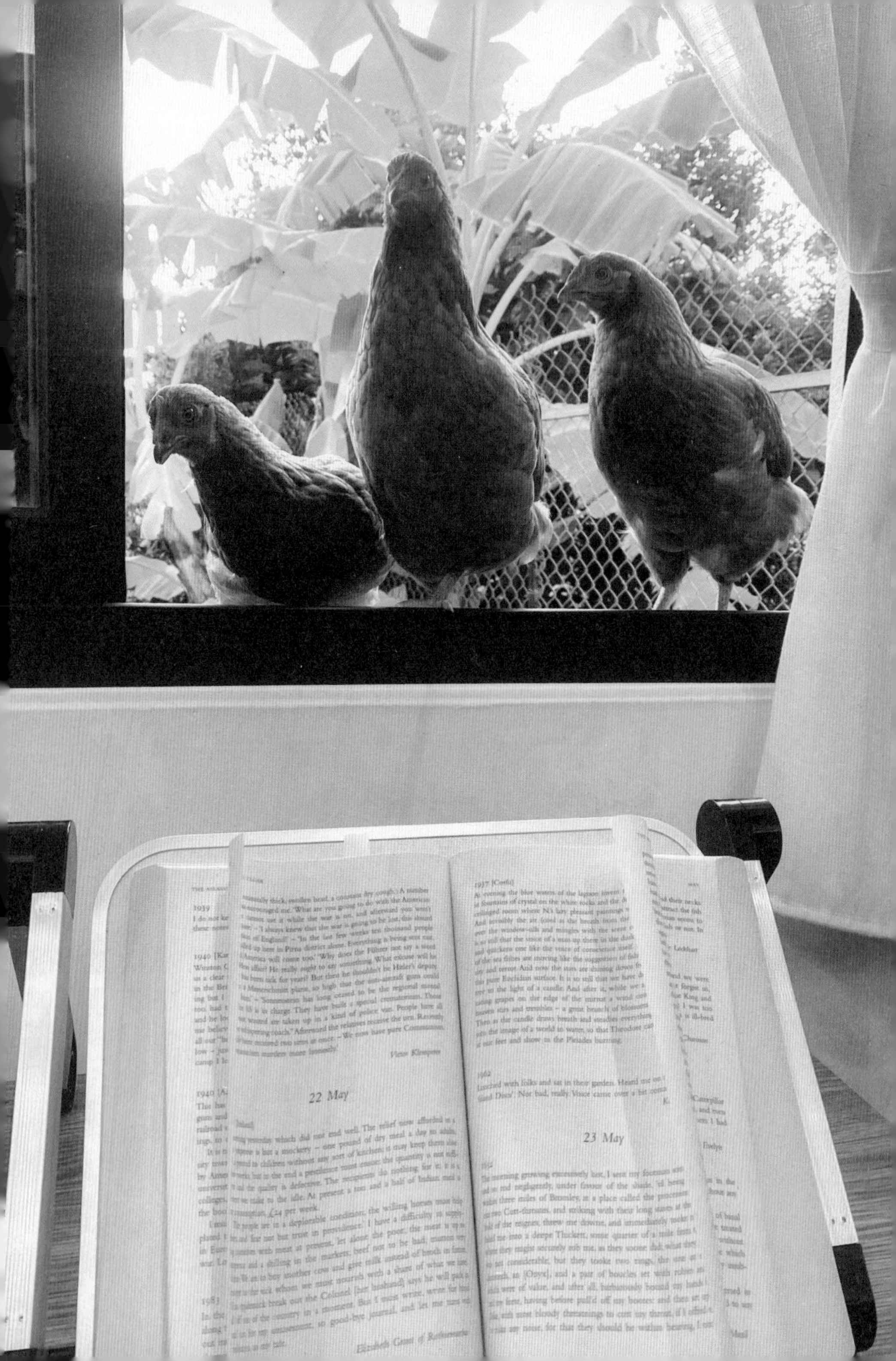
22 May
23 May

第八章

萬物生生

你和她的關聯是什麼——
在同一個星球上，使用同一片土地，呼吸同一片空氣，
如果高山崩了、大河枯了、冰川融了、水淹了地鐵、火燒了森林，
你和她其實同島一命……

芝麻

小鎮動物診所門口，騎樓下，已經滿是候診的人，分坐在兩列矮凳子上。一隻貴賓狗像嬰兒一樣被一個女人摟在懷裡，毯子裹著，露出一張小小的臉，眼睛和鼻子像鑲在布玩偶上三顆大粒黑葡萄，晶亮晶亮的。一隻吉娃娃幾乎跟一隻老鼠一樣大，把頭貼在一個很胖的男人的胸口。比較大的狗，趴在主人腳邊，主人的手一直在愛撫大狗的頭。一隻肥胖的黃貓蜷在一個老婦人的膝蓋上，婦人的眼神看起來很悲哀。

我提著一個塑膠菜籃出現了。站在這兩列人前面，簡直就是經典西部牛仔片中屁股上插著兩把槍的牛仔，隨著配樂，日正當中、堂堂出現的情景。所有的人都抬起頭來看我。先看我，然後看我的菜籃子。

菜籃子裡，芝麻被一塊印著鮮豔大紅花的客家花布包著。超出菜籃子邊緣讓大家都看見的，是她的毛毛的臉和紅冠。她一動不動趴在菜籃裡，但是眼睛滴溜滴溜看著這個世界。

大家都禮貌，假裝把眼光移走，然後用眼角偷偷注視。

最後，那個抱吉娃娃的男人忍不住了，他客氣又遲疑，「籃子裡真的是……？」

我點點頭。

其他抱著、摸著大小狗、胖瘦貓的人，其實都豎起耳朵在聽，然後迅速整理出「見怪不怪」的表情，繼續假裝沒在看。

＊

芝麻活脫脫美麗得就是那個搭南瓜馬車的公主。

白袍醫師胸前掛著聽診器，手裡抓著電筒。他讓我把芝麻放在醫檢台上，說，「嘴巴打開說『吖……』。」

我都想替芝麻說「吖」了。她的嘴巴上下兩片硬殼，我用手指把她的嘴撐開，醫師有模有樣地拿著燈照進她的喉嚨。

「她有舌頭嗎？」忍不住說，「你會需要壓舌板嗎？」

一開口，就知道我犯傻了。她當然有舌頭。如果夜市裡買得到鴨舌，那麼芝麻當然也有舌頭。

李醫師拿起聽診器，貼近芝麻鼓起的胸部，凝神聽了一下，轉過來嚴肅地說，「應該是感冒了。她晚上怎麼睡覺？」

我描述她的床，告訴醫師我怎麼拿著鐮刀去割草，怎麼把草鋪了厚厚一層，在一個大紙箱裡，做了一個公主規格的床，稻草裡若是放幾顆豆子，芝麻一定也感覺得到。

他搖搖頭：「一定要讓她睡在高處。讓她到樹枝上睡，或者搭一根細竹竿，讓她上去睡，她的腳爪抓著竹竿，不會掉下來的。在地面上睡的話，她睡著了會把頭『折』下來，鼻子嘴巴直接塞進地裡，滿鼻子沙土，會生病。」

醫師開了藥粉，主要就是治感冒的成分，再細心囑咐我如何照顧病人：給她高能食物，讓她多喝水，晚上一定要保暖，不要讓她凍著了……

外面騎樓下還有那麼多陸續到來的抱著貓和狗的人，我趕忙準備付帳。

「多少錢呢？」

他愣了一會，一時答不出來，然後說，「你買她花了多少錢？」

「六十塊。」

醫師很明顯地陷入困境，說：「你買她才花六十塊，那我給她看個感冒，你說可以跟你收多少錢呢？」

這一天，芝麻的開銷是這樣的：

藥及診費	200	
高能飼料	60	（二公斤）
寶礦力水	19	（一小瓶）
燈泡	20	（二十瓦）
電線開關	179	（一只）
延長線	395	（一・八米）

873元

*

芝麻的眼睛又圓又大，黑色的眼瞳，雙眼皮。臉頰粉紅，頭上戴的是水蜜桃色的冠，形狀真的是后冠，鋸齒線條清晰優美。一頭金色長髮，蓬鬆地披到肩頭，其實她沒有肩膀，而是一頭長髮飄逸直接披到腰身，而腰身穿著蓬蓬裙，裙是金色的底，綴著黑圈圈斑紋，像舞裙一樣從裡到外漸層膨脹。芝麻活脫脫美麗得就是那個搭南瓜馬車的公主。

如果一定要吹毛求疵的話，那麼芝麻小姐唯一的「缺點」，就是腿短。因為腿短，蓬蓬裙又蓬鬆寬闊，走起路來一搖一擺，就像個矮矮胖胖、憨態可掬的村姑。她想看你的時候，還不好意思正眼盯著看，總是靦腆側過臉去，假裝看向他處，其實是在端詳你，眼睛那麼天真，那麼強烈的好奇，好像有千言萬語。

帶著感冒藥，提著菜籃子回家。我學會了怎麼打開雞的嘴巴餵她喝水。

沒有公雞怎麼生蛋？

動念養雞，是因為住到了鄉村，小時候的記憶猶如陽光照亮了懸在空中的蛛絲，驀然鮮明。我出生的一九五二年，台灣的平均每人所得是二一三美元，在二〇二四年則是三萬四千三百多美元。在兩百多美元的年代裡，稻田水渠裡都有泥鰍，很多孩子們打著赤腳上學，家家戶戶都養雞。

小時候的台灣，或者說，幾千年來的農業社會，雞、鴨、鵝、豬，是跟人一起生活的。家禽、家畜、家人，三位一體組成家庭生活，尤其是雞，和人一樣在室內室外自由來去，其實就是長得像雞的「家人」。農村小孩在雞鳴聲中起床，先隨著大人向供在正廳的祖先牌位拜一拜，然後就開始體力勞動。菜園子裡的蝸牛，若是雨後，滿地都是，有時候幾十隻黏成一團，隨手撿起來一大桶，抱回廚房讓母親剁碎了之後，拿去院子裡餵雀躍等候的雞。

下蛋的母雞，是家庭的經濟基礎。做母親的拿著蛋到村子雜貨店去換錢，順便買包糖果回來給孩子。家家有雞，然而雞，可不是輕易吃的，和豬肉一樣，只有逢年過節才在餐桌上看得到。雞肉不是「菜」，是貴重的「祭品」和「禮品」；首先祭神，普渡要用、拜媽祖要用、謝王爺要用。祭過之後，也不一定輪得到家裡人自己享用，要留做宴請客人時最氣派的那道主菜。不拜神的時候，雞肉就是珍貴禮品，送給幫長輩看病的醫生，送給幫孩子補習的老師，送給你有求於他的人。

那時的女人，生活所需，都會殺雞。我看隔壁賣菜的女人阿珠嬸殺雞，拿的是剃刀刀片，刀片只有一張郵票那麼大，在陽光下閃閃發光。阿珠嬸手握剃刀，對著頭下腳上吊綁著的雞喃喃唸經，「做雞做鳥無了時，趕緊出世做好額人的囝兒……」，然後一刀劃下。雞血沿著脖子往下流進一個張口的碗；雞的眼睛還張開著，眼瞼動了一下。

有一次，不知怎麼，她割了一刀的雞竟然又跑回院子裡，和其他的雞一起啄食地上的碎米，一身鮮血淋漓宛如兇案現場，嚇得孩子們雞飛狗跳。

要雞投胎做「好額人的囝兒」，有錢人的孩子，給年幼的我留下深刻的印象。殺雞的阿珠嬸分明是在向雞道歉，表達自己的情非得已，同時對雞的未來命運給予祝福。她確信雞，會投胎轉世。

多年後，在一個紀錄片裡看到篤信天主教的南美黑社會毒販，殺人的前一刻，先在胸前劃個十字，嘴裡碎碎唸經，然後才行刑開槍；我想起了阿珠嬸。

雞是親密的家人，同時又是屠宰的肉食，這兩件事，對阿珠嬸而言，顯然並非全然沒有感情衝突和道德矛盾。死前唸經，相信轉世，顯然不僅只讓被殺者可以有點安慰，也讓那殺人者減輕自己的罪孽——這一世殺了你，反正你還有下一世，而且我祝福你。

貧窮匱乏的年代裡，母親的愛，往往在雞蛋上流露。你看著含辛茹苦的婦人一大早起來餵雞，咕咕咕叫著雞，撒下穀粒和殘菜。晚餐，留下不賣的幾個雞蛋，端上桌來，在昏暗的燈光下，滿懷愛意地把煮熟的蛋放進孩子的碗裡。

＊

動念之後，就付諸行動。問村子裡的朋友，想要有雞蛋，到哪裡買活的雞？

第二天，好朋友抱來三隻雞，一身油亮黑羽毛，身型圓滾滾的，加上腿短，看起來就是三個穿著誇張蓬蓬裙、長著蘿蔔腿的胖女人。

當她說三隻都是母雞時，我困惑了：「都是母雞，沒有公雞怎麼生蛋呢？不是要一公一母嗎？」

她用同等級的困惑回看我：「你不是只要蛋嗎？」

「是只要蛋，可是，沒有公雞怎麼生蛋呢？」

「生蛋不需要公雞。」

她好像沒聽懂我的問題。

「可是，」我說，「生蛋就要『生』，沒有公雞，母雞自己怎麼『生』啊？」

她張口結舌了好一會，設法找出一個我可以聽懂的說法，結果說了半天還是：「母雞生蛋不需要公雞。」

「沒有公雞，」我說，「怎麼生蛋呢？」

我們就在那兒鬼打牆、雞同鴨講了一番。

等到終於弄懂了為什麼「生蛋不需要公雞」的時候，我轉而奇了：「母雞生蛋不需要公雞」這個常識，是「全世界都知道、只有我不知道」，還是別人和我一樣欠缺常識？我的無知特別傑出嗎？

帶著科學精神，打了十通電話，給十個好朋友，做民意調查。這十個人，包括大學教授、作家、總編輯、政府官員、國會議員、中央研究院院士、藝術家，還有一個前總統。

是這麼問的：「想要每天有新鮮雞蛋，所以我應該養兩隻母雞還是一公一母？」調查結果是，十人中，七個人用或率直或揶揄的語氣告訴我這是一個多麼愚笨的問題，「那當然要一公一母了。」

其中一個高官好友，劈頭就說，「你小學生嗎？問這種問題。沒有公雞，母雞怎麼生蛋啊？」

正確答覆「生蛋不需要公雞」的那三個，都有點結巴，「生蛋，兩個母雞……應該可以吧……」

在讚美他們答對之後，追問：「為什麼沒有公雞，母雞可以生蛋呢？」他們支支吾吾，說不出個所以然來。最後只能說，「因為，因為……小時候我媽養雞，給我們吃蛋，她買的都是母雞，所以我想，生蛋只需要母雞。」

歐盟的前農業部長是個奧地利人，我帶他到屏東看台灣的精緻農業。一條滿身斑斕的錦鯉，在荷蘭的國際錦鯉選美大賽中得獎，可以賣到六百萬台幣；晶瑩剔透的觀賞蝦，從屏東一隻一隻分開包裝，飄洋過海到了歐洲市場時，一隻蝦售價六十歐元。興高采烈地談台灣農業的技術突破，不知怎麼話題就轉到了雞。

我驕傲地宣布我是擁有五隻雞的新雞農，同時笑談那個高級知識分子好友圈的「雞識調查」。這位農業部長聽完了，認真地說，「你如果到維也納或是布魯塞爾去做這個調查，我相信可能十個人裡有八個認為母雞生蛋需要公雞。」

＊

一直到自己養雞了以後，才知道，閩南語用「卵」來稱「蛋」是多麼的正確。生蛋不需要公雞，是因為——想想看，女人月經排卵可需要男人？我們吃的所謂「蛋」，就是母雞從卵巢排出的「卵」，排卵哪裡需要公雞？「生蛋」這說法，連動詞都有問題。我們吃的蛋，未受精，其實不是「生」出來的，是「排」出來的，與「生」無關。

農業社會的人，和雞親近，了解雞，所以用語精準。「殺雞取卵」不是「殺雞取蛋」；「覆巢之下，豈有完卵」，不是「覆巢之下，豈有完蛋」；「危如累卵」，把母雞的卵堆疊起來，隨時會傾倒、破碎，比喻珍貴脆弱又處於危險的情勢，真實貼切極了，但不是「危如累蛋」。

元帥和他的愛

晨走時遇見贈我蝸牛的婦人，想起在她那兒聽見雞啼聲。

「可以跟你買隻公雞嗎？」

「要燉雞嗎？」她說，一面要我跟著她進入雞場。

「不是，」我說，「我想聽天亮雞啼的聲音。」

「吵死了，」婦人打開柴扉，「公雞沒有人要，都買來燉湯、做烤雞啦。」

大概有一百隻雞關在小小的雞舍裡，有點擠，但是畢竟每一隻雞都能站在土地上。公雞身材魁梧，雞冠並不比母雞的雞冠突出——是的，是的，母雞都有雞冠。但是公雞如此高大，全身羽毛豔麗，色彩光鮮奪目，完全是鶴立雞群的傲岸氣概，顯然公雞知道自己外型的高大俊美，自然流露出氣質不凡的自信。

「這是鬥雞，」她準備抓雞，「你看他的腳有多粗，腳的背部還有個武器。」

他確實腿又長又粗壯，腳掌巨大，穩穩紮在地面上，用老鷹似的眼神盯著我看。粗壯的長腿，腿背真的有武器，突出一根尖銳的刺，看起來非常危險。

婦人穿著長袖長褲，帶著手套，在公雞注視我的時候，她從公雞後面用一塊黑色麻布袋迅速蓋在公雞頭上，然後幾乎用「撲上去」的身段，把公雞環抱起來。公雞措手不及，在麻布袋裡掙扎了一會兒。

她把麻布袋裝進菜籃子裡，交給我。

*

從此，元帥就成為我的家人了。每天清晨四點，他的啼聲從庭園的另一頭，大概距離我的臥房一百五十公尺，叫我起床。啼聲本來非常宏亮，但是越過一百公尺的草地的溫柔，到達我枕邊的耳朵，聽起來就是幸福療癒的大地之音，讓我立刻感受到土地的初始、農居的清純、兒時生活的自然，更愛上了那種自己和土地是連結的感覺。

元帥的行為，卻令我驚異不已。

他有十個女伴，都比他矮半截、小一半。母雞們穿著蓬蓬裙，有的黑白，有的金黃，有的雪白，各自在草地上啄食。元帥像一個大將軍，俯視群姬。他跟群姬究竟什麼關係呢？有一隻矮矮胖胖的古早雞，叫桃子，不同於其他的姐妹，總是緊緊跟著元帥，不離不棄。元帥對她也特別親愛，會允許桃子啄他。

原來愛，是帶著痛苦的。桃子亦步亦趨啄著元帥，不是輕輕地吻，而是使力地啄，啄愛人的脖子，也啄愛人的屁股，啄到元帥脖子上、屁股上漂亮的羽毛，全被啄禿，啄到光光的脖子和屁股開始滲血，所以有時候，元帥是帶著一脖子血在和愛姬散步的。

就我所目睹，求諸研究文獻，發現，確實，對自己的寵姬，公雞會忍受這樣的愛的暴力。

元帥是個鬥雞，庭園裡無雞可鬥，他就把武器用在人的身上。任何時候，不論是訪客或主人，只要靠近他的愛姬，進入半公尺的圓周範圍內，他就會用他堅硬的喙和他腿上的刺刀，對準敵人一躍而上。我也因此被他啄得流血。所謂「雞飛狗跳」，通常想像的是四條腿的猛獸，狗，見到兩隻腳的雞，會追雞，驚得雞群一團混亂。但是元帥不同，當達爾文走近他的勢力範圍時，元帥繼續雄赳赳、氣昂昂，眼睛與狗對視，張開翅膀，準備跳起「戰舞」。一臉萌傻、小心翼翼求自保的，是達爾文。身為狗，達爾文大概做夢也想不到，自己會怕一隻雞。

*

元帥鐵漢，同時柔情似水。

對他的愛姬們，元帥可是一個有大愛胸懷的情人。當我把玉米，或西瓜，或木瓜，或菜葉，撒上草坪，眾雞紛紛飛奔過來的時候，元帥也在，但是他居高臨下看著眾姬搶食，自己卻等到最後，如果還有剩，才慢慢低下頭去啄食。

我不得不先撒食物把他的愛姬團誘開，然後特別丟一些美食到元帥的大腳邊。這時，一二姬子，眼角餘光瞥見了，會展翅急奔過來，一口把美食叼走，元帥就眼睜睜看著食物沒了，不動聲色，又開始瀟灑地、威嚴地，漫步草地。

有時候，從兩百公尺之外傳來一陣母雞突發的叫聲，一種驚慌、恐懼、求救的呼聲。這時候，人類，我，就會從房間裡快快走出去，想看看是不是天上飛著的大冠鷲，或是草地上游走的大蛇，走近了母雞。

才踏出書房，站在陽台上，已經看到元帥抬起長腿大腳死命飛奔，一副夸父逐日的姿態，翅膀張開，半跑半飛，緊急態勢，奔向他呼救的姬。一分鐘之後，就看見元帥領著那個寵姬——胖嘟嘟的她緊緊傍著她的「男人」，恩恩愛愛地，慢慢踱回來。

這是怎麼回事呢？雞，怎麼會和人有一樣的行為，和感情？被我們當作食物的雞——有感情嗎？

身為狗，達爾文大概做夢也想不到，自己會怕一隻雞。

生生之謂易

我的驚詫與疑惑，沒完沒了。

到養殖場去買白蝦。魚池邊看見十幾隻矮腳日本雞走來走去，那美麗，讓我驚為天人。

賣白蝦的主人帶我進屋，屋子角落有一個小籠，裡面有幾隻剛剛出生的幼雛，毛茸茸的，只有半顆洋蔥那麼大。

「選三隻，送給你。」

小洋蔥就是鵝黃色絨毛球，啾啾啾一天一天長大。四個月之後，看見他們真的是日本矮腳雞。身體比一般的雞要小很多，但是顏色的豔麗其他雞不可比擬。公雞的冠是強烈的紅色，一身披掛華麗的彩羽，但是腿卻又短到幾乎看不見。效果就是，日本雞的公雞，像極了舞台上走台步的戲曲演員，全副行頭——四面靠旗在背虎上，頸帶三尖，靠旗飄帶翩翩，蝶翅形狀的繡片蓋住肩膀和上臂，下身還有吊魚和絲綢做的飄帶。但是日本雞腿短，所以當他們堂堂走過書房前，我看到的就是一群戲台上的翩翩美公子，元宵夜招搖過市讓女子看。

這時，我就無法再回到書房，只能站在那裡，看，目不轉睛。看。

相對之下，母雞長得實在太平凡了。雪白的顏色，突出的胸部，短短的腿，走在草地上，就是一個圓團團在滾動。而兩隻公雞，爭著愛她，她被一身華服的公子們，追得滿地跑。

她叫白雪。

有一天，在鋪了稻草的紙盒子裡，發現一顆白色的蛋，七天之後，稻草上有七顆蛋。

*

我已經知道蛋是什麼了。

每天早上四點鐘，公雞開始放聲歌頌地球上又被恩賜了一個全新的日子。元帥和女朋友們紛紛雀躍到草地上去玩耍。七八點鐘的太陽照進雞舍時，這些女朋友們一個一個又回到雞舍，找到自己喜歡的稻草「床」，趴在那裡不動。過了一會兒，在房間裡的我，就會聽見唱歌，歌聲持續一分鐘，每天一定的旋律，就知道，稻草上有「卵」了。太陽變熱以前，女朋友們一個接一個地唱歌，到十點左右，可以去拾蛋了。

什麼道理，母雞生了蛋就高聲歌唱？

研究者猜測的答案有好幾個：

一是，從優生學的觀點看，人類以自己的需要育種雞，育到最後，留下來的雞都是那種產卵後一定唱歌的雞，因為有歌聲，人類才知道哪裡有了雞蛋，趕在蛋被蛇、被鼠、被鳥吃掉之前，把蛋撿走。

又有一說，是生物本能。母雞產了卵，一方面通知所有的夥伴，她在巢裡產卵了，大家小心，或者是，高聲唱，讓天上的鷹、草裡的蛇鼠，知道她在，不要靠近。

我寧可相信，唱歌是痛苦後的釋放和快樂。

雞是怎麼排卵的？從源頭的激素釋放，蛋黃凝聚之後蛋白形成，逐漸膨脹，到了狹

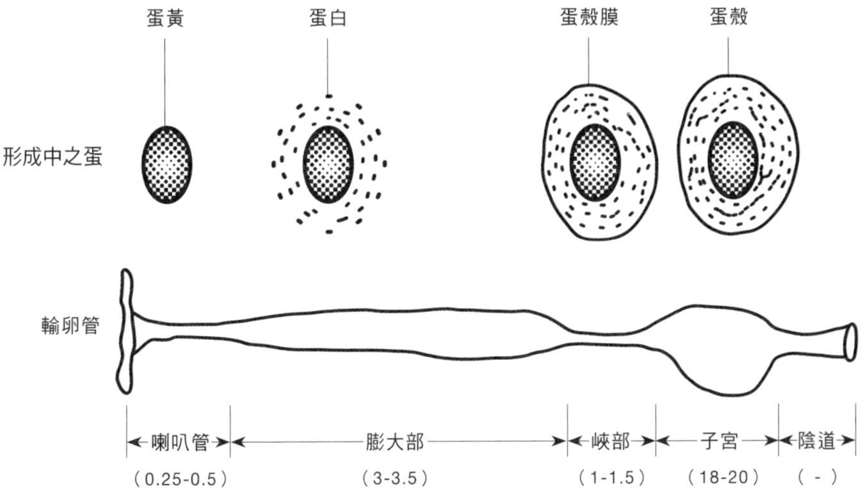

窄處，開始「噴霧」，蛋殼膜完成，蛋殼的顏色被色素沉澱決定，最後離開身體，整個過程大約二十四小時。輸卵管很細，雞蛋一步一步形成，到最後要把那麼大的蛋，完整的、渾圓的、飽滿的、注滿生命可能的蛋，推出那麼小的陰道，不可能不痛苦。

在市場上看不到的雞蛋是這樣的：有些蛋的蛋殼，有血跡，那是新母雞產道被撕裂的流血。

有些蛋的蛋殼，有粉粉白白的斑點，那是尿酸鹽結晶包在蛋殼外面。母雞很可能正在為痛風或者腎衰竭而折磨。

有些蛋的蛋殼，沾了糞便和髒羽

毛。很可能，母雞的腸胃道生病了。

雞，和人一樣，會生病，會疼痛，會痛苦。

*

穿上雨靴，手拎著竹籃，走過草地，到雞舍去撿蛋。拾起每一個蛋，心裡都說一聲「謝謝」。我和她，她們，都是這天地之間的雌性動物，知道我們的身體，必須經過痛苦，生命才得以延續。

所謂「生生不息」，是什麼呢？

《周易》是三千年前的書寫，說，「生生之謂易」。「易」是變化，有變化，所以有「生」。宋朝周敦頤的《太極圖說》，試圖解釋「生生不息」，說，「二氣交感，化生萬物，萬物生生而變化無窮焉。」

手裡一顆晶亮雪白的蛋，母雞在草地上散步，我知道，我和她，是「生生不息」的源頭，是同類，同身體，同情感，同痛苦和喜悅。

她下了今天的蛋，跳出巢唱歌的那一刻，明天的蛋，又在她身體裡面，開始醞釀。

我知道，我和她，是「生生不息」的源頭，是同類，同身體，同情感，同痛苦和喜悅。

且虐且殺

而人，是怎麼對待雞的呢？

她，是食物。她的兄弟姐妹，她的爸爸媽媽，她的孩子，都是人的食物。

肉雞，也就是元帥，五十天大的時候，就要被殺。他的身體，百分之七十切成肉塊，吃掉；百分之二十五到三十，碾成泥，製作合成食物，譬如雞塊、雞肉熱狗、雞肉鬆。

烤雞，也還是元帥，長到兩個月或三個半月的時候，就要被拔毛、屠殺，然後整個光禿禿的屍體拿去烤。

蛋雞，譬如芝麻，生出的蛋破殼而出的，可能是母雞，也可能公雞。如果是公雞，出生，毛還濕著，就被集體淹死或者絞死。若是母雞，養到大概五個月大，開始生蛋，一直生到一歲半。一歲半，就是她的更年期了。有些雞，這時會換毛，換毛之後再產六個月，就真的老了。

老了，人類會強迫她斷水、斷食，讓她的身體感受虐待和困頓。兩週後，再度餵食，這時她身體的機能會做最後的掙扎，突然又開始排卵，雖然也只是短短一段時間，那是垂死的奮起。人類要她的蛋，就把她的生命榨光。這種強迫生產的行為，在歐盟早就禁止。在亞洲，包括台灣，仍是常態。

老了，不再有生產力的她，生命的最後，被做成肉，人類把她曾經歡欣又歷經疼痛的身體，切成塊，拿去熬湯。

人，一年殺六百億隻雞。大自然的原生雞種幾乎全被消滅，只剩下人類認為可以滿足自己需要的、基因完全控制、標準化了的極少數雞種。

＊

一顆雞蛋多少錢？

啊，很難回答，要看那顆雞蛋的身分證。

一天早上，漫步走過維也納一個農民市集的蛋攤。我這個驕傲擁有十隻母雞、一隻公雞的人，當然得仔細端詳。雞蛋的完整履歷都寫在牌子上呢。

歐盟的標準：S＝53公克以下，M＝53-63公克，L＝63-73公克，XL＝73公克以上，這標示XXL就真的很有分量了。

雞蛋的出生地：奧地利。

雞蛋的媽媽身分：平地飼養。

「平地飼養」不是傳統籠養。傳統籠養，一隻母雞鎖在籠子裡一輩子只有五百五十平方公分的面積，比一張標準打印白紙還要小。

我眼前這標示「平地飼養」的蛋媽媽，不在籠子裡長大，她可以和她聒噪的女朋友在一個很大的「營房」裡生活。營房裡，歐盟規定，每一平方公尺不能超過九隻雞。意思是說，她的平均生活面積是一張標準打印白紙加上五張信用卡，但至少沒有籠子，她的腳可以碰到土地，她可以抓地、走動，可以和朋友們講話。

只不過，她在永遠人造光的照射下，從生到死，沒見過陽光。

歐盟國家裡，傳統籠養在二〇一二年禁止，擁擠的「平地飼養」在二〇二〇年也成為非法，現在，只有「放牧」雞和「生態」雞了。歐盟定義的放牧雞，每一位蛋媽媽必須擁有至少四平方公尺的陽光天空自由散步區，而奧地利自我要求更高，規定奧地利的每一隻雞至少要有十平方公尺的生活空間。生態雞，規格更高，飼料的百分之九十五，必須是有機食材。

如果是公雞，出生，毛還濕著，就被集體淹死或者絞死。

*

台灣有不少工業化的大型雞場，飼養二十萬隻雞以上，但還是以小農為多數，三萬隻以下的養雞戶佔了四分之三。飼養方式多半是傳統籠養，有些雞場，讓三、四隻雞關在一張白紙大小的範圍裡。同時，百分之八十五的小農，沒有資金去做圍網，於是野鳥和老鼠與雞共存，禽流感一來，雞場就屍橫遍野。

元帥和芝麻、布朗妮、桃子等等，是長光照的禽，需要充分的陽光，若是被圈在室內，也需要每天至少十七個小時的人造光。但是工業生產鏈上的蛋雞，終其一生見不到陽光，只有人造的燈光，或是人造的黑暗。

台灣大部分的雞場沒有燈光設備，長時間鎖在黑室內。工業化的大型雞場，用精密控制的人造光來刺激母雞排卵，譬如說，在小雞出生第一、二週，可能用二十四小時燈光照著她，刺激她加速長肉；下一階段，可能燈光調稍暗，而且每兩個小時一開一關，這樣可以誘引小雞在休息之後不斷、不斷地吃；當小雞六個月大時，燈光就整個調得近乎全黑，用來減少雞的攻擊性。

雞的攻擊性？飼養主看到的是，雞會相互猛烈啄鬥，往往把對方啄得遍體鱗傷或者活活啄死，甚至會把打敗的雞吃掉。

這有什麼好驚訝的呢？試試看把五個「人」終其一生關在一間公共廁所的大小空間裡，讓他們胸背相貼、呼吸互聞，不能轉身，不能躺下，會發生什麼事？

雞，認得每一隻其他的夥伴。對她們而言，每一個夥伴都是有名有姓，有上下左右關係的，是一個尊卑有序的社會。專家做過研究，當一個雞群大到九十隻雞的時候，這種社會秩序都還可以維持。但是在工業化雞場中，十萬、二十萬隻雞被塞進一個狹小空間，雞的本能被迫完全錯亂，無法辨識誰是誰了。她們的食物和水，來自自動控制的機器，她們的頭，只允許往一個方向啄食、飲水，她們被徹底機器化。本來在自然環境中充滿情感交流、遊戲互動的雞，既不能從飲水吃食的動作中認識彼此，也沒有空間讓她們從挖沙坑、曬太陽、找蚯蚓、相依偎、互耍鬧，透過各種生活的動作去知道自己的位置。工業化養雞，是雞社會的解體、崩潰。

在這種黑牢中終生壓迫，然後你驚訝她們為什麼會相互攻擊致死？

既絢爛，又孤獨

我看到的桃子、元帥、巧克力、芝麻、白雪、布朗妮、彩衣公子等等三十隻雞，從來不曾鬥狠。雞的聰慧，請你想像：

丟出一個球，落在濃密草叢裡，不見了。桃子遠遠看見一條空中拋物線，她會兩腳狂奔，奔向草叢。不必看到球，從拋物線的方向，她就知道球一定落在拋物線的終點。雞，就是鳥，鳥看到的世界比我做為人類要多彩豐富很多、很多。她的兩隻眼睛獨立運轉，可以掃射三百度的寬幅，我的只能看一百八十度。

我的眼睛只有三種視錐細胞，可以接收紅、綠、藍，光譜上非常窄小的範圍，波長較長的紅外線、紫外線，人眼是視盲的。

而我的桃子、元帥、芝麻，卻有四種視錐細胞，紅、綠、藍之外還有紫外光。

她能看到紫外線波段的各種光，還能看到紫外線和紅光、紫外線和綠光混合成的種種人完全看不見的非光譜色。

所以，假設元帥和我並排站在陽台上眺望太平洋，我們都看見鮮紅的九重葛盛開在油綠的草地上，草地一望無際的盡頭是藍色的大海。可是元帥的三百度寬幅視力，還可以看見我的腦後左邊那株苦楝樹開了淡紫色的碎花，腦後右邊那株木瓜樹長出了第一顆木瓜。前面，我看見紅花綠地藍海，他看見紅橙黃綠藍靛紫和繽紛層次的紫靛藍綠黃橙紅混合光以及我沒法憑空想像的、無法命名的顏色。

我這個「雞農」所看到的在陽光下、草地上漫遊的雞，永遠是好奇的、歡快的，活潑的，或許是因為，他們的眼睛所看到的世界，絢爛、豔麗到我們完全無法想像的程度。

＊

元帥除了清晨的啼叫，整天是沉著穩重的。他的腳板，真大。有時候，坐在書房裡，聽見腳步聲，以為是誰來了。事實上，是元帥，從書房後面，上台階，往書房前面走，那步伐在陽台木板上發出如同一個穩重長輩的腳步聲，啪、啪、啪、啪到了書房的玻璃門前，然後站著不動，盯著書房內坐在沙發上看書的我。

他挺直地站在那裡，長腿彷彿就「種」在地板上，紋風不動。這一站，足足兩個小時不換姿勢，看著我，陪著我。中間顯然累了，他閉上眼睛，站著打盹，片刻後，醒來，張開眼睛再度確認，我是不是還在那裡。

有一次，草坪上的野餐桌鋪上了雪白的桌巾，放上一盆花，等候客人來喝茶。元帥走到桌旁，站定，等候。他知道，有人要來了。可是開始大雨傾盆，雨水瞬間就把他打個全身濕透，他不躲不閃，任由嘩嘩的雨打在他身上。

他等著客人。

*

雞，非常地相親相愛。黃昏之前，她們已經紛紛上床。「床」，對身材高䠷的白色來亨雞和華麗花俏的日本雞而言，床在高高的樹上；對彪悍魁梧的元帥和圓滾滾的古早雞而言，床在雞舍裡的竹竿上。不論睡在樹枝上或是在竹竿上，她們豐潤的身體永遠緊緊依偎，一整夜的依偎。

譬如芒果、麵包、燒餅，是三姐妹的名字。初來乍到，身為陌生的「插班生」，很難打入舊生的關係網絡，因此三姐妹同進同出，一起玩沙，一起吃飯，一起睡覺，完全是國中女生手牽手、上廁所都要一起的那種形影不離。她們不睡樹上，也不睡雞舍，因為樹上、雞舍裡，都是舊生。不與舊生作伙，找到戶外的水泥洗手台，三姐妹就在洗手台上睡覺，一個貼著一個，抱團入睡。

一年以後，芒果和麵包病死了，剩下燒餅。

燒餅從此孤獨。舊生不會跟她玩，她也不理會舊生。於是她白天孤單吃飯，孤單玩沙，孤單散步，夜裡，孤孤單單飛上洗手台，孤單睡覺。所有的雞，都是群聚抱團而眠，只有失去了姐妹的燒餅，形單影隻，淒清落寞。

終於有一天，看見她不吃不喝，孤零零趴在洗手台上，久久不動。

可是開始大雨傾盆，雨水瞬間就把他打個全身濕透，他不躲不閃，任由嘩嘩的雨打在他身上。

把她抱到鋪了香蕉葉子的籠子裡，給她水，給她玉米粒。她仍舊不吃，不喝。

拿了一條舊毛巾，裹住她，怕她受涼；她看著我，任我擺弄。

拿了注水針筒，抱起她，撐開她的嘴，一小口一小口餵她舒跑水。她弱弱地看著我。

隔天早上，她趴在舊毛巾上。

我相信，她因孤獨而死。

*

這一天黃昏，突然發現元帥沒有回到雞舍，他站立在草坪一塊大石頭上，幾叢萬壽菊的後面，鳥瞰整個庭園，庭園外，是太平洋和太平洋上淡漠的天空、浮動的雲。

愛姬們都睡了，他怎麼會孤零零佇立在曠野中？怎麼了？

海上一片蒼茫，浪聲隱隱傳來，元帥傲岸的身影，映在暮色裡，簡直是曠世孤獨。

海風吹起的時候，他在想什麼？

穿過草地，輕輕走向他。他回過頭來，看著我。

困惑他為何在這裡蒼茫獨立。四歲的他，已是老人，是不是他的腿已經沒辦法跳下一層一層的石階，前往雞舍？是不是，他病了，因而憂鬱？是不是，他神秘地知道自己的生命快要走到終點？

從這一天開始，每天的黃昏，我注視他在萬壽菊叢中的身影，總是在暮色漸漸聚攏、海浪溫柔而寧靜的時辰。颱風過後，傍晚的天空藍得那麼深沉，把海水，染成藍墨水。元帥的身影，逐漸沒入暮色。

雞地雷

「好消息，飼料降價了。」

惠妹竟然去燙了頭髮，看起來更有風情了。我把一千塊鈔票給她找。一袋二十公斤的雞飼料四百七十元，十公斤的玉米，三百五十元。她找給我一百八十元，同時塞一把糖果在我手心。

學習做雞農，對飼料漲價降價這樣的事情，已經有一點明白了——動物飼料竟然和國際政治關係極大。二〇二四年的降價，是因為俄羅斯的廉價小麥大量出口，加上前一年俄羅斯又延長了烏克蘭從黑海出口農作物的協議，造成芝加哥小麥跌價。同時，美國和巴西的產量卻也大增，導致供過於求。台灣的黃豆九成以上都透過進口，小麥、玉米進口更是超過百分之九十五。單單自美國進口的「黃小玉」——黃豆、小麥、玉米，一年就有三百萬噸。

所以，元帥、桃子、芝麻他們吃的玉米、雜糧，都和國際局勢，尤其是戰爭，有緊密而立即的連動關係。

在戰爭的時候，雞，是前線士兵的關鍵食物，也可以變成武器。

海灣戰爭時，美軍為了科威特作戰，曾經提出過一個計畫：在雞身上綁上生化武器偵測設置，把雞裝進籠子，架在軍用悍馬車上；悍馬車推進戰區，當雞猝死，士兵就知道對方用了化武，立刻戴上防毒面具。

這個計畫一開始就喊停了，因為，第一次帶進科威特戰場的四十三隻雞，一個星期不到，死了四十一隻。[1]

一九五〇年初，冷戰最緊張的時候，德國是西方陣營對付蘇聯的前線。英國設計出一個「藍孔雀計畫」，名稱美麗，但是它真實的名字其實是「核武地雷毀滅計畫」，一九五四年開始啟動。作法就是，把幾乎等同原子彈威力的鈽，結合火藥，裝進一個巨大的鋼桶內，就成了一個有核武爆發力的地雷，然後帶到德國北方，埋進一百零五公尺

她們的體溫，可以當作暖氣爐，維持核武地雷的運作。一週後，她們渴死、餓死或窒息而死，那就剛好是引爆地雷的時候。

深的地下。

在蘇聯入侵時，引爆。

核武地雷製作出來以後，英國人發現一個問題：德國的冬天結冰，地面下溫度更低，會影響地雷的引爆。解決這個問題有一個方法，就是，估計蘇聯部隊可能到達德國領土的七、八天之前，先把幾百隻雞，裝進核子鋼桶，在鋼桶內留下一週的飼料和水，然後埋入地下。

幾百隻雞為戰爭怎麼效勞呢？她們的體溫，可以當作暖氣爐，維持核武地雷的運作。一週後，她們會渴死、餓死或窒息而死，那就剛好是引爆地雷的時候。

這個計畫，連實驗的鋼桶都製作完畢，可以用了，在最後關頭，卻因為考慮核爆的輻射會嚴重污染德國的土地，而且很可能炸死很多德國人，自己的同盟；英國國防部在一九五八年，終止了這個「雞核武地雷」毀滅行動。

如果計畫真的執行，雞，在戰後，就可能進入英國的「動物忠烈祠」，也就是在倫敦海德公園裡的「戰爭動物紀念碑」。

*

雞，跟戰爭從來脫不了關係。

第一次世界大戰中，法國糧食緊張，沒雞，也沒雞蛋了。美國的民間組織，譬如「美國革命之女」，就發起全民募捐，為戰場上的法軍士兵買雞、買蛋，口號是，「你捐

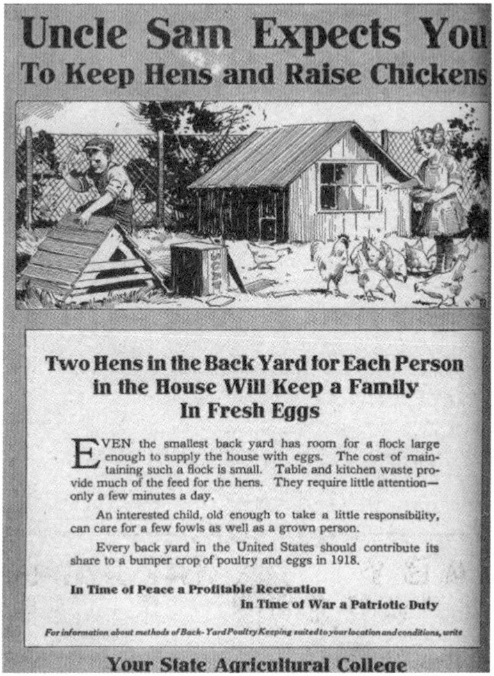

美國農業部：養雞吧！和平時，是快樂農莊；戰爭時，是愛國義務。

五分錢，他吃一顆蛋；你捐二毛五，他吃一隻雞」。

一九一七年，美國自己參戰了，更是舉國發起「全民養雞運動」。農業部發出的海報寫著：

大家養雞，一人兩隻！
庭院再小，也能養雞，家人吃蛋。
成本低，殘羹剩飯都是料。
一天只花幾分鐘，小孩大人都能顧。
一國民，一份力，貢獻一九一八總產量。
養雞吧！
和平時，是快樂農莊；
戰爭時，是愛國義務。

兩個頭、三隻腳的雞

一直到二戰之前，全世界都是家戶小農，庭院養雞。母親們，在後院裡，捧著一盆剁碎了的菜加殘羹剩飯，咕咕咕咕召喚，繽紛的雞，像一群幼兒園的娃娃們，拍著翅膀從四面八方歡欣鼓舞地飛奔過來。

大規模工業化全面消滅雞的自然生產方式，是二戰之後的事。這種發展徹底改變了人類和雞的千年傳統連接方式。今天大多數的人，唯一看見雞的機會，是在超市裡看見塑膠膜包好的「肉」：雞腳、雞胸、雞腿、雞翅膀，或者全身剝光了的全雞屍體掛在鐵鉤上。曾經是「家人」的動物，從人的生活裡消失。

大部分的人，沒見過走路的雞。

工業化生產，只有一個念頭，就是市場需求、利益最大化。生產者在養雞的過程裡，隨著市場做各種配種。譬如為了讓雞長肉，就把大體型的雞生出來的寶寶跟更大體型的雞交配。不斷交配育種的收穫是什麼呢？一九五〇年代，平均每隻肉雞重量不到一公斤，今天的雞，平均體重是四點二公斤。

這是製造出來的雞。

二〇二二年，美國養了五億隻雞，產出兩千一百萬公噸的雞肉，巴西其次，中國第三。這三地所產的雞肉加起來就是全世界雞肉的三分之一。消費者愛吃雞的哪一個身體部分，工業主就給你養出那一個部分極度發達而其他部分縮小的雞。譬如美國人雞翅吃得少，那麼一種翅膀很小的雞就被創造出來。愛吃雞腿，而且只吃腿的上半截，好，那麼就給你培養出一種上腿粗大、下腿萎縮的雞。雞胸肉賣得最好？那麼，就設法讓雞的羽毛稀少，散熱迅速，他就可以長出巨大的胸脯。

這樣的操弄，那原來自然活潑如兒童的動物，雞，怎麼樣了呢？生長扭曲、體重超大給他們帶來的是各種病變：腳變形、骨斷裂、肌肉萎縮、全身疼痛。

利益最大化，肉雞越早長肉，越早賺錢。小雞經過不自然的育種，生下來才五週，就一身橫肉暴長。工業主必須立刻把他賣掉，因為，遲幾天，小雞的肉更加膨脹，腿更加萎縮，不到兩個月大的小雞就可能被自己的變形體重壓垮，癱在地上，變成廢物，賣不掉了。

雞，因為太胖、太重，站都站不起來。他全身疼痛，疼痛終生。

工業怎麼殺雞？沒有人說對不起、唸超渡經文了。雞的兩腳綁著，頭下腳上，把頭浸入導電的水裡，電擊昏迷，然後機器自動割喉。如果雞剛好抬頭，沒碰到水，因此完全清醒，那麼他就活著被割斷喉嚨。

人目前主要靠育種，還沒有走到拿雞來做基因改造，只是餵給雞的飼料，全部都是基因改造過的穀類，譬如玉米。可是專家預測，基因改造的雞出現在超市，大概不會太久。二〇二二年，美國農業部已經正式宣布基因改造過的牛，「安全可食用」。對於雞，已經在討論，如何創造出一種只生母、不生公的母雞。

如果可以培育出一種完全不生公雞的母雞，人就不必費事去絞殺幼兒公雞，那不就符合人道了？

如果有一天，不知道什麼神秘的原因，人們開始愛吃兩個頭、三隻腳的雞，相信我，很快，就會有兩個頭、三隻腳的雞出現在市場上。

無量怖苦

吃，是人最核心、最根本的行為，改變很困難。

可是，蘇東坡改變了。他因「烏台案」而入獄，重獲自由之後，那「吃貨」蘇東坡從此不殺雞。這個改變，是從最痛的生命經驗中得到的開示。經過四個多月牢獄的凌辱、等候死刑的痛苦，他知道了命在旦夕、任人宰割的況味。

「以親經患難，不異雞鴨之在庖廚，不復以口腹之故，使有生之類，受無量怖苦耳。」

自己所承受的痛苦，使他對雞鴨受虐待宰的處境，感同身受。

可是一千年前他所看到的雞的「無量怖苦」，和今天的雞所承受的虐殺和強制生物變種，是無法比較的。

認識了元帥、芝麻、桃子、巧克力以後，我也吃不下雞肉了。

＊

讓我這「雞農」告訴你，雞有多可愛。

他們可以「人臉辨識」到一百個人。

芝麻她們當然尤其認得我，當我出現時，她們從遠方用「拔腿飛奔」的姿勢連飛帶跑趕過來，像孩子一樣圍繞在我身旁，抬頭期待地看著我。

她們也認得同伴，長幼尊卑是行為規則。挖坑做沙浴的時候，巧克力啊，芝麻啊，抓抓扒扒，忙個不可開交，把坑挖好以後，「大姐大」布朗妮出現了，毫不客氣，直接躺進去，翅膀抖抖，眼睛瞇起來對著陽光，完全是個女領導在清風陽光下慵懶舒適的模樣，而巧克力、芝麻，就在一旁伺候，用喙幫「大姐大」清理羽毛上的髒東西或小蟲。

每天清晨，元帥用他高亢的男高音為我打開天空，讓光射入心底的沉鬱。還有什麼比這更振奮、更抖擻的方式迎接生命呢？

桃子、芝麻、巧克力、布朗妮、白雪大聲唱歌，呼喚我去撿雞蛋，回到廚房做荷包蛋。如果基督徒在餐桌上低首感謝主，我嘴角沾著蛋黃，想感謝母雞；為了這一顆蛋，我知道，她做了二十四小時的努力。

被人類寵愛至極的貓，每天給我一顆蛋嗎？狗，生蛋嗎？

雞的大腦，研究者說，只有一粒花生米那麼大。所以，雞，是智商低等的動物？在跟雞成為「家人」的這七年中，我看到的雞，是這樣的：

她有眼神。她用眼神告訴我她想吃、她想出去玩、她想進到書房看看、她想現在就去挖個沙坑、她累了、想睡了。她用眼神說：我非常、非常認得你，要跟你過一輩子。桃子會繞著我的腳流連不去，就是貓磨蹭的那種功夫，讓你覺得你對她，很重要。

雞，有三十多種不同的鳴叫樂譜來表達自己。生了蛋唱歌是一個曲調，危險靠近了而警告夥伴們，是另一種頻率，而且依照情勢的急迫與否會有不同等級的警告。相處久了，就知道他們的聲音就是語言：狂奔來吃飯時雀躍歡呼的聲音；滿意於我的撫摸幸福的低聲咕咕；娃娃雞掉在溝渠裡上不來，媽媽雞著急求救的呼聲；雞娃娃回到母親身旁後母子對望時的輕微聲音；孵蛋期間不吃不喝的那種堅決的靜謐……

雞的兩只眼睛，長在頭的兩邊，右眼近視，左眼遠視。當她還是胚胎包在蛋殼裡面的時候，胚胎身體會旋轉，但是因為身體彎向左邊，左眼向著身體而右眼就貼著蛋殼面，於是她的左眼遠視，右眼近視。破殼之後看這個世界，她們用近視的右眼低頭看草叢裡有沒有蚯蚓，同步用遠視的左眼監視天空，看正在盤旋的大冠鷲有沒有衝下來的趨勢。

她們在草地上啄食玩耍，跳上跳下，突然大冠鷲出現在天空，這時，所有的雞，立刻警覺靜止，全部抬頭，用左眼看向天空。是的，一群雞，同時把頭歪向右邊，左眼看天。

大元帥盯著我看的時候，永遠側著頭，用他遠視的左眼。因為側頭，你以為他沒在看你，事實上，他在認真注視。

雞對光線特別敏感，因為她看得見人看不見的紫外線。她身體裡面的時鐘，其實是對光的感應：在人的眼睛看出去以為還是黑暗的時候，她已經感受到微微的曙光，於是清晨四、五點，就從樹上跳下來，開始叫，開始玩。玩一整天，傍晚，冬天日光短，她們下午四、五點間就上床；夏天日光長，玩、玩、玩到六點，就像有人敲了鐘一樣，紛紛走向院子裡的黃連木，一隻一隻飛上去，晚安了。

同島一命

雞媽媽也用她看得見紫外光的眼睛觀察初生嬰兒的羽毛。嬰兒的羽毛顏色是潤的、亮的，那麼這孩子是健康的。羽毛顏色和光澤不對了，她就知道，這個嬰兒沒有長大的機會。

桃子孵蛋二十一天之後，破殼出來三個一身濕漉漉的寶寶，其中一個，特別弱小，站起來不斷摔倒。第二天，當其他兩個開始在母親身邊蹦上蹦下的時候，這個嬰兒還趴著。

我拿來注水的針筒，把嬰兒放在手心，掰開她細小的嘴，餵她水。放回籠內，初生兒掙扎著要站立，摔倒，再掙扎，匍匐一步，站起來，再摔倒……

隔天清早再探視時，那個小小的身體，已經不動了。她為生命奮鬥了四十八小時。

讓我驚奇的是桃子。母雞對孩子的照顧是無微不至的。幼雞緊緊跟隨著媽媽，媽媽大步往前時，會不斷回頭看孩子在不在身邊。公雞只要靠近，媽媽就極其兇悍地飛起來啄他，不允許他靠近。夜晚來臨，做母親就把幼兒帶進籠子準備睡覺，但是你看不見幼兒，只看見母雞蓬蓬鬆鬆的身體趴在那裡；兩隻雛雞，包在她溫暖的羽翼之下，完全覆蓋。

孩子稍稍大一點了，母親開始教她飛。太陽下山了，母親先飛上樹，兩個小孩在地面上不安地啾啾叫，母親在樹枝上看著，等著。孩子馬上明白媽媽的意思——生命的下一個階段開始了。他們用小小的翅膀先飛上洗手台，那是一個中途站，然後轉過來面對樹上的媽媽，一躍而起，但是樹枝太遠，翅膀太小，一飛就跌到地面上。她再試第二次，飛上洗手台，振翅，摔下；一次又一次振翅，一次又一次失敗。整個過程，母親在枝頭，一直注視。

最後，實在還太幼小，飛不上去，這時，母親展翅嘩一下飛回地面，孩子歡呼。母親接著就帶著孩子回到敞開的籠子裡去，趴下，孩子鑽進她的羽翼。

一家母子，依偎著睡了。飛行課，明天繼續。

*

我認識了一種動物。在認識他們之前，我不經思索地認為他們笨、髒、吵，跟雪白的兔子不能比美麗，跟慵懶的貓咪不能比優雅，跟忠誠貼心的狗不能比品德。她們只是，雞。

認識她們之後，我大吃一驚。

他們有個性，沒有一隻雞是一樣的。有的雞是「荒野一匹狼」，永遠離群遠遠的，單獨走路，單獨吃飯，單獨玩耍；有的雞時時刻刻想靠近人，黏著你不離開。有的聒噪，有的寡言；有的溫順，有的驕傲；有的兇悍，有的退讓。

他們擁抱自由，熱愛空曠。

她們永遠好奇、探索，活潑、歡樂。

他們相互照顧——在遠處發現食物的時候，會大聲吆喝夥伴過來共享。

他們長幼有序不踰矩，公雞讓母雞先吃，小妹妹讓大姐大走在前面。而一旦做了母親，她們深愛自己的孩子，孵蛋期間幾乎不飲不食，孩子出生後則寸步不離，呵護備至。

雞和人一樣，她們有「語言」，只是人類聽不懂。她們用「語言」傳遞密碼，交流情感。

你知道嗎？雞會做夢——沒有憧憬和愛恨激情，怎麼會做夢？

還有，你知道嗎？雞會做夢——沒有憧憬和愛恨激情，怎麼會做夢？

她們甚至理解哀傷，懂得寂寞，更了解「愛」是什麼。

一向以為她們笨、髒、吵的我，現在無限驚異地注視她們：原來，她們懂得陽光和月光，懂得青草的氣息、溪水的透明，懂得天的遼闊、樹的濃綠、雨的清新。

*

雞的基因體大小是我這個哺乳動物的三分之一，但是基因數量，兩萬多，和我差不多。而她，在染色體上的排列順序，比和我同為哺乳動物的老鼠，更接近生物的我。

她是九千萬年前就在蠻荒地球上自由晃蕩的暴龍的直接後代。

身為人，她們是我最具體、最直接的證據：我，跟洪荒初始的大自然，沒有一刀兩斷。

她的眼睛那樣清清澈澈地看著你，你不能不問自己，你和她的關聯是什麼？

在宇宙大運轉中生存於同一個星球，使用同一片土地，呼吸同一片空氣，被同一層雨水打濕，曬著同一個太陽，枕著同一片月光。

浩瀚星海中，地球不過是個孤獨的小島罷了。雞和人，同島一命。

*

從台灣西岸跟著我翻山越嶺來到太平洋畔都蘭山中的芝麻，六歲了。一天早上，呼喚早餐，發現她沒出現。

循著她玩耍的路線一路巡去；在小溪旁一株白流蘇樹下，她趴在草地，頭折在胸前。

我把她葬在那株白流蘇樹下。四月，白花滿樹如雪，花瓣會覆蓋她的生命。

1 藍孔雀地雷計畫：https://www.theguardian.com/uk/2003/jul/17/world.jamiewilson

第九章

生命爲什麼美麗

生命為什麼美麗？
因為注視。

牛奶河糞金龜

這一天傍晚，在庭院裡和阿朗說話。

阿朗有阿美族男人的特徵。膚色是淡淡的奶油巧克力色，眼睛深邃，鼻梁高挺，胸膛像運動員一樣結實寬闊而兩腿修長如芭蕾舞者。這麼俊秀的男人，路上遇見你會想這一定是個演員，可是他在部落裡養雞、種樹。地裡的活，無所不能。

颱風即將來襲，部落裡長大的他，特地來教我這外地人怎麼做防颱措施。鳳凰木根部淺，特別容易倒，要用三根木棍從三邊把樹幹綁緊撐住；山泉的出水口要前一晚關閉，否則颱風挾巨量泥沙沖下，會把所有的水管堵死；任何狂風會捲起的散置的東西，椅子、掃把、鏟子、鋤頭，全部要收起來，固定。

*

天色暗沉下來，這將是一個無星無月的夜晚。我們在庭院裡站著說話，說話時，眼角餘光感覺一個東西在地上不停地動。

是一隻金龜子，推著一個球，拼命往前滾。他動個不停，讓我目不轉睛，無法再聽阿朗說什麼，「那你就先去忙好了，我看看地上這傢伙在幹什麼活。」

蹲下來仔細看。這是個一身甲冑的「黑武士」，一種糞金龜，正在死勁推一個比他的身體大上二十倍的球。庭院裡有雞，所以球，應該是雞屎揉搓成的。金龜子一邊費盡力氣推球，一邊不斷地暫停、攀上球頂、爬下來、再推、再攀上。動作如此忙碌、緊張、複雜，我乾脆整個人趴在地面上，跟金龜子同一個平面，這個角度的注視，他正在進行的工程就彷彿放大了十倍，細節開展了。

這就清楚看見金龜子四條腿上的毛。天哪，我錯了，他不是用兩隻前腳，他的「手」，在「推」球，他是用屁股對著球，頭朝著球的相反方向，兩條後腿用力在往後「蹬」球。蹬、蹬、蹬、蹬，腦中頓時響起且悲且壯的貝多芬《命運交響曲》。

那團糞球，彷彿在一條直線上往前滾動，突然歪掉了，脫離了直線，金龜子轉過身來，快手快腳爬到球的頂端，站到高處，顯然在檢查路線、確定方向，然後迅速溜下來，轉過身，屁股對球，繼續蹬蹬蹬蹬。這時，方向已經明顯調整，糞球又回到原來的直線。

趴在地上的我，不敢眨眼。昆蟲界的「薛西弗斯」在努力五公尺後，他和他的球，到達草叢。糞金龜的身體總長大概是一公分，五公尺就是五百公分，也就是他身體的五百倍長度，相當於我的個子去衝刺八百公尺，而且還推著一個比我身體大二十倍的球。

在這運輸糧草的五公尺長征路上，他不斷地上、不斷地下，不斷地重新定位，不斷地蹬。有時候不小心從球頂摔下來，跌個大跟斗，像個烏龜一樣，四隻腳朝天踢蹭半天，好不容易把身體翻過來，又迅速歸位，再蹬，再調整方向，不懈地維持一條直線往前推進。

他顯然有個明確的目的地，而且，意志極其堅定，要用最大的力氣、最快的速度、最短的直線路徑，把球運到某一個定點。

趴著的我，覺得螞蟻已經爬上我的大腿。

天全黑了，沒有月亮，沒有星星，家也還沒點燈。四周都是樹林，樹林裡走動的吠鹿已趴下，準備擁抱他們甜美的黑暗。

為什麼一個葡萄乾大小的甲蟲，和這兩萬八千光年之外縹緲、神秘的光，可以跨越宇宙乾坤、瞬間連線？（龍應台繪圖）

從地面上站起來，仰頭看都蘭山，在黑暗中，山的線條特別清晰，像畫出來的濃線；山背後的天空，所謂黑暗夜空，其實襯出一種透明的、沉澱的、均勻寧靜的光。

低頭看看金龜子，他已經無影無蹤，運輸任務已經達成。

告訴我，這金龜子，怎麼知道他的球歪了？我是靈長類，幼時還得被迫去上幾何課，才知道點、線、直線、平行線、角、三角形和四邊形是些什麼概念。他用屁股後腳蹬球，頭在相反方向，眼睛幾乎貼著地面，請問他怎麼看見球的前方？他用身體裡的什麼東西在感覺方向？他究竟如何，在這莽莽山林之中、杳杳穹蒼之下、默默自轉的地球上，辨識一條直線？而且他又怎麼認知，直線是最短的距離？

*

帶著滿腦子疑問，回到屋裡，點上燈。

人，在茫茫大海上會用星星為航行定位。譬如波里尼西亞人自古就懂得以最貼近海平線的一顆星做為指標，一旦這顆星升得太高，馬上換另一顆星做為定點。星星就是他的導航系統。

鳥，譬如靛藍彩鵐，用星群圍繞北極星而形成的旋轉態勢來決定自己該往南還是往北飛。

海狗，在黑夜大海裡游泳覓食，依靠一個固定星座的位置來確定自己在哪裡、往哪裡游，可以找到陸地。

可是，長著昆蟲複眼的、跟一顆葡萄乾差不多大小的金龜子，在我庭院裡一個沒有月亮、沒有星光的黑夜，他怎麼知道自己在哪裡呢？

終於找到了瑞典科學家在二〇一三年發表的報告。糞金龜怎麼找方向？答案是：白天有太陽的時候，他靠陽光定位。晚上有月光星光的時候，他靠月光星光定位。在無星、無月、無光的黑夜裡，金龜子，靠銀河定位。

銀河定位？金龜子？

實驗是這麼做的：把金龜子放在一個圍起來的圈圈裡，讓他從圓圈的中心開始走。測試發現，有星光，金龜子輕輕鬆鬆走出一條單純乾淨的直線，一下子就出去了。一旦

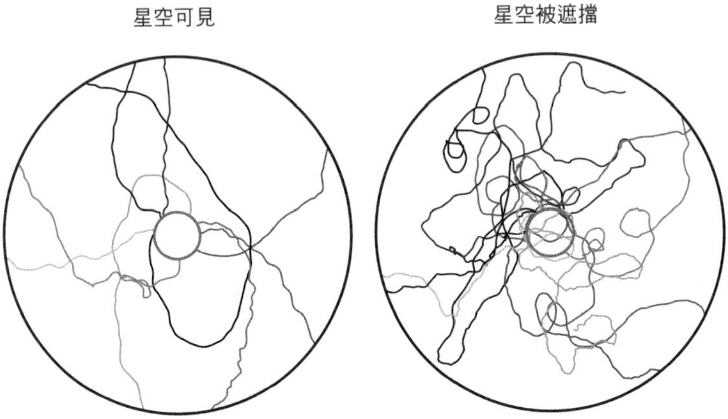

有星光，路線清晰；遮住星光，路線就亂了。

把星光遮住，也沒有銀河光的時候，他就完全亂了套，在圓圈裡不斷地繞圈圈、繞圈圈，路線變得紊亂複雜，幾倍的時間才走得出去。而遮住星星，只有銀河光的時候，他一樣堂堂走出直線。

就是說，糞金龜的一公分長的身體，可以偵測銀河的光，來確認方向。[1]

雞糞是美食，他一旦發現，就要用最快的速度把食物運走，因為比他更強壯的金龜子可能會來搶奪。黑暗裡，只要有銀河的光，他就可以把食物運回家，餵飽孩子。

*

關掉電腦，踏出書房，就是陽台。仰頭，

被夜空的澎湃震撼——清清楚楚一條白糊糊的牛奶河，從東北角的山稜，橫跨整個天幕，沒入西南角氤氳縹緲之處。

索性躺下來，直面牛奶河。

銀河是個星系，我的身體，隨著幾千億顆恆星，正圍繞著一個巨大的黑洞以一小時八十萬公里的速度旋轉，轉完一圈，需要兩億三千萬年。

淡淡的微光這道銀河，看起來像是一條橋，牛郎織女的鵲橋，也像一條河，流蕩著渾白的牛奶，其實是個圓盤。

銀河之所以在我這種動物眼中看出去是一條帶子，是因為我的肉體就在銀河那扁扁的圓盤裡面，從圓盤裡面看出去，就是盤子的扁邊，扁邊自然就是一條帶子、一條河。我所身處的這個銀河扁盤有多大呢？直徑是十幾萬光年，一個光年大約十兆公里，十兆，就是「1」後面加十三個「0」。扁盤厚度，是上下兩千光年，裡面含了一千到四千億顆像太陽那樣的恆星。而太陽，只是那幾千億恆星之中非常、非常尋常的一顆星星而已，但是它比我的地球，大一百萬倍。

今夕何夕啊，此刻在都蘭山中進入我眼簾的點點星光，有可能是距離銀河中心最近的幾顆星星，它們的光，在今晚到達我的眼睛之前，已經在浩瀚無垠中飛行了兩萬八千光年的距離。

我的渺小如塵埃的程度，要用怎樣的抽象數字、怎樣的文學語言，去表達呢？

躺在黑暗中的此刻，四千億顆星星的光從不同距離的遠方走向我，最大的懸疑是：這牛奶河之大、之遠、之深、之無邊又無際，我這個直立行走的動物的大腦，已經無法理解、無能想像，為什麼一個葡萄乾大小的甲蟲，和這兩萬八千光年之外縹緲、神秘的光，可以跨越宇宙乾坤、瞬間連線？

比我還渺小如塵埃的金龜子，何以驚心動魄若此……

貝殼，石頭

沙灘上撿到一粒石頭和一顆貝殼，都很美麗，但是他們的美，所給予的感動不太一樣。石頭和貝殼的差異在哪裡呢？

日本生物科學家福岡伸一的解釋是，貝殼，雖然殼內動物的肉體已經不在，但是貝殼本身紋路、質感，握在手裡的一切，都是生命的展示，而石頭沒有生命，這就是貝殼和石頭的差別。

小貝殼的美，來自於一種秩序，只有動態的物體才可能有的秩序。「生命就是動態平衡中的流動。」[2]

在山中一步一腳印的生活，我看見了這個「秩序」。

躺在星空下的那一個時刻，銀河在逆時鐘方向往左旋，我頭上的太陽系裡頭的千億顆星星，在左旋。

地球繞著太陽在左旋。地球自己在左旋。

北美的龍捲風和南中國海的颱風，風起雲湧中，在左旋。

海浪打上來的鸚鵡螺，精緻無比的螺紋在左旋。

院子裡野生的牽牛花、親手種下的南瓜和四季豆，藤蔓在無聲地抽長攀爬，在左旋。

貝殼和石頭之不同，在於生命，而生命，是動態，是流動，是平衡，平衡中有秩序。

*

沒有什麼生命是不流動、不平衡，不秩序井然的，即便秩序的解體，熵，也是秩序的一部分。

譬如春天的到來，是有節奏的。

聲音先到。

太平洋畔的春天，宣告到來的方式，不是顏色，而是先發制人的聲音，聲音充滿了天空，響徹了山谷，彷彿宮殿尖頂上有人吹了小號，樂聲頓時大作。

滿天滿地、滿坑滿谷都是五色鳥的鋼琴聲。

樹鵲在黃連木葉叢裡喧嘩，大卷尾在狐尾椰子尖頂凌空呼叫。

蛇鵰在天空盤旋，發出尖尖細細的聲音。

斑鳩拼命唱三個音節的歌。

傍晚時，麻鷺「嗚嗚」的低音喇叭出現，與山羌的吠聲合拍。

蛙的聲音開始出現，就是夏天了，整個庭園炸鍋，聲浪澎湃。

聲音騷動了整個野生的世界。東邊桃花心木森林裡，領角鴞在用男中音的「唔—唔」聲呼喚，西邊相思樹林裡黃嘴角鴞以女高音的「丟—丟」聲回應，彷彿他們相識，在密傳簡訊。

秋天，季節就要求你閉眼聽風。森林做為一個整體發出的，是山風海風南北大縱走、東西大橫掃的或壯闊、或悠長的聲響，但是如果屏息聽入細微，漸漸就會辨別：桐樹的葉片大而圓，麻竹的葉片細而長，樟木的葉片微微捲起，二葉松的針葉如雨絲，欒樹的枝葉含著嘩啦啦的莢果，於是同一陣風，穿過不同的葉片、不同的葉隙，發出完全不同的聲音。

季節的秩序如時鐘一樣滴答在走，你用聽覺，深深「注視」。

＊

春天讓人忙不過來，因為除了聲音的全面發動之外，顏色的年度博覽上場。每一棵樹都在「出事」：芽在抽、苞在長、花在開，藍的、紫的、紅的、黃的，同時爆發。紅蜻蜓撞進屋裡來，大黃蜂一頭栽進黃蟬花心裡，紫斑蝶在粉紅色的月見花叢裡翩翩。

桃花心木把葉子落盡，抽出嫩紅的新葉，遠看一片紅雲，而白流蘇每天早晨就爆出嶄新的一簇雪白，東一簇、西一簇，蔓延開來，一片煙雲。最令人朝夕不安的是穗花棋盤腳，從春末夏初開始，一串串繽紛遠看如桃色煙霧浮動，它在萬籟俱寂的黑夜中一一爆開，又趕在晨曦露水還沒消融之前，撲簌簌落盡，若起得晚，就只看見空枝晃蕩、一地粉紅。

春天在山中，是一種顏色「暴動」，我眼花撩亂，無法進入室內讀書……

在這樣的崢嶸、躁動中，我卻知道，秋天一到，無邊落木蕭蕭下，這流動的一切，走向沉寂。

進入冬天，蛇去睡了，蟬進入地下，蝴蝶消失，蛹在成形，七里香夏天落進土裡的種子，沉默中蓄勢待發，蜂后，在逐漸死去，曾經熱烈的蜂巢，空了。

一切都是流動的，躁動歸於沉靜，而沉靜，只是醞釀和等待。所有的種子，所有的卵和蛹，所有生命的衝動和慾望，只是在等候自己輪到的時辰。

殼破了，生命從這裡開始。

生命為什麼美麗？

英國名廚傑米．奧立佛推廣食農教育，二〇一〇年到一個六歲孩子的班去談食物。他手裡拿著一個番茄，問孩子們「這是什麼？」

孩子們面面相覷，答不出來。好不容易有一個大膽的孩子舉手了，「我知道，」他大聲說，「馬鈴薯！」

澳洲一個調研的發現，讓人們吃驚。在澳洲，百分之九十二的六到十七歲的孩子，不知道香蕉是長在樹上的。六年級學生中，四分之三認為棉花是從動物身上長出來的，近三分之一以為優格長在樹上。英國在二〇一三年的研究則發現英國的小學生，三分之一認為乳酪是一種植物。

青年人沒比小孩懂得多。英國調查了兩千個十六歲到二十三歲的青年。研究者讓他們看著兩張照片，一張是一桶牛奶，一張是一隻母牛，百分之四十的人說不出這兩者的關係是什麼；調查的結果顯示，十個人裡頭有四個，根本不知道牛奶怎麼來的。[3]

我，原本不知道母雞不需要公雞就可以生蛋。

我所屬的物種，地球上叫做「人」，佔生物總量百分之零點零一的哺乳類動物，是星系大旋轉、海洋大流動、生物大秩序中的一粒微塵，可是厲害啊我的物種，智力之強大，上至天文，下及地理，幾乎無所不能，只是同時也開始困擾了，發現自己的超級智力正在面臨洪荒的反撲——眼睜睜看著地下水逐漸乾涸、城市逐漸下沉、耕地裡滲透著農藥、山坡上殘留了火藥，蝴蝶和蜻蜓漸漸少、蜜蜂幾乎滅絕、虎頭蜂和眼鏡蛇走投無路，家禽家畜被科技變種變形……

我的物種，幾乎不認識別的物種。0.01不認識99.99。

*

如果一個人把「過日子」的「過」，當作一件比戰爭爆發、比瘟疫蔓延、比革命和救災、比知識和責任、比成功和美麗，都來得重大而一心一意去專注的一件事，也就是說，如果「生活」本身被當作生命的「主體」來認真對待，會發現什麼？

很慚愧，我用四年的時間去發現了一件天下所有五歲的孩子都知道的事：

生命為什麼美麗？

因為注視。

一個五歲的孩子，會趴在地上看一隻螞蟻怎麼搬運一截壁虎的尾巴、會爬上樹看鳥窩裡的蛋什麼顏色，會問為什麼月見花永遠背對著太陽而玫瑰花都不是藍色的，會盯著一隻蜻蜓看他怎麼貼在天花板上，會跟著喇叭花的紋路看它怎麼旋轉，會想天上的星星怎麼不會重得掉下來，會問怎麼樣可以搜集梔子花的香氣濃縮成冰塊……

然後他開始受教育，而他成長、受教育、接受文明的過程，其實就是一個系統性的忘記怎麼去「注視」的過程。自然科學博物館取代了他和野生動物的接觸；美術館看畫就取消了到樹林裡去看花的時間；家禽家畜，都不是動物了，只是肉塊。

我們在「物種中心主義」的意識型態裡固化，認定人是中心，世界繞著人而轉，萬

物為著人的需要而在，這種自我中心把「人」放大了千萬倍，使得人除了自己之外，停止了注視。

而事實上，那百分之九十九點九九的生命，生命之流動、平衡、秩序，一直都在人的眼前：雲、樹、山、海、風、狼、蝸牛、蟾蜍、龜殼花、鎖鏈蛇、大冠鷲、虎頭蜂、糞金龜、雞。

*

把自我變小、放空，謙卑而真誠地深深注視，找回五歲的「天真驚喜」能力，就會發現，尋常生活中，處處是秘密，日日是奇蹟，生命的美麗，只能說：不可思議。

在一個最平凡、最細微、最接近野草泥土的地方，也就是莊子所說的螻蟻、稊稗、瓦甓之間，我終於看見了紅狐狸的眼睛，那神采，於「木漏」光影中驀然出現。

1 https://www.researchgate.net/publication/313689910_Stellar_performance_mechanisms_underlying_Milky_Way_orientation_in_dung_beetles

2 福岡伸一，《生物與非生物之間》，有方文化，台北，二〇一九，頁一七六。

3 https://www.smh.com.au/lifestyle/kids-still-dont-know-where-their-food-comes-from-20140526-zrmk1.html

為了保護隱私，書中的雞名都是真名，人名都是化名。

書寫過程中，這些朋友給了我最慷慨的幫助：

陳建鄂

齊湘

陳韋曦

韓家宇

Kimbo

陳志和

張美玲

林貴芳

飯團會

都蘭三里鄰

Emily Molina

何靜婷

陳文德

杜秀卿

謝欣志

林怡杉

鍾英哲

楊承鏞

阿吉

Wilang

昌忠正

鄭聖芬

Kay^ing的部落姐妹

都蘭派出所

屏東神經農

達爾文

鴻堡

丟丟

公主

元帥

桃子

巧克力

布朗妮

芝麻

白雪

芒果

麵包

燒餅

龍應台作品集 13

注視——都蘭野書

作　　者　龍應台
圖片提供　龍應台
編輯副總監　何靜婷
特約編輯　杜秀卿
封面設計暨內頁編排　陳文德

董 事 長　趙政岷
出 版 者　時報文化出版企業股份有限公司
108019 台北市和平西路三段二四〇號四樓
發行專線（02）23066842
讀者服務專線 0800231705 （02）23047103
讀者服務傳真（02）23046858
郵撥　一九三四四七二四 時報文化出版公司
信箱　一〇八九九 台北華江橋郵局第九九信箱
時報悅讀網　http://www.readingtimes.com.tw
法律顧問　理律法律事務所 陳長文律師、李念祖律師
印　　刷　華展印刷有限公司
初版一刷　2024 年 11 月 1 日
初版四刷　2025 年 1 月 23 日
定　　價　精裝新台幣 720 元
平裝新台幣 580 元

時報文化出版公司成立於一九七五年，一九九九年股票上櫃公開發行，二〇〇八年脫離中時集團非屬旺中，以「尊重智慧與創意的文化事業」為信念。

Printed in Taiwan

注視——都蘭野書 / 龍應台著. -- 初版. --
臺北市：時報文化出版企業股份有限公司，
2024.11
面；公分. --（龍應台作品集；13）
ISBN 978-626-396-860-8(精裝). --
ISBN 978-626-396-861-5(平裝)
863.55　113014706